UNE MÈRE SOUS INFLUENCE

Née en 1949 dans le Connecticut, Patricia MacDonald a été journaliste avant de publier son premier roman en 1981, *Un étranger dans la maison*. Depuis, elle en a publié une dizaine avec un grand succès. Ses livres sont notamment traduits au Japon, en Suède et en France.

Paru dans Le Livre de Poche :

PATRICIA MACDONALD

Une mère
sous influence

ROMAN TRADUIT DE L'ANGLAIS (ÉTATS-UNIS)
PAR NICOLE HIBERT

ALBIN MICHEL

Titre original :

BABY BLUES

À Alice Early,
mon amie depuis cinquante ans.
Celui-ci, je l'ai écrit pour toi...

1

Morgan Adair appuya sur la sonnette de comptoir du Captain's House. En attendant l'arrivée de la propriétaire, elle traversa le salon meublé d'antiquités et se dirigea vers les portes-fenêtres donnant sur la terrasse couverte qui agrémentait le côté du bâtiment. La journée étant d'une douceur inhabituelle pour la saison, les portes étaient ouvertes. Elle sortit, huma l'air qui embaumait l'automne, les feux de feuilles mortes et les embruns. Morgan habitait et travaillait à New York, mais elle se sentait souvent agressée par la vie urbaine et avait parfois l'impression de s'être trompée d'époque – vivre à la campagne, à la fin du dix-neuvième siècle lui aurait mieux convenu. Or l'atmosphère de cette maison d'hôtes, au bord de l'océan, avait ce petit quelque chose d'un autre temps, une autre ère.

Diplômée du Hershman College de Brooklyn, Morgan s'envolerait dans une semaine pour la magnifique région des lacs, en Angleterre, où elle terminerait ses recherches sur l'essayiste et féministe anglaise Harriet Martineau, sujet de sa thèse de doctorat. Martineau avait passé les dernières années de son existence à Ambleside, sur les rives du lac Windermere, et Morgan projetait de séjourner dans la maison victorienne, The Knoll[1], que le prolifique auteur considérait comme son foyer. Elle avait hâte d'être là-bas.

Ce voyage serait d'autant plus excitant que, la majeure partie du temps, Simon Edgerton, le poète invité à Hershman au printemps dernier en tant que maître de conférences, lui tiendrait compagnie. Morgan avait été chargée de lui servir d'assistante durant son passage à Hershman. Cette collaboration universitaire s'était muée en flirt de plus en plus troublant. Quand elle lui avait annoncé qu'elle devait venir en Angleterre pour ses recherches, il avait proposé de l'accompagner dans la région des lacs. Morgan s'était empressée d'accepter, en s'efforçant de dissimuler son enthousiasme. Elle s'imaginait déjà un scénario à la Jane Austen – leur relation amoureuse, quelque peu surannée, consommée dans ce cadre romantique. Elle comptait les jours.

D'ici là, il était indéniablement agréable de se trouver dans cette ville balnéaire et cette vieille maison d'hôtes, un week-end d'automne. Elle avait déniché grâce à Internet ce B&B, l'un des rares encore ouverts fin octobre, et y avait réservé une chambre. West Briar était l'une des trois cités qui constituaient les Briars, sur la côte de Long Island dans l'État de New York. Moins luxueux et raffinés que leurs proches voisins, les Hamptons, les Briars étaient cependant une villégiature estivale prisée. À présent que la saison était finie, West Briar avait repris son caractère rural et paisible.

---

1. Littéralement : butte, tertre. (*Toutes les notes sont de la traductrice.*)

— Bonjour ! lança une voix, à l'intérieur de la maison.

Morgan rentra et sourit à la femme, grande, les cheveux élégamment coupés au carré, des lunettes demi-lunes sur le bout du nez. Un cardigan jeté sur les épaules, elle se tenait derrière le comptoir ancien.

— Bonjour, dit Morgan. Je vous ai descendu ma carte.

Elle tendit la carte de crédit à la propriétaire qui, les bras chargés de serviettes propres, avait frappé à la porte de la chambre, tout à l'heure, pour expliquer à Morgan avec force excuses qu'elle devait prendre l'empreinte de sa carte de crédit, et la prier de bien vouloir s'arrêter à la réception lorsqu'elle sortirait.

— Je suis désolée de vous faire perdre du temps, mademoiselle Adair, répondit la propriétaire, penaude. J'aurais dû régler ces formalités quand vous êtes arrivée ce matin. Mais je ne sais plus où j'ai la tête. Tous mes jeunes employés sont repartis à l'université et, aujourd'hui, j'attends de la visite – la fille d'une vieille amie – alors je suis un peu distraite. Comment trouvez-vous votre chambre ? Il ne vous manque rien ? demanda-t-elle avec sollicitude.

— La chambre est très confortable et charmante. Quelle ravissante auberge vous avez. Elle reste ouverte toute l'année ?

— Non, en réalité nous fermerons la semaine prochaine. Mon mari et moi, nous passons nos hivers à Sarassota.

— Cela me paraît une bonne organisation.

— Oh, tout à fait. Quoique, je l'avoue, cet endroit me manque quand je suis loin. Je suis toujours contente d'y revenir. C'est votre premier séjour à West Briar ?

— Non, et en principe je loge chez mon amie. Mais il m'a semblé que, cette fois, ils n'avaient pas vraiment besoin d'une maison pleine d'invités.

L'aubergiste désigna le paquet bleu pâle entouré d'un ruban blanc que Morgan tenait sous le bras.

— Je crois comprendre. Un mariage ?

— Un baptême. Je suis la marraine, dit fièrement Morgan.

— Oh, félicitations. Vous êtes une bien jolie marraine, rétorqua son interlocutrice d'un ton maternel.

Morgan jeta un regard au miroir, dans son cadre d'argent, derrière le comptoir. Ce matin, lorsqu'elle avait quitté son appartement de Brooklyn puis était arrivée à la maison d'hôtes, elle portait encore sa tenue de jogging. Elle s'était douchée et changée dans sa chambre. À présent, en examinant son reflet dans la glace, elle songea qu'elle s'était effectivement bien pomponnée. Ses cheveux châtains et brillants tombaient sur ses épaules en vagues souples, et elle avait renoncé au tailleur-pantalon, son habituelle tenue de travail, pour revêtir une courte robe vert amande – une nuance qui flattait son teint, mettait en valeur sa chevelure. La jupe en forme, elle, soulignait la finesse de ses jambes.

— Merci, c'est une journée importante, dit Morgan.

L'aubergiste lui rendit sa carte en souriant.

— Un baptême… vous pensez si c'est important. Eh bien, je vous souhaite une merveilleuse journée.

Au bout de l'allée des Bolton, une grappe de ballons bleus et blancs était attachée à la boîte aux lettres par de longs rubans. Des motifs enfantins – hochets, landaus et adorables nounours – ornaient les ballons qui dansaient dans le vent d'automne. Les feuilles éclatantes des grands arbres du jardin accompagnaient leur danse et tombaient en tournoyant sur la pelouse tout en longueur. Le chat gris de Claire, Dusty, assis sur le perron du cottage aux murs recouverts de bardeaux de cèdre, observait, à l'affût, ce manège, prêt à bondir si une feuille avait l'audace d'atterrir à proximité. Le clair soleil dessinait des ombres mouchetées sur le gazon. Morgan poussa le portillon blanc et longea l'allée pavée menant à la porte. Dusty, à son approche, sauta de son perchoir pour se cacher dans un parterre de zinnias, sous la fenêtre, d'où il l'épia. Lorsque Morgan leva la main pour frapper à la porte, elle entendit le cri d'un bébé, faible et plaintif.

C'était un bruit parfaitement normal, la preuve audible d'une vie à son début, d'une espérance, pourtant Morgan sentit aussitôt son estomac se nouer. Elle venait ici pour la troisième fois depuis la naissance, début septembre, de Drew, le fils de Claire et Guy. Lors de sa première visite, elle était arrivée avec des cadeaux, de l'énergie à revendre pour se rendre utile, et une joie immense. Quel choc, alors, de voir l'angoisse dans le regard de sa meilleure amie.

— Je ne sais pas m'occuper de lui, avait murmuré Claire qui paraissait exténuée, ses cernes pareils à des taches de suie dans son visage blafard.

Quoique ne connaissant rien aux nourrissons, Morgan avait noyé Claire sous un déluge de paroles rassurantes, et assumé le maximum de tâches, notamment se lever la nuit pour consoler le bébé. Sa deuxième visite avait eu lieu quelques semaines plus tard, quand Guy, un chef traiteur que l'on engageait pour les plus grandes réceptions des Briars, lui téléphona. Il était paniqué.

— Claire ne se lave plus, elle ne sort plus de son lit. Tu pourrais peut-être lui parler, Morgan. Moi, je ne sais plus quoi faire.

Et Morgan colla un post-it sur la porte du bureau qu'elle partageait avec un collègue, au Hershman College, disant qu'elle serait dans l'incapacité de donner ses cours, et se précipita à West Briar. Guy n'avait pas exagéré. Durant quatre jours, Morgan prit la relève et tenta de convaincre Claire que tout s'arrangerait. Avec douceur, elle avait supplié son amie de consulter un médecin, de suivre un traitement contre son baby blues.

Maintenant l'enfant avait six semaines, et c'était le jour de son baptême. Mais ses vagissements inquiétaient Morgan. Elle voyait d'ici l'affolement de Claire, son agitation. Cela ne signifie pas obligatoirement que quelque chose ne tourne pas rond, se dit-elle. Tous les bébés pleurent.

Elle frappa à la porte et, un instant après, Guy Bolton ouvrit. Un seul coup d'œil à ses traits tirés apprit à Morgan que la situation ne s'était pas améliorée.

— Morgan, je suis heureux que tu sois là. Entre.

Elle le suivit dans la maison, douillette et charmante, un cottage du bord de mer au décor chaleureux et raffiné qui, maintenant, était à l'évidence prêt pour la fête. La table de salle à manger croulait sous les verres à vin, assiettes, couverts, plats et serviettes. De la cuisine s'échappait un appétissant fumet de pot-au-feu ; dans le moindre recoin étaient disposés des bougies et des bouquets de fleurs et de feuillages d'automne.

Les réceptions, c'était donc le métier de Guy. Chef de cuisine, il s'était formé en France et avait travaillé durant six ans dans un restaurant lyonnais réputé. Lorsqu'il avait quitté cet établissement, le chef lui avait offert une superbe mallette de couteaux professionnels Sabatier. De retour au pays, Guy avait reçu de nombreuses propositions émanant de grands restaurants. Il avait néanmoins décidé de créer et diriger sa propre société de traiteur – une affaire prospère. Aujourd'hui, pour le baptême de son fils, il avait manifestement déployé ses talents culinaires.

— Guy, c'est splendide, dit sincèrement Morgan. Et ça sent tellement bon que j'en ai l'eau à la bouche.

Les sourcils froncés, il fourragea dans ses cheveux noirs blouclés.

— Je crois qu'on est parés.

Svelte et séduisant, il avait un visage large ; ses yeux noirs, sa bouche trahissaient sa sensualité. Aujourd'hui, il portait une chemise bleue aux manches retroussées, un pantalon noir et une cravate en soie. Il avait noué son tablier de chef, blanc, autour de sa taille mince. Quand elle avait fait sa connaissance, dix-huit mois auparavant, il venait de tomber fou amoureux de Claire, la meilleure amie de Morgan. À l'époque, il rayonnait d'une joie de vivre communicative.

— Il reste quelque chose à faire ? demanda Morgan qui déposa son présent parmi les cadeaux empilés sur une desserte. J'ai l'impression que tu as déjà tout préparé.

— Tu pourrais peut-être t'occuper de Claire, dit-il, la mine sombre.

— Comment va-t-elle ?

— Elle ne veut pas venir.

— Oh… soupira Morgan – elle posa la main sur le bras de Guy qui tressaillit. Je suis désolée. J'espérais que…

— Oui, moi aussi.

Les yeux noirs de Guy brillaient. Il pressa ses paumes sur ses paupières, inspira profondément.

— Je ne sais plus quoi faire.

— Elle a consulté son médecin ? Il lui a donné des médicaments ?

— Elle refuse de sortir de la maison. Elle prend rendez-vous, et puis elle n'y va pas.

— C'est dur. Je m'en doute. Mais ces déprimes n'ont rien d'extraordinaire chez les jeunes mamans. Ça passera, affirma Morgan avec autorité car, alarmée par l'état psychologique de Claire, elle s'était documentée sur la dépression postnatale.

— Tu crois ?

Dans la cuisine, un minuteur sonna.

— Excuse-moi, dit Guy. Il faut que j'aille voir. J'aimerais que tout soit sur la table avant notre départ. Comme ça, après, les gens n'auront qu'à se servir. J'aurais sans doute dû m'organiser pour que Drew soit baptisé ici, à la maison. Mais tu connais Claire. Elle voulait une cérémonie à l'église.

Morgan n'était pas surprise. Claire avait toujours gardé une foi enfantine que son amie avait du mal à comprendre. Quoique très proches et semblables sur de nombreux points, elles étaient radicalement différentes en ce qui concernait la religion. L'enfance tumultueuse, chaotique, de Morgan l'avait rendue cynique – et c'était un euphémisme. Elle avait été séduite par Harriet Martineau et en avait fait son sujet de thèse notamment parce que cette cartésienne rejetait les enseignements religieux.

Claire, en revanche, n'avait pas perdu la foi, malgré la vie difficile qu'elle avait menée avec sa mère, seule et pauvre. Avant la naissance de Drew, elle avait demandé à Morgan d'être la marraine de son bébé. Par honnêteté, Morgan avait rappelé à son amie qu'elle n'était pas pratiquante et, donc, peut-être pas la mieux à même de contribuer à l'éducation religieuse de l'enfant. Claire avait balayé d'un geste ses objections.

— Je veux pour mon bébé une marraine qui veillera toujours sur lui s'il m'arrivait malheur. Or cette personne, c'est toi.

Les dernières semaines de la grossesse de Claire avaient été si heureuses, si pleines d'optimisme pour la future maman et son mari. Ils avaient envisagé de vendre leur cottage de West Briar et de s'installer en Provence, que tous deux adoraient. Maintenant, la confusion qu'elle entendait dans la voix de Guy, la souffrance qu'elle lisait dans son regard l'attristaient profondément.

— Tout ira bien, dit-elle. Je vais l'aider à se préparer et l'amener ici. Ne t'inquiète pas, ajouta-t-elle avec entrain. Je me charge de Claire.

Guy la dévisagea, visiblement partagé entre le scepticisme et l'espoir.

— File, je vais la prévenir que je suis là, reprit-elle d'un ton ferme.

Guy retourna dans sa cuisine, et Morgan longea le couloir, jusqu'à la chambre des jeunes parents. Elle frappa doucement à la porte.

— Claire ? C'est moi, Morgan. Je peux entrer ?

Sans attendre de réponse, elle ouvrit la porte.

La pièce était obscure, l'air vicié ; il y flottait une odeur de linge sale, de lait aigre. Le bébé criait comme s'il avait mal. Morgan s'avança à l'aveuglette. Peu à peu, elle distingua Claire, en culotte et T-shirt gris maculé de taches. Elle qui, avant sa grossesse, était une infographiste perfectionniste, à Manhattan. Assise dans le lit, les draps chiffonnés autour de ses hanches étroites, elle berçait distraitement dans ses bras le bébé en pleurs.

— Hello, ma belle, dit affectueusement Morgan. Un peu de lumière ne te dérange pas ?

Claire haussa les épaules.

— Ça m'est égal.

Morgan ouvrit les doubles rideaux, le pâle soleil d'automne rampa dans la chambre. Elle s'assit sur le bord du lit. À présent, elle voyait les yeux noirs de Claire débordant de larmes qui roulaient sur ses pommettes harmonieusement modelées et dégouttaient de sa mâchoire fine et volontaire. Claire ne prenait même pas la peine de les essuyer.

Morgan sentit son cœur se serrer.

— Oh, Claire… Ça ne va pas mieux ?

— Ça ne sert à rien.

— Allons, la gronda Morgan. Il faut simplement s'habituer.

Claire secoua la tête.

— Non, tu ne comprends pas. Je suis une mauvaise mère. Je fais tout de travers. Je le nourris. Je le change. Il pleure sans arrêt.

— Laisse-moi le tenir un peu, dit Morgan.

Elle prit l'enfant que Claire lui abandonna sans protester. Morgan appuya le petit corps tremblant contre son épaule. Le bébé continua de pleurer, de hoqueter, mais avec moins de véhémence.

— Bonjour, mon bonhomme, lui murmura-t-elle.

— Tu vois, dit Claire. Il préfère être avec toi.

— Ne sois pas sotte. C'est la nouveauté qui l'apaise.

Claire ferma les yeux et s'enfonça sous les couvertures. Morgan la connaissait depuis le jour de son entrée au collège, dans l'un des petits comtés ruraux du nord de l'État de New York. Morgan, dont le père était diplomate, avait été élevée en Malaisie. Ses parents ayant trouvé la mort dans un attentat contre un hôtel, elle avait été renvoyée en Amérique chez une tante et un oncle qui, à l'évidence, ne voulaient pas d'elle. Lors de ce premier jour de classe, alors qu'elle était totalement désorientée et se sentait étrangère après des années passées à l'étranger, une fille maigre, binoclarde, boutonneuse, et qui dépassait tous les autres élèves d'une bonne tête, s'était installée à côté d'elle à la cantine et lui avait demandé si elle aimait *Le Seigneur des anneaux*. C'était Claire. Une main tendue que Morgan n'oublierait jamais – la découverte d'une âme sœur.

Elles avaient depuis cette époque partagé de nombreuses expériences, des plus glorieuses aux plus douloureuses. Cependant, même lors du décès, durant sa dernière année de fac, de sa mère qui était sa seule famille, Claire n'avait jamais paru aussi désespérée.

— Guy a tout préparé.

— Je sais, c'est un saint. Je me demande comment il peut supporter ça. Je suis sûre qu'il regrette de m'avoir rencontrée.

— Comment peux-tu dire une bêtise pareille ? Il t'adore.

Morgan entendit dans sa propre voix une note d'envie. Quand elle avait raconté à Claire son flirt avec Simon, son amie lui avait gentiment répondu : « Il y a quelque chose qui cloche, me semble-t-il. Un type normal t'aurait déjà proposé d'aller plus loin. » Morgan avait objecté que Simon ne voulait sûrement pas transgresser les règles, car il était un professeur invité par l'université où Morgan achevait ses études. Néanmoins, son flirt avec Simon paraissait forcément bien tiède par rapport aux folles passions qu'avait connues Claire.

Celle-ci avait rencontré Guy le soir de ses fiançailles avec un autre homme – Sandy Raymond, qui s'était enrichi grâce à Internet et un site consacré à l'emploi, Workability. Sandy avait chargé Claire de concevoir l'habillage graphique de son site. Très vite, il s'était mis à la courtiser, puis lui avait demandé sa main lors de vacances en Espagne. La fête de fiançailles se déroulait dans la résidence d'été de Sandy Raymond, à West Briar. Pour Morgan, c'était un souvenir doux-amer. Claire et elle louaient un appartement, et Morgan savait que cette soirée marquerait la fin d'une époque – les années durant lesquelles elles avaient vécu sous le même toit, voyagé ensemble, partagé des aventures exotiques et des tonnes de crème glacée aux petites heures de la nuit, le temps où elles refaisaient le monde. Claire allait désormais mener une existence très différente, la vie d'une femme de millionnaire.

La fête était superbe. Des lampions éclairaient les arbres, un orchestre de jazz jouait, et le champagne coulait à flots.

À un moment de la soirée, Morgan sortit dans le patio, derrière la magnifique demeure de Sandy, et vit Claire, debout sur les marches de pierre dans sa robe en soie rose vif, qui discutait les yeux dans les yeux avec un homme superbe en veste blanche de chef – Guy, le traiteur engagé pour régaler les invités. Le lendemain, Claire annonçait qu'elle craignait de commettre une erreur en se mariant avec Sandy, qu'elle allait lui rendre sa bague. Il ne lui avait fallu qu'une nuit pour comprendre qu'elle avait rencontré celui qu'elle souhaitait véritablement épouser. La demande en mariage de Guy, la cérémonie et la grossesse de Claire s'étaient succédé dans un bienheureux tourbillon. Morgan ne s'en cachait pas, elle enviait à Claire cette capacité à s'engager, à ne pas douter.

— Tu es l'amour de sa vie, dit-elle. Toi et le bébé.

— Je sais, répondit Claire d'une petite voix.

— Il désire que cette journée soit parfaite. Surtout pour toi. Si cela n'avait dépendu que de Guy, je ne crois pas qu'il aurait insisté pour que Drew soit baptisé.

— Je sais, répéta Claire avec lassitude. Il évite les réunions familiales. Il ne l'a fait que pour moi.

— Ce n'est pas facile, mais tu dois te ressaisir et affronter ça.

— Morgan, tu n'imagines pas à quel point je me sens… impuissante.

Morgan regarda le bébé qui s'était endormi dans ses bras. Précautionneusement, elle le recoucha dans son berceau près du lit de Claire.

— Écoute, dit-elle, nous avons toujours été franches. Et nous avons toujours essayé, dans les périodes difficiles, de nous aider mutuellement. Tu traverses des moments très durs. Mais quand tu le décides, rien ne t'est impossible. Et je suis là pour te soutenir. Tu peux y arriver, ajouta Morgan d'un ton ferme. Tu dois y arriver. Pour Drew.

Claire laissa échapper un sanglot.

— Oh, Morgan… Je l'aime tant.

C'était une capitulation.

— Bien sûr que tu l'aimes.

— Je veux être à la hauteur, pour lui…

— Et tu le seras, tu verras, trancha Morgan que la détresse de son amie rendait pourtant malade d'inquiétude.

Elle alluma la lampe de chevet.

— Allez, remue-toi. Je te fais couler un bain et tu feras trempette pendant que je fouille dans ton dressing pour te trouver une belle robe. Tu vas être la plus jolie maman de West Briar. Crois-moi. Tout ira bien. Tu verras.

2

Morgan était installée sur la banquette arrière, près du bébé sanglé dans son siège. Claire, pâle et vacillante comme un agneau, mais propre, maquillée, en robe bleu marine courte et moulante, les pieds glissés dans des chaussures à petits talons, au bout pointu, occupait le siège du passager à côté de son mari qui conduisait comme s'il pilotait une voiture pleine d'œufs frais.

De sa place, Morgan pouvait observer le profil délicat de Claire. Elle guettait le moindre changement annonciateur d'une crise de larmes imminente. Mais Claire, se cramponnant à un calme précaire, commentait la douceur de cette journée d'automne et questionnait Guy sur le baptême.

— J'ai parlé au révérend Lawrence. Il m'a promis que ce ne serait pas long. Pas de messe interminable et tout ça, dit Guy.

— Tant mieux, murmura Claire, puis elle s'abîma dans le silence.

Ils s'arrêtèrent devant l'église en bois de la paroisse, blanche, toute simple, accotée au cimetière fermé par un portail en fer forgé. Morgan reconnut les lieux qui lui évoquaient une vieille chapelle de pêcheurs typique de la Nouvelle-Angleterre. Claire et Guy s'y étaient mariés.

Ils descendirent de voiture et, à pas lents, gravirent les marches et s'avancèrent dans l'allée centrale flanquée de bancs. Au fond courait la galerie, déserte en ce jour, où s'installait la chorale. Les autres invités étaient déjà rassemblés sur deux rangs.

La plupart de ces personnes avaient assisté au mariage de Claire, et Morgan se rappelait ce que son amie lui en avait dit. Elle remit le bébé à Guy et prit place à côté de la sœur de Guy, Lucy, une petite femme boulotte affublée de lunettes, au teint très blanc et aux cheveux blonds mal coiffés. Lucy souffrait du syndrome de Prader-Willi, une maladie génétique qui, sous sa forme la plus grave, provoque une obésité morbide, un retard mental et des troubles du comportement. Lucy, par chance, n'était que légèrement atteinte. Elle était intelligente, vivait seule avec deux chiens et collectionnait des coquillages qu'elle ramassait sur la plage et avec lesquels elle fabriquait des cadres, des boîtes et diverses babioles pour une boutique locale, Le Nautile. Sa vie amoureuse, si elle en avait une, était un mystère ; les membres de sa famille pensaient qu'elle était peut-être asexuée – l'une des complications fréquentes du syndrome de Prader-Willi.

Cette maladie étant, dans la plupart des cas, transmise par le père, l'obstétricien avait conseillé à Claire, dès le début de sa grossesse, de consulter un généticien. Alors qu'elle était dans la salle d'attente, en train de feuilleter un magazine, elle avait vu Lucy sortir du cabinet du médecin. Elle était passée tout près de

24

Claire sans la remarquer. Intriguée de rencontrer sa belle-sœur dans ce lieu, Claire n'en avait cependant jamais parlé à Lucy. Guy, qui ne fréquentait guère sa sœur, n'avait aucune explication à donner.

À côté de Lucy et lui tenant la main, se trouvait la belle-mère de Guy, Astrid, puis le père de Guy, Dick Bolton. Âgé d'une bonne cinquantaine d'années, Dick aimait pratiquer le surf durant ses heures de loisir, et il arborait le bronzage et la mine éclatante de santé d'un fanatique de la plage depuis de longues années. Toujours séduisant, il ressemblait beaucoup à son fils, en plus costaud et plus athlétique. Peu après son premier mariage, à vingt et quelques années, il avait acheté un cottage délabré, au bord de l'océan, pour en faire le Lobster Shack, où les surfers venaient casser la croûte. Au fil du temps, le formidable succès de la gargote avait donné naissance à un fructueux commerce de vente au détail de crustacés et autres produits de la mer connu sous le nom de Lobster Shack Seafood. Dick avait l'attitude du type cool, relax, pas du genre à porter une cravate ou à s'interdire de siroter un cocktail en contemplant le soleil couchant. Mais, en réalité, c'était un homme exigeant, impatient et colérique que ses deux enfants craignaient.

Astrid était sa seconde épouse, rencontrée lorsqu'il avait emmené Guy et Lucy dans une petite île des Antilles hollandaises pour qu'ils se reposent après le décès de leur mère, la première femme de Dick, morte d'un cancer foudroyant. Dick avait déniché l'hôtel grâce à un guide de voyages bon marché dans les Caraïbes. Les parents d'Astrid, des Hollandais, étaient les propriétaires de cet hôtel, et leur fille travaillait pour eux, un véritable factotum qui tenait la réception ou faisait visiter l'île aux clients. Bronzée et souple, elle portait ses cheveux platine nattés et relevés en couronne, affectionnant même à l'époque cette coiffure surannée. Pendant que Lucy, âgée de dix ans, jouait seule sur la plage et que son frère Guy, un adolescent, s'initiait à la plongée, Dick courtisa la ravissante Astrid au calme regard bleu lavande. Après des « fiançailles » scandaleusement brèves – le temps des vacances – Dick et Astrid se marièrent et la jeune femme arriva à West Briar, épouse et belle-mère de deux gamins sidérés et révoltés.

Selon Claire, tout le monde à West Briar avait été choqué par ce remariage si rapide. Mais Astrid aidait son mari à faire marcher son affaire et traitait les enfants, surtout Lucy, avec beaucoup de tendresse. Elle lui prodiguait sans jamais se lasser les soins que nécessitait son état de santé, veillait à ce qu'elle suive un régime alimentaire, qu'elle ne manque pas ses séances de kinésithérapie et n'oublie pas ses médicaments. Elle assistait régulièrement aux conférences consacrées au syndrome de Prader-Willi et soutenait la cause des malades. Guy, l'aîné qui avait quinze ans, demeurait réservé face à la gentillesse de sa belle-mère, mais Lucy fut vite conquise.

Morgan reconnut également quelques-uns des amis de Claire et Guy. Donna Riccio et son époux, un représentant de commerce souvent sur les routes, habitaient en face de chez eux. Ils avaient un enfant de douze mois, et Donna avait expliqué à Claire à quoi s'attendre durant la première année. Cependant, après la naissance de Drew, lorsque Claire avait avoué être

26

déprimée, Donna lui avait dit : « Je ne comprends pas. Moi, j'étais heureuse quand j'ai eu mon bébé. » Depuis, Claire ne lui avait plus fait la moindre confidence.

Morgan évitait le regard d'Earl Fitzhugh, que tous appelaient Fitz. Il était le meilleur ami de Dick depuis des lustres, et serait bientôt le parrain de Drew. Même si elle se gardait bien de poser les yeux sur lui, sa seule présence suffisait à mettre le rouge aux joues de Morgan. Entraîneur de lutte au lycée, Fitz était un beau garçon à l'air juvénile et aux cheveux perpétuellement en désordre. Morgan et lui avaient été les témoins des mariés. Le jour de la cérémonie, il était superbe en smoking, et Morgan se sentait en beauté avec ses cheveux coiffés en chignon souple et son fourreau de satin décolleté. Réunis par les préparatifs du mariage, ils avaient passé deux jours à flirter, bu trop de champagne durant la réception et fini par faire l'amour fiévreusement, gauchement, dans la voiture de Fitz, sur la banquette arrière.

Ensuite Morgan avait regretté de s'être montrée si libertine, surtout avec un ami de Guy. Elle se disait néanmoins qu'il n'y avait pas de quoi se culpabiliser – ce genre de chose se produisait souvent dans de semblables circonstances. Elle décida donc d'oublier ce moment d'abandon, dû à l'ambiance festive. Elle n'avait pas revu Fitz. À présent, puisqu'il était parrain et elle marraine, elle comptait se comporter en adulte, ne pas mentionner leur brève aventure, considérer qu'il s'agissait d'une folie insignifiante – ce que c'était, d'ailleurs. Fitz l'observait, elle en était consciente, mais elle ne lui rendit pas son regard.

— Bonjour, dit le révérend Lawrence, le pasteur grisonnant qui avait marié Claire et Guy. Je me réjouis de vous voir tous rassemblés aujourd'hui. Le parrain et la marraine voudraient-ils s'approcher des fonts baptismaux, ainsi que les parents ?

Morgan sursauta, se leva et gagna l'allée centrale. En montant la marche pour se diriger vers l'autel, elle manqua heurter Fitz qui la gratifia d'un clin d'œil canaille. Un vrai môme, pensa Morgan qui, du coup, trébucha. Cramoisie, elle rejoignit les autres, et la célébration commença. Concentrée sur le bébé, Morgan répondit aux questions rituelles. Quand elle releva enfin les yeux, elle capta, à la limite de son champ de vision, un mouvement dans la galerie. En entrant dans la chapelle, elle n'y avait vu personne. Maintenant, il y avait un homme assis dans l'ombre. Soudain, il lui sembla reconnaître cette silhouette. Elle fronça les sourcils.

— Qu'est-ce qui se passe ? chuchota Claire.

Morgan secoua la tête et regarda de nouveau Drew qui bâillait et serrait ses petits poings. Bien qu'elle ne l'ait rencontré que deux ou trois fois, elle avait la quasi-certitude qu'il s'agissait de Sandy Raymond, l'ex-fiancé de Claire. Si c'était bien lui, s'il était dans l'église, elle préférait que son amie l'ignore, qu'elle ne l'aperçoive pas. À ce moment, le révérend Lawrence pria la mère de tenir son fils et versa l'eau baptismale sur la tête de l'enfant. Par miracle, le bébé ne hurla pas, et Claire sourit, tandis que le prêtre déclarait Drew baptisé et que l'assistance applaudissait.

— Guy et Claire, et bien sûr Drew, vous invitent tous chez eux pour une petite fête, dit le pasteur avec un large sourire, quand le silence revint.

Les gens quittèrent leur place, Morgan coula un regard vers la galerie, mais Sandy Raymond, si c'était bien lui, avait disparu.

Ils retournèrent en voiture au cottage, pas très éloigné de l'église. Guy possédait déjà cette maison quand il avait connu Claire. Quelques années auparavant, Dick Bolton l'avait offerte à son fils ; sa fille Lucy avait reçu un cottage similaire, situé à cinq cents mètres environ. Ces cadeaux s'étaient révélés d'excellents investissements. Les biens immobiliers des Briars n'étaient désormais plus à la portée de jeunes gens. Les résidences de West Briar étaient plus pimpantes les unes que les autres, avec des voitures de luxe garées dans les allées et des piscines discrètement blotties dans des jardins verdoyants.

Ils furent les premiers à dépasser la boîte aux lettres enjolivée de ballons. Morgan avisa, derrière sa propre voiture, une moto noire arrêtée devant le cottage.

— Qui est-ce, chéri ? demanda Claire.

Une fille mince et pâle était avachie sur les marches du perron. Elle avait les cheveux couleur aile de corbeau striés de mèches roses, entortillés à la diable et retenus par une pince, et arborait un piercing sur l'aile du nez. Affublée d'un blouson en cuir, d'un jean crasseux et de grosses bottes noires, elle avait des bijoux à chaque doigt, et notamment, à l'index, une bague ornée d'un cabochon de belle taille en onyx noir. Un sac à dos bourré à craquer et un casque de moto noir, avec une rose rouge peinte sur la visière, gisaient à côté d'elle.

Guy coupa le moteur ; il observait la fille.

— Qui est-ce ? Qu'est-ce qu'elle fait là ? dit Claire.

Elle ouvrit sa portière et sortit. Guy, lentement, l'imita. Quant à Morgan, elle dégagea Drew, sanglé sur son siège-auto, et s'extirpa tant bien que mal de la voiture.

Sur le perron, la fille se redressa, se frotta nerveusement les mains sur son jean. Elle se dirigea vers Guy sans se presser, avec un air ostensiblement désinvolte, mais dans ses yeux on lisait la timidité et l'espoir.

— C'est vous, mon père ? dit-elle.

Abasourdie, Claire regarda tour à tour la fille pas très soignée et son mari.

— Son père ? balbutia-t-elle.

Guy était livide. Il secoua la tête, comme s'il pouvait ainsi, en niant sa présence, chasser la visiteuse.

— C'est moi, Eden, dit la fille d'une voix qui s'étranglait, teintée d'un doux accent du sud.

— Eden. Mais que… qu'est-ce que tu fabriques ici ? demanda Guy.

Elle esquissa un sourire qui se voulait joyeux et n'était que crispé.

— Il paraît que j'ai un petit frère, alors je suis venue le voir.

Elle se tenait tout près de Morgan qui étudiait sa peau sans défaut, quoique trop blanche, ses petites dents jaunâtres. Elle pivota, et souffla au nez de Morgan la mauvaise haleine de quelqu'un qui n'a rien mangé depuis trop longtemps.

— Je peux le porter ? dit-elle, désignant le bébé.

Morgan, instinctivement, protégea de sa main en coupe le crâne de l'enfant.

— Je ne suis pas sa mère, dit-elle pour se justifier et elle lança un regard à Claire, qui tanguait sur ses talons. Claire est la maman.

La fille se tourna vers Claire d'un air interrogateur.

Morgan entendait, derrière elle dans la rue, les portières claquer. Les autres invités arrivaient. Claire, les yeux écarquillés, pétrifiée, dévisageait toujours alternativement la fille et son mari.

— Qui t'a parlé du bébé ? questionna Guy.

La fille se troubla.

— Je… une copine a vu l'avis de naissance. Elle me l'a envoyé parce qu'elle a pensé que j'aimerais savoir. Pourquoi ? ajouta Eden d'une voix anxieuse, haut perchée.

— Tu ne devrais pas être là, Eden, répondit Guy. Je suis désolé, mais ce n'est pas le bon moment.

— Guy ? Qui est-ce ? souffla Claire.

La fille la regarda droit dans les yeux.

— Elle n'est pas au courant, pour moi ?

— Claire, dit Guy d'un ton lugubre, évitant le regard affolé de sa femme. Je te présente Eden Summers. Je… c'est ma fille.

Un cri, étouffé et douloureux, fusa des lèvres de Claire. Elle semblait sur le point de s'évanouir. Morgan aurait voulu la soutenir, mais elle avait le bébé dans les bras. Sans un mot, Claire s'élança vers la maison.

Un instant, Guy parut écartelé entre le désir de parler à l'intruse, si jeune, et celui de suivre son épouse. Il se décida brusquement et se précipita à l'intérieur du cottage. Les invités observaient la scène, bouche bée.

— Mais qui est cette gamine ? demanda Dick Bolton, dérouté.

Il affichait une élégance décontractée avec sa veste en tweed sur un pull à col roulé noir. Astrid lui chuchota quelques mots à l'oreille.

— Nom de Dieu, rouspéta-t-il. Écoute, ma petite, si tu essaies de lier connaissance avec cette famille, tu t'y prends mal. Te pointer comme ça sans prévenir…

— Oh, bon sang, s'insurgea Lucy. Ce n'est pas sa faute. Guy aurait dû parler d'elle.

Le menton d'Eden tremblotait, mais dans ses yeux brillait un éclat métallique.

— C'est le baptême de mon frère, chevrota-t-elle.

— Je ne voudrais pas être cruel, objecta Dick. Mais tu devrais repartir dans le Kentucky… enfin, d'où tu viens.

— Je vis en Virginie-Occidentale, répondit amèrement Eden.

— Dick, voyons, soyons un peu plus aimables, suggéra Astrid de sa voix suave. Je suis Astrid, enchaînat-elle, tendant la main à l'adolescente. Enchantée de te rencontrer.

Eden lui serra la main, du bout des doigts.

— Astrid, c'est ridicule ! tonna Dick. Cette petite n'a pas sa place ici. Pourquoi tu ne la fais pas partir ?

— Chéri, je ne suis pas chez moi, murmura Astrid.

Lucy se tourna vers son père. Ses doux yeux en amande flamboyaient, phénomène inhabituel chez elle.

— Papa, tu te comportes comme si c'était une criminelle. Elle a le droit d'être là.

— Navré, mais non. Pas après ce que ses grands-parents ont fait endurer à mon fils. Non, pas question.

Astrid, vêtue d'un tailleur en jersey bleu ciel, tenait entre ses mains un paquet enrubanné.

— Astrid, porte le cadeau à l'intérieur, et retrouve-moi dans la voiture, articula Dick.

Il s'approcha de Morgan, caressa de l'index la tête fragile du bébé.

— Sois bien sage, Drew Richard Bolton. À bientôt.

Astrid, pressant son paquet contre sa poitrine, gravit les marches du perron et pénétra dans la maison.

Le visage d'Eden n'était plus qu'un masque dénué d'expression. Elle s'évertuait à éviter les regards curieux des invités.

— Lucy, qu'est-ce que cela signifie ? demanda Morgan à voix basse. Qui est cette adolescente ?

— Vous avez entendu. C'est la fille de Guy.

— Comment se fait-il que je n'aie jamais entendu parler d'elle avant aujourd'hui ? Claire ignorait que Guy avait une fille.

Lucy haussa les épaules.

— Il aurait dû lui expliquer. C'est tout Guy, ça. Il se fiche des sentiments d'autrui.

— Elle a dit qu'elle venait de Virginie-Occidentale. Sa mère aussi vit là-bas… ?

— Non, ses grands-parents. Elle a été élevée par eux. Kimba est morte pendant la lune de miel.

— La lune de miel ! s'exclama Morgan. Guy a déjà été marié ?

— Une semaine, répondit Lucy d'un air dégoûté. Ils se sont mariés après la naissance d'Eden.

Astrid ressortit du cottage, les mains vides. Elle se dirigea vers Lucy et Morgan, les talons de ses escarpins s'enfonçant dans le gazon. Elle ouvrit ses bras à Lucy qu'elle étreignit brièvement.

— Pauvre Claire, dit Lucy. Comment elle va ?

Astrid secoua la tête et sa main aux ongles soigneusement manucurés caressa les petits doigts boudinés de Lucy.

— Je ne l'ai pas vue. J'ai seulement parlé un instant à ton frère. Il est très… bouleversé. C'est qu'il a préparé un véritable banquet. Je regrette que ton père ne soit pas plus raisonnable…

Astrid s'interrompit.

— Pourquoi il est si horrible avec Eden ? geignit Lucy.

Astrid soupira, jeta un coup d'œil en direction de la voiture.

— Il ne fait pas exprès d'être méchant. Il ne sait pas quelle attitude adopter. La situation est tellement… gênante.

Fitz approchait, tranquille, les poings dans les poches de son pantalon kaki.

— Et voilà la mauvaise fée qui débarque, chuchota-t-il, narquois.

— Ce n'est pas drôle, rétorqua Morgan dans un souffle.

— Je suis désolée, Astrid, mais j'en veux à Guy, dit Lucy. C'est un égoïste, tu le sais bien. Il vaudrait mieux que je rentre retrouver mes chiens.

— Lucy, s'il te plaît, dit Astrid qui entoura de son bras les épaules de sa belle-fille. C'est le baptême de Drew. Ton frère ne pouvait pas prévoir, ne sois pas trop dure avec lui. Il a besoin de notre soutien. Nous sommes une famille, nous nous entraidons. N'est-ce pas ?

Lucy acquiesça à contrecœur.

— De toute façon, ma chérie, quelqu'un doit rester à ses côtés. Il m'est impossible de m'opposer à la volonté de ton père. Tu veux bien entrer dans la maison ? Pour moi ? S'il te plaît ?

— Bon, d'accord, soupira Lucy. Mais seulement parce que je plains Eden.

Lucy pivota vers cette nièce qui lui tombait du ciel, et qui était immobile, les joues roses d'humiliation.

— Eden, tu viens avec moi ? proposa-t-elle d'un ton brusque.

Eden haussa les épaules sans lever le nez. Lucy lui prit doucement le bras.

— Allez, il y a de quoi manger. J'ai l'impression que tu as besoin de t'alimenter. À propos, je suis ta tante. Je m'appelle Lucy.

— C'est bien, ma chérie, commenta Astrid.

Elle dégagea le front de sa belle-fille, que balayaient des mèches blanches et duveteuses, et y planta un baiser. Morgan ne put s'empêcher de noter que le teint de Lucy était si pâle, si semblable à celui d'Astrid, qu'on aurait pu les prendre pour la mère et la fille.

— Ta tante Lucy s'occupera de toi, dit Astrid à Eden.

— Ouais, je m'occuperai d'elle, répéta Lucy, sinistre.

Morgan se joignit aux autres invités qui, mal à l'aise, entraient dans la maison. Guy était en train d'ôter les couvercles des plats réchauffés.

— Je vous en prie, servez-vous !

Fitz n'hésita pas. Il prit une assiette et inspecta le buffet. Plusieurs personnes suivirent son exemple. Pendant que Lucy remplissait deux assiettes, Eden, assise, raide comme un piquet, sur une chaise près de la porte, fixait sur Guy un regard qu'il s'ingéniait à éviter.

Morgan se faufila hors de la pièce, emmenant Drew qui se trémoussait. Soudain, il éclata en sanglots.

— Tout va bien, mon bébé, murmura-t-elle. Tout va bien.

Elle ouvrit la porte de la chambre. Dans la pénombre grisâtre, elle vit Claire couchée en travers des draps froissés, toujours vêtue de sa belle robe. Elle leva la tête et parut presque terrifiée par les cris de son enfant.

— Claire, je crois qu'il réclame sa tétée.

La jeune femme s'assit sur le lit et déboutonna le devant de sa robe, indifférente, comme si elle se déshabillait pour un examen médical. Morgan lui tendit le bébé que Claire tint contre elle. Drew prit goulûment son sein et se tut.

Morgan s'assit auprès de son amie qui paraissait tétanisée. Elle lui frictionna gauchement le dos.

— Claire, je suis navrée. Quelle histoire, quel choc.

Les larmes ruisselaient sur le visage de Claire. Elle contemplait sans la voir la tête de son fils.

— C'est un menteur.

— Guy ? Eh bien, je comprends que tu aies ce sentiment-là. Il aurait dû te prévenir, naturellement.

— Il a été marié. Il a eu un enfant !

— Je sais, je sais. C'est un terrible choc pour toi. Mais bon, ça s'arrangera. Ce n'est pas la fin du monde. Après tout, chacun de nous a un passé. Et Eden n'est qu'une gamine. Tu ne peux pas lui en vouloir...

Une fraction de seconde, Morgan se félicita d'être célibataire, sans toutes ces complications.

— Ce n'est qu'un faux pas qui...

— Un faux pas ? s'indigna Claire. Il m'a trahie. Je n'aurai plus jamais confiance en lui.

— Allons, n'exagère pas. Guy se repent de ne pas t'en avoir parlé, j'en suis certaine. Car il aurait dû le faire, je suis d'accord. Mais réfléchis un peu. Si tu avais su, cela n'aurait pas changé tes sentiments pour lui. Cette histoire te paraît épouvantable parce que tu es épuisée, physiquement et émotionnellement. Ce n'est pas si terrible, je t'assure.

L'écho feutré de conversations, parfois un éclat de rire leur parvenaient du salon.

— Ils étaient tous au courant, murmura Claire. Et personne ne m'a rien dit.

Morgan soupira – son amie avait hélas raison.

— Eh bien, je suppose que... ils ont estimé que ce n'était pas à eux de t'informer.

— Ils se moquaient de moi derrière mon dos, poursuivit Claire avec amertume.

— Mais non, ma chérie, tu te trompes. Personne ne se moque de toi. Au contraire, ils avaient tous l'air sidéré que Guy ne t'ait pas avertie. Voyons, ne t'imagine pas qu'il y a une espèce de conspiration contre toi. Tout le monde est là pour faire la fête. Crois-moi.

De ses doigts minuscules, Drew écarta le sein maternel et se mit à chouiner. Claire le contempla avec désarroi. Elle voulut embrasser sa tête ronde, mais il la repoussait, agitait en tous sens ses petits poings.

— Quoi ? cria Claire à son bébé. Drew, qu'est-ce que tu as ?

Morgan enleva l'enfant à sa mère.

— Il a peut-être besoin d'être changé. Je m'en occupe.

Elle l'emporta dans un angle de la pièce où se trouvait la table à langer. Il était si léger, il lui semblait tenir un oiseau.

Claire marmonna quelque chose que Morgan ne comprit pas.

— Pardon ?

— Je disais que je ne peux pas y arriver. Je ne peux pas continuer.

Morgan eut l'impression qu'un étau glacé se refermait sur son cœur. Elle serra le bébé plus étroitement, la main autour de sa tête fragile, comme pour lui boucher les oreilles. Qu'il n'entende pas les paroles de sa mère.

— S'il te plaît, ma grande, ne dis pas une chose pareille.

Claire tourna le regard vers la fenêtre. Les nuages envahissaient le ciel de l'après-midi. Le vent avait forci, il détachait de leurs branches les feuilles sèches,

craquantes, qui virevoltaient un instant, puis, impuis-
santes, tombaient à terre.

— Très bien, murmura Claire. Je ne le dirai plus.

3

Tirant sa valise à roulettes, Morgan gagna la salle d'embarquement. Elle prit place sur le dernier siège d'une rangée de chaises en plastique moulé d'un gris terne. Il n'y avait pas grand monde. Un couple de quinquagénaires vêtus de beige et chaussés de souliers pour pieds sensibles était installé vis-à-vis d'elle. Derrière eux, quelques rangées plus loin, un homme dormait, recroquevillé sur deux chaises, la bouche ouverte. L'avion pour Heathrow ne décollerait pas avant trois heures. Morgan était arrivée largement en avance. Elle aimait être en avance. Surtout pour un vol international.

Elle sortit le journal du dimanche de sa volumineuse sacoche de cuir à bandoulière, le déplia, mais elle était trop excitée pour lire. Elle finit par reposer le journal et rester immobile, les yeux clos, imaginant le mois qu'elle allait vivre, les villages ravissants, la campagne magnifique qu'elle allait visiter, les collègues qu'elle rencontrerait. Le plan de sa thèse de doctorat sur la vie et l'œuvre de Harriet Martineau était fin prêt, elle avait déjà rédigé plusieurs chapitres, cependant ce voyage lui permettrait d'engranger des détails indispensables, des images qu'elle aurait en mémoire lorsqu'elle corrigerait et peaufinerait son travail.

Simon l'avait appelée dans la semaine pour lui décrire le manoir transformé en hôtel qu'il avait choisi pour eux dans la région des lacs. Parfois, après une conversation téléphonique avec lui, elle se sentait angoissée, craignait de n'avoir rien dit de franchement intéressant. Mais leur dernière discussion avait été différente. Tous deux se réjouissaient de l'aventure qui les attendait. Elle avait à peine dormi, cette semaine, tant elle était surexcitée – elle en avait le tournis.

Surexcitée et, pour avouer la vérité, un brin coupable. Elle avait quitté West Briar le dimanche ; le lendemain du baptême, de bonne heure, elle avait réglé sa note à la propriétaire du Captain's House. Quand son interlocutrice lui avait demandé comment s'était passée la fête, Morgan avait feint l'enthousiasme. Mais, en réalité, la réception avait été un désastre. Claire refusant de sortir de sa chambre, les invités se hâtaient de manger et de s'éclipser. Morgan apporta une assiette à son amie qui refusa d'y toucher. Elle était profondément navrée pour Claire, mais elle savait aussi qu'elle ne pouvait pas résoudre ses problèmes avec Guy.

— Lorsque je reviendrai, tout ira mieux, assura-t-elle à son amie. Eden sera partie, la vie reprendra son cours normal. Tu verras.

Claire, en larmes, ne la supplia même pas de rester, comme elle l'aurait fait naguère. Elle la laissa s'en aller, telle la survivante exténuée d'un naufrage cramponnée à une planche de salut et qui, soudain, lâche prise – engourdie, résignée.

À cette pensée, le moral de Morgan dégringola. Assez, se dit-elle. Tu te fustiges. Détends-toi, tu réfléchiras à tous ces problèmes à ton retour. Profite du moment présent.

Elle méritait ce bonheur. Elle l'avait gagné. Elle avait demandé, et obtenu, une subvention pour poursuivre ses recherches en Angleterre. Ce n'était pas son premier voyage en Grande-Bretagne, mais celui-ci serait très spécial – cette fois, elle serait avec Simon.

Cette subvention arrivait après une longue succession de bourses d'étude et d'allocations décrochées au fil des ans. Lorsqu'elle avait quitté la maison de son oncle dans le nord de l'État de New York, où elle se morfondait, l'université avait été pour elle mieux qu'un refuge. À la fac, elle avait trouvé un chez-soi et une famille au sein de la communauté estudiantine. Le doctorat qu'elle visait lui procurerait la sécurité à laquelle elle aspirait, ainsi qu'une chance de devenir professeur de l'enseignement supérieur. Simon envisagerait-il un jour de chercher un poste en Amérique ? Dans les milieux universitaires, il était réputé pour ses qualités de poète. Il pourrait sans doute se le dénicher, ce poste.

Holà, ma fille. Tu mets la charrue avant les bœufs. Vous n'avez même pas fait l'amour. Attends de voir comment se passe ce voyage.

Mais elle ne pouvait s'empêcher de rêvasser sur ce que serait peut-être leur vie, si tout allait bien.

Les bienheureuses méditations de Morgan furent soudain interrompues par une chanson d'Alanis Morissette, qu'elle avait choisie comme sonnerie de portable. Le numéro affiché ne lui évoquait rien, cependant elle prit la communication.

— Allô ?

Pas de réponse – simplement un brouhaha, des voix indistinctes.

— Allô ?

— Morgan ?

Celle-ci se raidit sur sa chaise.

— Claire ? C'est toi ?

— Oui, répondit Claire d'un ton morne.

— Comment vas-tu ?

Pas de réponse.

— Tu es où ? demanda Claire.

— Eh bien, à l'aéroport, dit Morgan, et elle dut s'avouer que prononcer ces mots lui donnait le sentiment d'être une femme sophistiquée qui mène une existence cosmopolite. J'attends mon vol.

— Où tu vas ?

Morgan éprouva de l'irritation. Claire était obnubilée par son bébé, certes, par tout ce qui s'était passé, mais elle lui avait seriné combien ce voyage comptait pour elle.

— Je pars en Angleterre, pour mes recherches. Je vais rejoindre Simon. Je t'en ai parlé, tu te souviens ?

Silence.

— Ah oui, c'est vrai, murmura enfin Claire. Oui. Je suis désolée.

— Ce n'est pas grave, je suis contente de t'entendre. Je suis très en avance, j'ai le temps de bavarder.

Silence.

— Claire ? Qu'est-ce qu'il y a ?

— Non… je n'aurais pas dû te téléphoner. C'est toujours toi que j'appelle, dit Claire et, dans sa voix monocorde, Morgan perçut une note de regret.

— Ce n'est rien.

Morgan manquait de conviction. À la vérité, il lui fallait reconnaître qu'elle était quelque peu... froissée par ce coup de fil. Elle n'avait pas envie de penser aux problèmes de Claire. Elle refusait de se gâcher cette journée. Elle avait fait de son mieux avec son amie, maintenant elle voulait seulement songer à son voyage, aux semaines formidables qu'elle allait vivre. Puis, aussitôt, elle se jugea mesquine et eut honte de son agacement.

— Ne sois pas stupide, dit-elle avec chaleur. Tu as eu raison de m'appeler, évidemment. Que se passe-t-il ?

— Il est arrivé quelque chose, articula Claire.

Des mots anodins, pourtant Morgan sentit immédiatement, sans savoir pourquoi, la peur se répandre dans ses veines.

— Qu'est-ce qui est arrivé ?

— Guy. Et... la voix de Claire se brisa – et Drew.

Le cœur de Morgan se mit à cogner.

— Guy et Drew ? Eh bien, quoi ?

— Ils sont... morts.

— Ils sont morts ? s'écria Morgan – des frissons glacés la parcouraient, ses bras et ses jambes tremblaient. Oh, mon Dieu. Claire... oh, mon Dieu.

Le couple d'âge mûr, en face d'elle, la regardait d'un air inquiet.

Morgan se tassa dans son fauteuil, se détournant à demi, agrippant son téléphone à deux mains.

— Qu'est-ce que cela signifie, qu'est-ce qui s'est passé ? Ils ont eu un accident ? Oh, Claire, ce n'est pas croyable.

Guy et Drew morts tous les deux ? L'espace d'une seconde, égoïstement, Morgan pensa à elle-même. À son voyage qui devrait être retardé. Elle songea à Simon, au vieil hôtel romantique qu'il lui avait décrit. La honte l'envahit – avoir de telles pensées alors que Drew... Elle se remémora son filleul, ce petit bébé innocent qu'elle avait tenu dans ses bras durant ces derniers jours. Les larmes lui montèrent aux yeux, une douleur violente lui transperça la poitrine.

— Oh, mon Dieu. Noooon...

— Ce n'était pas un accident, dit Claire de sa voix morne.

Malgré son désarroi, sa stupeur, Morgan prit brusquement conscience que Claire ne pleurait pas, ne criait pas. Simultanément, les paroles de son amie s'imprimèrent dans son esprit.

— Ce n'était pas un accident ? Que veux-tu dire ? Mais que s'est-il passé ?

— J'ai besoin de toi. J'ai besoin que tu viennes.

Morgan soupira.

— Bien sûr, Claire. J'arrive immédiatement. Mais comment... qu'est-ce qui s'est passé ?

— Ils ont été... tués. Assassinés.

Morgan pressa une main au creux de sa gorge. Elle sentit battre son pouls.

— Oh, Seigneur. Ce n'est pas possible. Mais qui... et où est-ce que... ?

— À la maison.

— Claire, je ne comprends rien. Où étais-tu quand... ? Oh, c'est dingue. Tu n'as rien, au moins ?

Silence, de nouveau. Il faut que je me ressaisisse, se dit Morgan. Claire avait, à l'évidence, désespérément besoin de quelqu'un sur qui s'appuyer. Une amie hystérique ne l'aiderait pas. Elle se contraignit à réfléchir, à s'exprimer avec calme.

— Claire, tu es blessée ? Où es-tu en ce moment ?

— Au commissariat.

— Bon, d'accord. Au moins, tu es en sécurité.

— Ils m'ont interrogée.

— Interrogée ? Qu'est-ce qu'ils ont dans le crâne ? s'indigna Morgan. Tu devrais être à l'hôpital, tu es probablement en état de choc. Claire, dis à ces policiers que tu répondras à leurs questions plus tard. Ou alors, laisse-moi leur parler. Tu as quelqu'un avec toi ? Astrid ? Ou Lucy ? Quelqu'un qui peut t'emmener à l'hôpital ?

— Non…

— Bon, d'accord. Téléphone-leur, qu'on te conduise à l'hôpital ou, au moins, chez le médecin.

— Je ne peux pas téléphoner, murmura Claire.

— Pourquoi ça ?

— Les policiers m'ont prévenue que je n'avais droit qu'à un coup de fil.

— Un seul ? Mais c'est ridicule…, protesta Morgan.

Puis, soudain, elle commença à comprendre.

— Attends, une minute…, bafouilla-t-elle.

— Alors c'est toi que j'ai appelée, dit Claire, simplement.

Morgan eut un étourdissement, il lui sembla que la salle d'embarquement basculait.

— Que… qu'est-ce que tu racontes ? Tu dis qu'ils t'interrogent parce qu'ils… ils croient que tu…

— Ils m'ont arrêtée.

Cette fois, ce fut Morgan qui resta coite. Comme tout le monde, elle avait entendu des histoires d'innocents emprisonnés, condamnés. Mais là, c'était aberrant. En principe, on était en état d'arrestation parce que la police avait des raisons de vous soupçonner. Voilà du moins ce que pensait Morgan jusqu'à cet instant.

Claire serait… ? Non. Claire, tuer son mari et son enfant ? Non, impossible. Presque… risible. Morgan avait l'impression d'évoluer dans un rêve bizarre. Cette conversation téléphonique n'était pas réelle.

Et pourtant, si, elle l'était.

— Claire, je ne sais pas ce qui s'est passé, mais je suis persuadée qu'il s'agit d'une terrible erreur. Oh, bon sang…

Elle tourna le regard vers la pendule murale. Combien de temps pour retourner là-bas ? Elle avait emprunté la navette de l'aéroport pour rejoindre Kennedy. Elle devrait rentrer à Brooklyn, prendre sa voiture. Elle fit un rapide calcul. Non, ce serait trop long. Claire avait besoin d'aide immédiatement.

— Écoute, il te faut quelqu'un près de toi. Guy et toi, vous aviez un avocat ?

— Non, pas vraiment.

— Bon, d'accord. J'ignore ce qui se passe, mais tu ne devrais plus ouvrir la bouche tant que tu n'as pas d'avocat. Que tu sois innocente, les policiers s'en fichent. On a vu des tas d'émissions de télé sur ce sujet. Tu n'as qu'à leur dire que tu n'ajouteras pas un mot en l'absence de ton avocat. D'accord ? Dès que l'avocat sera là, tu lui raconteras tout, et il t'expliquera ce que tu dois faire.

— Ça n'a pas d'importance.

Morgan se représenta son amie, les yeux vides. Elle aurait voulu pouvoir l'atteindre, la secouer.

— Si, c'est capital. Claire, écoute-moi bien. Tu m'as téléphoné pour ça, n'est-ce pas, pour que je t'aide ? Alors, s'il te plaît, écoute-moi. Tu leur demandes de te trouver un avocat. Tu en as le droit, et eux sont obligés de s'incliner.

— C'est trop tard.

— Mais non, bien sûr que non, ce n'est pas trop tard. Dis-leur que tu exiges un avocat, et surtout ne réponds plus à leurs questions, ne dis plus rien. Je serai là aussi vite que possible.

— Je leur ai déjà dit…

Morgan sentit son cœur manquer un battement.

— Quoi donc ?

— Que c'est moi. Je les ai tués.

4

— Quoi ? bredouilla Morgan.

Elle distingua, à l'autre bout de la ligne, du mouvement, l'écho d'une discussion. Elle entendit la voix de Claire, étouffée, morne. Elle parlait avec un homme au ton brusque. Puis elle reprit le téléphone.

— Il faut que je te laisse, balbutia-t-elle, et Morgan eut l'impression d'entendre une petite fille. J'ai fait comme tu m'as dit. Je leur ai déclaré que je voulais un avocat.

— On raccroche, ronchonna la voix masculine.

— Il faut que je te laisse. On me place en garde à vue. S'il te plaît, Morgan, dépêche-toi. S'il te plaît. J'ai besoin de toi.

Morgan avait la bouche tellement sèche qu'elle se demanda si elle réussirait à émettre un son.

— J'arrive…

La communication fut coupée avant que Claire puisse répondre.

Morgan rangea son portable dans sa sacoche. Elle resta un moment immobile, à contempler la moquette industrielle. La dame, en face d'elle, se pencha, scrutant son visage.

— Je n'ai pas pu m'empêcher d'entendre. Ça va ? demanda-t-elle.

Morgan, déroutée, plongea les yeux dans les siens.

— Non, répondit-elle.

Elle se leva, les jambes flageolantes, agrippa la poignée de sa valise à roulettes.

— Non. Il faut que je m'en aille.

Elle hésita puis se dirigea vers le comptoir de réservation des billets, encore désert.

— Excusez-moi, dit-elle à l'hôtesse qui travaillait là, solitaire.

La jeune femme noire, au maquillage parfait, les cheveux tirés en une queue-de-cheval luisante, arborait un badge sur lequel était inscrit son prénom : Tanisha.

— Oui ?

— Je suis censée prendre ce vol. Pour Londres.

— Oui.

— Ce n'est plus possible. Je dois m'en aller. Quitter l'aéroport.

— Vous êtes souffrante ? questionna l'hôtesse.

Morgan fit non de la tête.

— J'ai reçu un coup de fil. Un décès… dans la famille.

— Je suis navrée, rétorqua la dénommée Tanisha, plus gentiment. Voulez-vous que je vous réserve un autre billet ?

— Oh, je… non.

L'esprit de Morgan fonctionnait à toute allure, comme pour tenter de fuir l'aveu de Claire. Le monde réel lui paraissait irréel, tout ce qu'elle voyait semblait n'être qu'une trompeuse façade. Toutes ses certitudes étaient mensongères. Elle fouilla dans sa poche et tendit sa carte d'embarquement à Tanisha.

— Je ne sais pas ce que je vais faire. Non. Annulez mon billet.

Morgan se dirigea vers la sortie, se ravisa et se laissa tomber dans un fauteuil à l'écart. Il fallait qu'elle le dise à quelqu'un, qu'elle en parle. Elle vérifia l'heure sur l'écran de son téléphone, calcula, puis composa le numéro de Simon.

Il répondit à la troisième sonnerie. Sa voix était lointaine, sourde. Il était manifestement en bonne compagnie, on bavardait et riait autour de lui, il y avait de la musique.

— Simon, balbutia-t-elle. C'est moi, Morgan.

— Morgan ! rétorqua-t-il, ravi. J'ai de la peine à t'entendre. Je suis à un cocktail dans Belgravia Street. Tu adoreras ces gens. Attends, je passe dans une autre pièce…

Cette allusion au fait qu'elle les rencontrerait bientôt, ces gens, la réconforta. Le bruit devint plus lointain, puis la voix de Simon résonna de nouveau à l'oreille de Morgan. Son accent anglais, suave, lui donna envie de pleurer.

— Voilà. Attends que je… voilà, très bien. Je suis content de t'entendre, mais, à cette heure-ci, tu ne devrais pas être à l'aéroport ?

— J'y suis. Seulement, il faut que je parte. Je… je ne peux pas venir. Pas aujourd'hui.

Il ravala une exclamation.

— Tu ne peux pas venir ? Quel est le problème, Morgan ? Pourquoi ?

— Ma meilleure amie, Claire, m'a appelée il y a un instant. Je t'ai parlé d'elle, tu te souviens. Elle a eu un bébé.

Silence.

— J'étais la marraine.

— Ah oui. En effet.

— Elle a été arrêtée. Ils sont morts tous les deux. Son bébé et son mari. La police pense que…

Morgan fondit en larmes.

— Oui ?

— La police pense que Claire les… qu'elle les a tués.

— Seigneur Dieu, quelle horreur. Allons, allons, calme-toi.

— C'est affreux, sanglota-t-elle.

— Je comprends que tu sois bouleversée.

— Claire est mon amie la plus proche. Elle est comme une sœur pour moi.

— Mais je ne saisis pas très bien pourquoi tu annules ton voyage. Tu n'es pas avocate, n'est-ce pas. Tu ne peux pas faire grand-chose pour elle.

— Si, rester à ses côtés. Claire n'a personne d'autre.

— Oui, naturellement, dit-il d'un ton apaisant. C'est vrai. Mais tu te rends compte que ces… situations mettent beaucoup de temps à se dénouer.

Morgan ne répondit pas.

— Honnêtement, insista-t-il. Je n'exagère pas.

— Je n'aurais pas dû te déranger. Je dois te laisser.

— Non, ne raccroche pas. Je suis maladroit. Je ne pense qu'à moi, c'est impardonnable. Mais je suis un peu… déçu, voilà tout. J'attendais notre… voyage avec tant d'impatience.

Morgan opina, en silence. Une part d'elle souhaitait dire « oui, moi aussi », l'autre part avait une envie folle de lui reprocher son insensibilité.

— Tu as eu un choc, poursuivit-il. Rappelle-moi quand tu en sauras davantage, on arrangera tout ça. Nous pourrons peut-être reporter notre escapade, conclut-il avec douceur.

Morgan eut la sensation que son cœur se pétrifiait.

— Comme tu l'as dit, cela risque de durer long-temps.

Nouveau silence, pensif celui-ci.

— Les situations évoluent, fatalement, déclara Simon. On verra bien ce qui se passe. N'est-ce pas ?

Le crépuscule tombait lorsque Morgan arriva à West Briar. Lors de ses précédents séjours, elle s'était baladée sur la plage, avait fait du shopping dans les boutiques du centre, sans jamais songer à repérer le commissariat. Elle stoppa près d'un vieux monsieur qui promenait son chien, et lui demanda son chemin. Il s'avéra que la police avait son quartier général dans un bâtiment historique, en face de la caserne des pompiers.

Le chaos régnait dans la rue, où journalistes et camions-régie s'agglutinaient. Morgan dut se garer quelques centaines de mètres plus loin, puis jouer des coudes dans la foule des représentants des médias.

La façade en bardeaux de cèdre patinés par les ans ressemblait à ses proches voisines – celles d'un musée des baleiniers et d'une pâtisserie. Cependant les murs du commissariat n'étaient plus qu'une coquille témoignant du passé. L'intérieur avait été rénové pour abriter des équipements dernier cri, caméras de suveillance, ordinateurs et meubles de bureau ergonomiques.

Lorsqu'elle s'approcha du comptoir, à l'accueil, le policier de garde, auréolé de cheveux neigeux, lui demanda ce qu'elle cherchait.

— Je désirerais voir… Claire Bolton.

Inutile d'expliquer qui était Claire Bolton. La figure rubiconde du policier vira au rouge brique, ses yeux s'étrécirent.

— Vous êtes une journaliste, encore une ? Je vous ai pourtant avertis, tous. Pas d'interviews de la détenue.

La détenue. Morgan se le répéta mentalement. Comment était-ce possible ? Comment cet homme pouvait-il parler ainsi de Claire ?

— Non, je ne suis pas journaliste. Je suis son…

Elle allait dire « amie », se tut. Une simple amitié ne lui ouvrirait certainement pas les portes.

— Je suis sa sœur.

— Quel est votre nom ?

— Morgan Adair.

— Et vous êtes sa sœur ? répéta-t-il, sceptique.

— Elle m'a téléphoné et demandé de venir. J'arrive à l'instant.

— Hmm.

Il décrocha le téléphone, une conversation s'engagea entre lui et son invisible interlocuteur.

— Oui, elle prétend être la sœur. Morgan.

Il écouta, hocha la tête.

— OK, marmonna-t-il en reposant le combiné. Le fourgon de la prison du comté est en route. En attendant qu'il arrive, vous pouvez voir la détenue. Mais c'est tout.

— Merci, répondit humblement Morgan.

— Hardiman, on rapplique ! beugla le policier.

Une femme robuste approcha.

— Ouais.

— Emmenez cette dame voir sa sœur. Bolton.

— Ouais.

— Et vous la surveillez. Elle est autorisée à entrer dans la cellule, mais vous la fouillez avant et après. On veut pas d'embrouilles ici, tant qu'elle est pas derrière les barreaux.

— Ouais, répéta la femme, une quadragénaire carrée, à la figure constellée de cicatrices d'acné. Suivez-moi, dit-elle à Morgan d'un ton solennel.

Morgan lui emboîta le pas, franchit une série de portes verrouillées que son cicérone ouvrait en posant la main sur une borne de reconnaissance digitale. Elles pénétrèrent dans une pièce repeinte depuis peu qui comportait deux cabinets de toilette, sans battant, de part et d'autre de l'entrée, puis quatre cellules à barreaux, deux de chaque côté. Apparemment, il n'y avait personne dans les deux premières cellules. Morgan eut envie d'appeler Claire, mais elle ne voulait surtout pas enfreindre une clause quelconque du règlement. Elle ôta ses chaussures, se laissa palper, obéit lorsqu'on lui ordonna de ne pas bouger. L'agent Hardiman se dirigea vers la cellule de gauche, la plus éloignée.

— Votre sœur est là, annonça-t-elle d'un ton abrupt.

Pas de réponse. Hardiman fit signe à Morgan d'approcher. Le cœur battant à se rompre, Morgan s'avança. Hardiman déverrouilla la porte à barreaux à l'aide d'une clé électronique et, d'un geste, invita la visiteuse à entrer. Puis elle referma la porte.

— Je suis là, dit-elle. Je m'en vais pas. Et je vous préviendrai quand ce sera le moment de partir.

— Merci, répondit Morgan avec soumission.

La cellule, dépourvue de fenêtre, était nettement plus sombre que le couloir. Les murs paraissaient, eux aussi, fraîchement repeints, mais déjà maculés de graffitis obscènes. Manifestement, l'endroit était conçu pour des détentions de brève durée. Il y avait une petite table métallique, une chaise et un lit. Pas de W-C ni de lavabo. Claire, vêtue de son jean et son sweat-shirt taché, était assise au bord du matelas. Ses cheveux courts, coupés au carré, étaient plats et ternes. Dans la pénombre, son teint si pur semblait cireux. Elle braqua ses grands yeux noirs, cernés, sur Morgan.

Celle-ci, maintenant qu'elle était face à son amie, eut presque peur de rencontrer ce regard familier. Elle craignait de ne plus y retrouver l'être qu'elle connaissait. Durant tout le trajet depuis l'aéroport jusqu'à West Briar, elle s'était efforcée de ne pas penser aux mots qu'elle avait entendus dans la bouche de Claire. *Je les ai tués*. On parlait déjà de cette histoire à la radio, et elle avait dû changer de station, puis finalement recourir à son iPod pour ne pas avoir à écouter le récit des terribles événements.

Maintenant elle était enfermée avec Claire dans une cellule, et il n'y avait plus d'échappatoire. Elle contempla sa meilleure amie. Claire se leva, s'approcha et l'entoura de ses bras.

— Tu es là, Dieu merci, murmura-t-elle.

Un sanglot lui échappa. Morgan sentait l'odeur du talc pour bébé qui imprégnait le sweat-shirt de Claire, mêlée à des relents de lait et de vomi. Mentalement, elle revit le petit visage de Drew, sa bouche en bouton de rose, ses yeux brillants. Elle se raidit, posa les mains sur le dos tremblant de Claire. En principe, le chagrin de son amie aurait suffi à la mettre au bord des larmes. Mais pas aujourd'hui. Les questions tournaient dans sa tête, tel un essaim de guêpes. Claire pleurait-elle la mort de Drew et de Guy ? Ou bien s'apitoyait-elle sur son propre sort ? Pleurer ceux qu'elle aimait, si elle était responsable de leur disparition, semblait… pervers.

Comme si elle percevait les réticences de Morgan, Claire recula, croisa les bras sur sa poitrine et les frictionna. Elle paraissait frigorifiée.

— Assieds-toi, dit-elle, montrant la chaise.

Morgan opina, écarta la chaise de la table, s'assit. Elle humecta ses lèvres sèches, jeta un coup d'œil à Claire qui l'observait.

— Excuse-moi. J'essaie simplement de…

Elle n'acheva pas sa phrase. Claire reprit sa place sur le lit, noua ses mains sur ses cuisses.

— Ça va ? lui demanda Morgan. Enfin… physiquement.

Claire acquiesça en silence.

— L'avocat est venu ?

— Oui.

— Qu'est-ce qu'il t'a dit ?

Claire se frotta les yeux avec ses paumes. Puis elle prit une grande inspiration.

— C'est une femme. Noreen, elle s'appelle. Noreen... Machin. Elle a laissé sa carte. Là, sur la table.

Morgan vit, en effet, la carte de couleur ivoire. « Noreen Quick, avocate », lisait-on au-dessus de l'adresse.

— Et que t'a-t-elle dit ?

— Elle est enceinte, répondit Claire dont les yeux s'embuèrent. Elle va avoir son bébé d'un jour à l'autre.

— Claire ! rétorqua sèchement Morgan. Que t'a-t-elle dit ? À propos de cette affaire.

— Que c'était une affaire difficile parce que j'ai fait des aveux à la police, soupira Claire. Franchement, Morgan, je ne me souviens pas bien de ce qu'elle m'a raconté. Je suis tellement épuisée. Je voudrais juste un calmant, quelque chose qui m'assomme. Je voudrais dormir. Ici, ils refusent de me donner quoi que ce soit.

Une colère aveugle envahit Morgan. Des calmants ? Elle ne pensait donc qu'à ça, après ce qui était arrivé ? Comment pouvait-on avouer avoir tué son mari et son enfant, puis oublier les conseils de son avocate ? Comment pouvait-on avouer qu'on avait tué, tout court, et ensuite ne songer qu'à dormir ?

— Bon, dit-elle froidement, glissant la carte dans la poche de sa veste. Je discuterai avec elle.

Claire la regarda avec gratitude.

— Vraiment ?

— Oui, naturellement, articula Morgan. Je suis là pour t'aider.

— Que Dieu te bénisse. Il me semble que je n'ai que toi au monde. La famille de Guy ne fera rien pour moi.

— On les comprend.

Claire rougit et baissa les yeux.

— Oui, murmura-t-elle. Oui, bien sûr.

À la vue de son amie qui ployait le cou, Morgan fut soudain soulevée par une étrange vague de tendresse. Cela ne pouvait pas être vrai. Il y avait une erreur, forcément. Cette jeune femme n'était pas une meurtrière déjantée. C'était Claire, avec qui elle avait partagé dortoirs, appartements et chambres d'hôtels, lorsqu'elles voyageaient. Claire, avec qui elle s'était teint les cheveux, baladé durant des heures en discutant du sens de la vie, Claire avec qui elle avait ri aux larmes en se remémorant comment, au lycée, elles filaient le prof de sciences dont elles s'étaient entichées. Claire, qui lui était plus proche qu'une sœur.

— Oh, Claire… dis-moi que c'est un gigantesque malentendu. Tu n'as pas pu tuer quelqu'un. Surtout pas ton bébé…

Claire garda le silence. Une larme roulait sur sa joue.

— Comment est-ce arrivé ? Raconte-moi ce qui s'est passé…

Claire se prit la tête dans les mains, comme pour l'empêcher d'exploser.

— Ne m'oblige pas à répéter encore tout ça.

— Mais pourquoi tu aurais fait une chose pareille ?

Claire leva vers elle un regard tourmenté.

— Je ne sais pas pourquoi. Je n'arrête pas d'y penser. Drew avait été tellement… difficile. Et Guy… je l'ai jeté dehors. J'étais trop en colère contre lui, il m'avait menti au sujet de sa fille.

— Attends… si tu l'as mis à la porte, comment expliques-tu qu'il était à la maison ?

Claire haussa les épaules.

— Je l'ai laissé revenir, le soir. Dans la chambre d'amis. J'essayais de digérer, mais chaque fois que je le regardais…

— C'est pour cette raison que tu les as tués tous les deux ? questionna Morgan, sidérée – on était en plein délire. À cause d'Eden ?

— Peut-être. Je ne sais pas vraiment.

— Je ne comprends pas, gémit Morgan. Comment…

Comment as-tu pu ? voulait-elle crier. Mais Claire se méprit.

— C'était très tôt, ce matin. Il faisait encore nuit. J'étais dans la salle de bains. Avec Drew. Il était dans son bain.

— Qu'est-ce que tu fabriquais dans la salle de bains, à cette heure-là, avec le bébé ?

— Je… je ne sais pas. Je suppose que… je lui donnais son bain.

— Dans cette énorme baignoire à pieds de griffon ? Mais il était si petit. Il tenait dans le lavabo.

Claire, les yeux dans le vide, semblait revoir la scène.

— Il y avait de l'eau dans la baignoire. Drew était dans l'eau. Guy est entré et je… on s'est disputés. Et puis, je ne sais pas. Peut-être qu'on s'est battus. Et alors, Guy a glissé. Il s'est cogné la tête sur le bord de la baignoire en fonte. Il y avait beaucoup de sang. Partout.

— Tu prétends donc que c'était un accident, rétorqua Morgan, sceptique.

Claire lui lança un regard plein d'espoir.

— Ce doit être ça.

— Et Drew ?

— Oh, Morgan… balbutia Claire d'une voix brisée. Il s'est noyé dans la baignoire. Mon bébé…

Morgan en était physiquement malade. Elle aspira une goulée d'air, pour ne pas vomir.

— Claire… tu l'as laissé se noyer ? Seigneur.

— Ne me parle pas comme ça, supplia Claire. Je ne l'ai pas fait exprès. Ça, j'en suis sûre. Tu ne vas pas, toi aussi, me crier dessus.

— Tu ne l'as pas fait exprès ? J'ai l'impression d'entendre une gamine. Tu n'as pas chipé des chewing-gums à la supérette, c'est autrement plus grave !

— Je le sais ! riposta Claire avec une brusque colère.

Morgan se leva de sa chaise et se mit à arpenter la cellule tel un tigre en cage. Elle fourragea dans ses cheveux, s'efforçant d'analyser la situation, d'imaginer Claire…

Le talkie-walkie de l'agent Hardiman grésilla. La policière répondit à voix basse.

Morgan, quant à elle, se contraignit au calme. Pour le bien de Claire qui n'avait pas d'autre soutien. Quels que soient les actes qu'elle avait commis, leurs années d'amitié exigeaient un minimum de fidélité. C'était effarant, d'accord, mais il avait pu se produire un accident. Un enchaînement d'accidents épouvantables. Quoi qu'il en soit, elle devait se ranger dans le camp de Claire. Chaque être humain mérite d'avoir quelqu'un à son côté. Elle observa la jeune femme, sur le lit, le dos voûté, absente.

— Je ferai tout mon possible pour t'aider.

Claire fixa sur elle des yeux débordant d'angoisse et de reconnaissance.

— Le fourgon du comté est là, annonça alors l'agent Hardiman. Deux policiers descendent pour emmener la détenue.

À l'aide de la clé électronique, elle entrouvit la porte.

— Madame, je dois vous demander de partir.

Claire agrippa la main de Morgan qui fut obligée de se dégager. Elle entendait déjà des pas pesants dans le couloir.

— Il faut que j'y aille.

— Je sais, murmura Claire en s'essuyant les yeux. Euh… encore une chose. Tu t'occuperas de nourrir Dusty ?

Morgan ne comprit pas immédiatement.

— Ton chat ? dit-elle, ahurie. Tu t'inquiètes pour ton chat ?

— S'il te plaît…

— D'accord, d'accord.

— On sort, immédiatement ! aboya l'agent Hardiman.

Cet ordre fit sursauter Morgan qui s'empressa d'obéir.

5

Les flashes des photographes trouaient l'obscurité comme des feux de Bengale, tandis que Claire, menottée, sortait du commissariat de West Briar pour se diriger vers le fourgon, encadrée par deux costauds de la police d'État. Sur le trottoir d'en face, Morgan contemplait sa meilleure amie, si grande et séduisante que les gens la prenaient parfois pour un mannequin, et qui trébuchait maintenant en marchant, accoutrée d'un jean et d'un sweat-shirt sale. Son teint jaunâtre, ses yeux vitreux et ses joues creuses lui donnaient l'air d'une gosse des rues mal nourrie. Elle se laissa pousser dans le véhicule, l'un des flics s'installa au volant, l'autre claqua le hayon. Puis il se tourna vers la foule.

— Messieurs dames, le spectacle est terminé !

Les journalistes commencèrent à se disperser, déjà prêts pour le prochain fait divers. Le fourgon qui emmenait la détenue à la prison du comté démarra. Morgan songea qu'elle devait rejoindre sa voiture. Il lui fallait réfléchir. Trouver un endroit où dormir. Et tout le reste. Mais elle demeurait clouée au sol, s'évertuant encore à encaisser, comme autant de coups, tout ce qu'elle avait vu et entendu.

Un SUV d'une taille ostentatoire, gris métallisé, les vitres teintées, était garé le long du trottoir, le moteur tournant au ralenti. Le conducteur baissa la vitre côté passager et se pencha. Morgan sourcilla. Vraisemblablement un curieux en quête de détails croustillants. Elle allait l'envoyer sur les roses.

— Morgan ?

Surprise de s'entendre appeler par son nom, elle jeta un regard au conducteur qu'elle reconnut aussitôt. Sandy Raymond était un homme riche, il avait le vent en poupe, cependant il ne se distinguait pas par son charme. Il était corpulent, pas gros, mais pas vraiment athlétique. Ses cheveux bruns, assez longs, paraissaient toujours un peu gras. Une acné juvénile avait marqué son visage, il avait le nez de travers, résultat d'une ancienne fracture, et de petits yeux d'un bleu perçant.

Claire et lui s'étaient fréquentés un an avant de se fiancer, néanmoins Morgan avait passé fort peu de temps avec le couple. Ils sortaient, assistaient à des manifestations caritatives, mais Claire disait souvent à son amie que Sandy était casanier. Il possédait plusieurs maisons, superbes, entre lesquelles il partageait son temps, néanmoins il aimait vivre simplement et ne recevait guère. Morgan fut franchement étonnée qu'il se rappelle son nom.

— Bonsoir, dit-elle. Que faites-vous ici ?

— La même chose que vous, répondit-il d'un ton abrupt. Je suis… inquiet pour Claire.

— Vraiment ? fit-elle avec un scepticisme plus éloquent qu'un long discours.

Pourquoi désirerait-il soutenir la femme qui l'avait quitté le lendemain de leurs fiançailles ? Les tabloïds avaient fait leurs choux gras de l'humiliation publique d'un homme fortuné, un excellent parti, plaqué pour un traiteur. Que Sandy ne se désole pas des épreuves que traversait aujourd'hui Claire serait humain.

— Oui, vraiment, dit-il, irrité.

— Je suis simplement surprise.

— Pourquoi ? J'ai failli l'épouser. Alors je suis inquiet pour elle. C'est naturel.

Sandy ignorait que Morgan l'avait aperçu dans la galerie de l'église durant le baptême de Drew, où il n'était évidemment pas le bienvenu. Pinçant les lèvres, elle détourna son regard. L'attitude de Sandy Raymond n'était pas facile à comprendre.

— Certes.

— Vous comptez rester dans les parages ?

— Oui.

Elle repensa à Claire lui demandant de nourrir le chat. Comme c'était bizarre, de la part d'une femme qui avait déchaîné contre les siens une fureur meurtrière.

— Je crois que je vais loger chez Claire.

— Ah non, ça m'étonnerait.

— Pardon ?

— La maison est une scène de crime, expliqua-t-il, sans s'offusquer de sa froideur. Les flics en interdiront l'accès tant qu'ils n'auront pas terminé de la passer au peigne fin. Ils ne laisseront personne entrer ce soir.

— Oh… oui, vous avez sans doute raison.

— Écoutez, j'ai une immense baraque. Vous la connaissez, d'ailleurs. Il y a six chambres, uniquement pour moi et ma copine. Pourquoi vous ne viendriez pas ?

Il n'était donc plus seul, sa vie avait poursuivi son cours. Elle se remémora la grande demeure qu'elle avait visitée une fois – le soir de la fatidique fête de fiançailles. Un vieux manoir, restauré sans goût et défiguré par des anachronismes du genre bar, salle de cinéma… L'ensemble était luxueux et, du coup, l'invitation tentante. Mais non, ce ne serait pas convenable.

— Merci de votre gentillesse, mais je trouverai bien une chambre quelque part. Je vais…

Une seconde, elle pensa au Captain's House, cette confortable et douillette maison d'hôtes, malheureusement fermée à présent.

— Vous devez être aussi perturbée que moi, coupat-il avec brusquerie. Ça pourrait nous faire du bien à tous les deux d'en parler. Venez, je vous le demande comme un service. Honnêtement.

Morgan hésita. Elle percevait dans la voix de Sandy une peine sincère qu'elle éprouvait également.

— Je ne sais pas… je ne veux pas vous déranger.

— Vous ne me dérangez pas. Vous connaissez le chemin ? questionna-t-il, comme si elle avait déjà accepté son offre. Vous préférez peut-être me suivre ?

Morgan avait un souvenir précis de l'ancienne et majestueuse demeure, érigée au bord de l'océan et dont les jardins descendaient en pente douce vers les dunes.

— Non, je ne me perdrai pas. Merci.

Elle était éreintée par cette journée, par le chamboulement de ses projets et, par-dessus tout, par l'arrestation de Claire. Ses aveux. Tout cela la dépassait, mais elle était là pour se rendre utile. Or Claire se tourmentait pour son chat. Morgan allait par conséquent s'en occuper.

— Je... j'ai quelque chose à faire avant de vous rejoindre, dit-elle.

— Parfait, nous serons à la maison toute la soirée. À tout à l'heure.

— Oui, merci. À tout à l'heure.

La vitre teintée était déjà refermée, masquant le conducteur.

Ignorant si, chez Claire, il y aurait de quoi nourrir le chat, et si on l'autoriserait à entrer, Morgan s'arrêta au supermarché pour acheter quelques boîtes de pâtée. Puis elle prit la direction du cottage de Claire et Guy. Comme Sandy l'avait prédit, la police avait éteint toutes les lumières et mis les scellés. Les ballons du baptême de Drew, au bout de leur ruban, décoraient encore la boîte aux lettres, mais ils étaient à moitié dégonflés et ne dansaient plus au gré du vent qui faisait maintenant claquer la rubalise délimitant les lieux du crime. La maison était lugubre.

Le samedi précédent, lors de son arrivée, elle avait vu le chat Dusty sur le perron. Il complétait l'image du foyer idéal, d'une existence idéale. Avec un soupir, Morgan se gara et coupa le moteur.

Elle prit sa torche électrique dans la boîte à gants, le sac en papier plein de boîtes de pâtée et s'avança dans l'allée.

— Dusty, appela-t-elle doucement.

Elle inspecta le jardin. Aucune trace du chat. Dusty était plutôt sauvage, Claire l'avait recueilli alors qu'il fouillait les poubelles derrière le ShopRite local. Quoiqu'il se fût aisément acclimaté à la vie domestique, il se méfiait des humains et ne se laissait caresser que par sa maîtresse. Guy lui ayant installé une chatière, il entrait et sortait à sa guise. Il fuyait la foule et respectait avec rigueur un planning éminemment personnel. Où rôdait-il, ce soir ? Dans le quartier, sans doute. Le raffut de la police l'avait certainement effrayé. Morgan continua à l'appeler tout en contournant la maison sur la pointe des pieds. Il était peut-être passé par-derrière pour se mettre à l'abri.

Elle grimpa les marches menant à la porte de la cuisine. La bande de plastique jaune signalant une scène de crime pendait, le vent l'agitait en tous sens. Morgan regarda par la fenêtre, espérant apercevoir l'éclat d'un regard félin. Elle ne vit rien, tout était sombre. Elle frissonna. Comment ne pas songer à la macabre tragédie qui s'était déroulée ici, à Guy mort sur le sol de la salle de bains, au petit Drew noyé… Elle s'obligea à chasser ces images de son esprit. Elle s'en irait d'ici avec soulagement et, à présent, elle était reconnaissante à Sandy Raymond de son hospitalité. *Je nourris ce chat, et je file.* Elle n'avait qu'à laisser la pâtée dehors, Dusty finirait bien par la trouver. Seulement, elle n'avait rien, ni assiette ni bol pour y déposer la nourriture.

Zut, pourquoi n'avait-elle pas pensé à acheter une gamelle ? Elle balaya le jardin des yeux, en quête d'un quelconque récipient. Il y avait, sur une table, deux pots de fleurs. Une des soucoupes fera l'affaire, se dit-elle et, machinalement, elle tourna la poignée de la porte… qui s'ouvrit.

— Oh ! s'exclama-t-elle, affolée.

Elle attendit que les battements de son cœur s'apaisent, tout en maintenant la porte entrouverte. Ça n'a rien d'extraordinaire, ne t'emballe pas. Elle promena le pinceau lumineux de sa torche dans la cuisine. La gamelle de Dusty était par terre, près de l'évier. Simple comme bonjour. Elle allait y vider la boîte de pâtée et s'en aller. Même si Dusty était dehors, il rentrerait assurément par la chatière pour manger.

Ne lambine pas, fais ce que tu as à faire, s'exhorta-t-elle. Elle poussa légèrement le battant, se glissa à l'intérieur. Elle resta plantée là un instant, dans l'obscurité, tendant l'oreille. Il régnait dans le cottage un silence sépulcral, comme si le moindre souvenir du bonheur qu'avaient abrité ces murs s'était évaporé. La maison semblait attendre quelque chose, les voix tues à jamais étaient l'essence même du silence. Morgan sentit une crampe lui tirailler l'estomac. En fait, elle n'avait rien avalé depuis des heures. Non, cette maison n'y était pour rien. Elle était simplement fatiguée et affamée. Pourtant, elle avait envie de s'aventurer plus loin, de pénétrer dans la salle de bains où le malheur avait frappé. Elle avait le désir morbide de voir de ses propres yeux le théâtre du drame. Mais cette idée était atroce.

Donne sa pâtée au chat et sors d'ici. Ne traîne pas, se dit-elle. Posant sa torche sur la table, elle se pencha pour saisir les deux bols. Sur l'un était représenté un robinet qui gouttait, l'autre s'ornait de chats cocasses, de couleur vive. Morgan changea l'eau de Dusty, nettoya sa gamelle et la remplit de pâtée.

— Dusty ? murmura-t-elle.

Aucun signe du matou. Elle remit les bols à leur place et, soudain, eut la sensation qu'on l'observait. Elle en eut la chair de poule et se figea, sans oser vérifier. Puis l'orgueil reprit le dessus, elle pivota et scruta l'obscurité, au-delà de la cuisine, dans le salon.

Quelque chose bougeait dans le noir. Ravalant un hurlement, elle se redressa tant bien que mal, agrippa la torche.

— Qui est là ?

De ses mains tremblantes, elle braqua la lampe électrique en direction du salon. Alors retentit un affreux cri rauque. Morgan sentit une masse percuter ses mollets et manqua tomber.

On lui griffait les jambes à travers son pantalon. Sursautant, elle baissa sa lampe. Dusty, dressé sur ses pattes de derrière, lui labourait les chevilles en grondant comme un beau diable.

Elle le repoussa violemment. Il recula d'un bond, hérissé. Il sifflait et crachait, ses yeux jetaient des éclats jaunes dans l'obscurité.

— Dusty, bordel ! pesta Morgan.

Elle était pourtant soulagée de le voir, un chat domestique en fureur ne l'effrayait pas. Elle regarda de nouveau en direction de la salle à manger, mais il n'y avait plus rien d'anormal. Sans doute avait-elle aperçu Dusty qui circulait dans la maison en rasant les murs.

Sa torche électrique toujours braquée sur le chat, elle se dirigea vers la porte, chercha la poignée à tâtons.

— Mange et fiche-moi la paix.

Soudain, de l'extérieur, on ouvrit la porte. Morgan poussa un cri, manqua tomber à la renverse. Une silhouette sombre s'encadrait sur le seuil.

6

— Hé, vous ! lança une voix irritée.

C'était au tour de Morgan d'être éblouie par une torche électrique. Elle finit cependant par distinguer un policier en uniforme, en bas des marches.

— Oh, vous m'avez fait une de ces peurs ! gémit-elle.

Il était jeune, pourvu d'un double menton et d'un tour de taille considérable.

— Qui êtes-vous ? interrogea-t-il. Que faites-vous dans cette maison, mademoiselle ?

La vérité, du moins des bribes de vérité, était préférable, décida Morgan.

— Je suis une amie. J'ai nourri le chat.

— Mais c'est une scène de crime. Vous n'avez pas vu la bande jaune ?

— Quelle bande jaune ? rétorqua-t-elle, angélique.

Les sourcils froncés, le policier jeta un regard circulaire et découvrit l'extrémité de la rubalise jaune rompue, coincée dans un bardeau de cèdre.

— Celle-là. Ne me racontez pas que vous ignorez ce que ça signifie.

Tête basse, Morgan descendit les marches du perron.

— Excusez-moi. Mais je m'inquiétais pour le chat, et puis la porte n'était pas fermée à clé.

— La voiture garée devant vous appartient ?

— Oui. Je ne me cachais pas. Simplement, je n'ai pas pensé que je n'avais pas le droit d'entrer.

Il la dévisagea d'un air méfiant.

— Vous êtes une amie des gens qui habitent ici ?

— Je m'occupe de leur chat, répéta-t-elle, éludant la question.

— Vous ne savez pas ce qui s'est passé ici aujourd'hui ? demanda-t-il d'un ton presque accusateur.

Morgan eut une hésitation.

— Un drame.

— C'est le moins qu'on puisse dire, ricana-t-il.

— Je vais avoir des ennuis ?

Le jeune policier réfléchit, secoua la tête.

— Non, mais allez-vous-en tout de suite.

Il orienta sa lampe électrique vers l'allée, et Morgan se hâta de filer avant qu'il ne se ravise.

Elle eut plus de mal que prévu à localiser la demeure de Sandy Raymond. D'une part, son intrusion dans le cottage de Claire lui avait mis les nerfs à vif. Mais aussi, sur cette route sinueuse qui longeait l'océan, l'entrée des résidences se blottissait entre de grands arbres, et on n'apercevait aucune plaque, aucune boîte aux lettres permettant d'identifier les occupants des lieux. Après s'être engagée dans plusieurs allées qui débouchaient sur des maisons ne lui évoquant pas le moindre souvenir, elle finit par trouver le bon chemin. Elle reconnut aussitôt le manoir en pierre grise qui n'aurait pas déparé la campagne anglaise.

Elle se gara sur l'aire de stationnement gravillonnée, à côté de quatre luxueuses automobiles, dont une Mercedes décapotable et le SUV gris métallisé, contempla la façade – un modèle de symétrie avec ses hautes fenêtres à petits carreaux et ses terrasses. Les lanternes de fiacre flanquant la porte d'entrée n'étaient pas éclairées, ce qui déplut à Morgan. Sandy n'avait même pas pris la peine de laisser les lumières allumées, une manière fort éloquente de dire qu'elle n'était pas la bienvenue. Claire se plaignait souvent que Sandy fût un ours.

À moins qu'il ne s'agisse d'une espèce de manipulation, une façon de se venger, parce que Claire l'avait trahi. En tout cas, il n'était pas trop tard pour se chercher une chambre d'hôtel. N'importe quoi ferait l'affaire, tant pis si ce n'était pas aussi charmant que le Captain's House.

Elle mit le contact. Soudain, la porte s'ouvrit. Sandy, en pantalon de survêtement informe et sweat à capuche, sortit et scruta l'allée circulaire. Puis il rentra à l'intérieur. Les lanternes de fiacre s'allumèrent.

Morgan resta au volant de sa voiture dont le moteur tournait. Sandy reparut sur la terrasse.

— Venez donc, Morgan !

Elle hésita, puis sortit et, dans la malle, prit la valise à roulettes avec laquelle elle avait prévu de partir en voyage. De retour à Brooklyn, elle n'avait pas voulu perdre de temps à refaire ses bagages. Elle fit rouler la valise vers le perron de pierre et vers Sandy.

— Les lumières étaient éteintes, dit-elle, alors je ne savais pas si…

— Désolé.

Il ne descendit pas pour l'aider. Tant bien que mal, elle hissa en haut des marches la lourde valise. Elle franchissait le seuil de la demeure, lorsque Sandy pivota et ébaucha le geste de saisir la poignée rétractable du bagage.

— Inutile, dit-elle assez froidement.

— Comme vous voulez.

Il la précéda dans le hall, où s'élevait un grand escalier courbe, et qu'encadraient deux immenses salons, abritant chacun des canapés et fauteuils en cuir suédé beige, taupe et chocolat. Les rideaux des fenêtres – en soie, classiques – étaient d'une teinte neutre et se confondaient avec les murs. Des tapis en sisal jonchaient le sol, et de ces deux pièces se dégageait une impression de simplicité et de tranquillité. Morgan se souvenait encore de sa réaction, lors de sa première visite. Ce décor, probablement conçu par quelque ruineux architecte d'intérieur à l'image de la vie de célibataire désinvolte que menait Sandy, était très en dessous de l'élégante façade.

Un ordinateur dont l'écran affichait un paysage montagneux était posé sur un bureau ergonomique en bois blond, placé près de la cheminée éteinte. Sandy, tournant le dos à Morgan, pianota sur le clavier. D'un geste vague, il indiqua les fauteuils rembourrés, dépourvus d'accoudoirs. Morgan s'assit.

— Une bière ? proposa-t-il, saisissant une bouteille verte sur le dessus de l'ordinateur.

— Vous n'auriez pas du vin ?

— Si, une pleine cave, gloussa-t-il. Farah ! Un verre de vin !

— Du vin comment ? répondit une voix distante.

— Rouge ou blanc ? demanda-t-il à Morgan.

— Cela m'est égal.

— Montepulciano ! cria-t-il.

Farah ? pensa Morgan. Était-ce sa petite amie ou bien la gouvernante ? Il lui donnait des ordres comme à une employée.

Sandy fit pivoter son fauteuil pour être face à son invitée.

— Elle sera là dans un instant. La maison est grande, ajouta-t-il d'un ton d'excuse qui ne gommait pas sa fierté.

— C'est une belle maison. Très… impressionnante.

— Vous avez eu du mal à la trouver ?

— Non, pas trop, j'étais venue pour les…

— Les fiançailles.

Les sourcils froncés, il se retourna vers son ordinateur. Mais son visage s'éclaira lorsqu'une ravissante jeune femme apparut, ses cheveux bruns et brillants ruisselant dans son dos. Elle était vêtue d'un sweat rose à capuche, moulant, dont le zip laissait voir la naissance de ses seins, et d'un caleçon gris. Pieds nus, elle portait dans chaque main un verre de vin grenat.

Ce n'est pas une gouvernante, décréta Morgan. Il s'agissait donc de la nouvelle maîtresse de Sandy. Il avait effectivement poursuivi son chemin, et tenait à ce que son invitée le sache.

— Te voilà, dit-il à Farah. Je te présente Morgan, une vieille amie.

Elle tendit le verre à Morgan avec un gentil sourire.

— Salut, je suis Farah.

Morgan ne put s'empêcher de la comparer à Claire, gracieuse et élégante avec ses cheveux courts à la coupe parfaite, son corps souple de mannequin. Farah, elle, avait l'allure d'une playmate. Claire était plutôt froide, Farah volcanique. Dans les yeux de Claire pétillaient l'humour et l'intelligence, ceux de Farah reflétaient la douceur et la tolérance. Chacune, à sa façon, était une véritable beauté, mais elles étaient radicalement différentes.

— Merci, Farah.

Celle-ci ondula jusqu'au canapé où elle se lova comme une chatte.

— Sandy, gronda-t-elle doucement, tu ne peux pas t'arracher à cet écran ? On a une invitée.

Il soupira, pivota de nouveau pour observer Farah qui, repliant l'index, lui fit signe d'approcher. Docile, il se leva, emportant sa bière, et prit place sur le canapé.

— Pousse-toi.

Sa compagne lui céda l'angle du divan. Il entoura de son bras ses épaules délicates. Morgan sirotait le vin capiteux. Pourvu qu'elle ne soit pas pompette, espéra-t-elle ; elle n'avait rien avalé depuis des heures.

— Alors, comment ça marchait, entre Claire et son mari ? questionna Sandy sans autre préambule. Il la battait ou quoi ?

Pelotonnée contre lui, Farah lui lança un regard innocent.

— De qui tu parles ?

— De mon ancienne copine, répondit-il nonchalamment. Claire. Morgan est sa meilleure amie. Claire a été arrêtée aujourd'hui pour le meurtre de son mari et de son bébé. Tu n'écoutes jamais les infos ?

— Quasiment jamais, admit Farah, penaude.

— Alors, qu'est-ce qui se passait ? insista Sandy. Il la trompait ?

— Non… non, rien de ce genre. Ils étaient heureux.

— Ça, c'est pas possible, objecta-t-il avec rudesse.

— Je suppose que tous les couples ont leurs problèmes, concéda-t-elle, pensant à Eden – mais elle préférait ne pas mentionner ces secrets que Guy avait cachés à son épouse. Depuis la naissance de son enfant, Claire traversait des moments difficiles, ajouta-t-elle.

— Je ne plains pas Guy Bolton, comprenez-moi bien. J'ai claqué une petite fortune pour qu'il vienne ici, chez moi, s'occuper de ma réception de fiançailles, et il s'est tiré avec ma future femme.

Farah sursauta et, stupéfaite, le dévisagea.

— Sans blague ?

— Oh, je rigole pas. Je croyais que tu étais au courant. Les journaux se sont régalés de cette histoire. Pour eux, que le magnat d'Internet se fasse larguer le lendemain de ses fiançailles, c'était pain bénit.

Il caressa la luxuriante chevelure de sa jeune compagne.

— Mais c'est vrai que tu lis pas les journaux.

Farah eut un sourire radieux, comme s'il l'avait complimentée, et se blottit de nouveau contre lui. Il ingurgita une lampée de bière.

— Alors, pourquoi elle a fait ça ?

— Je n'en sais rien, soupira Morgan. Cela paraît… incroyable.

— Pourtant elle a avoué, rétorqua-t-il d'un ton âpre.

— En effet.

— Bon Dieu.

— Oui.

— Qui est son avocat ?

— Je ne la connais pas. Une certaine Noreen Quick.

— Jamais entendu ce nom-là.

— Claire semble la trouver très bien.

— Qu'est-ce qu'elle en sait, Claire ? s'énerva-t-il. Pour l'instant, on ne peut pas s'y fier. Elle a perdu les pédales, Claire.

La brusquerie de Sandy la dérangeait, malheureusement ce qu'il disait n'était pas tout à fait faux.

— Peut-être. Mais c'est quand même à elle de choisir son défenseur.

Sandy secoua la tête, but une autre rasade de bière et s'essuya les lèvres sur la manche de son sweat.

— Il lui faut le meilleur spécialiste de droit criminel, le plus cher. Est-ce que l'argent pose problème ? Parce que, moi, je peux payer.

— Comme c'est mignon de ta part, intervint Farah. Vous ne trouvez pas ça mignon ? répéta-t-elle en regardant Morgan.

Comme un oisillon, elle leva la tête pour embrasser Sandy sur la joue. Il n'y prêta pas attention.

— Oui, c'est gentil de sa part, acquiesça Morgan. Et je suis d'accord avec vous, Sandy, il lui faut un excellent avocat, mais la décision ne nous appartient pas. Merci quand même. Vous êtes très généreux. Surtout après… après tout ce qui s'est passé.

Sandy écarta les mains, comme pour dire qu'il n'avait rien à cacher.

— Elle est dans la mélasssse. J'essaie seulement de l'aider.

— Je vous remercie. Je suis certaine que Claire en sera touchée.

— Pour moi, c'est normal.

Morgan étudia ses traits grossiers, ses petits yeux bleus. Il s'efforçait de paraître désinvolte, expansif, ce que démentaient ses épaules et sa mâchoire crispées. Elle se le remémora caché dans l'ombre, lors du baptême de Drew, mais préféra ne pas mentionner cet épisode. Elle reposa son verre de vin sur la table basse.

— Eh bien, je suis vannée et je présume que demain, je vais avoir une longue journée.

— D'accord. Farah, emmène-la à l'étage, dans la chambre d'amis du milieu.

Aussitôt, Farah abandonna son coussin.

— Et si elle a faim, sers-lui quelque chose à manger, ordonna-t-il. Vous avez faim, Morgan ?

Celle-ci se leva. Elle n'aimait pas la façon dont il bombardait sa compagne d'ordres. Traitait-il Claire de cette manière ? Elle ne les avait pas vraiment vus ensemble, cependant elle n'imaginait pas Claire laissant un homme la commander de la sorte. Pas étonnant qu'elle l'ait quitté. D'ailleurs, Morgan ne comprenait pas comment son amie avait pu se lier à ce personnage. Malgré sa générosité, il manquait de subtilité et d'élégance. Comme pour souligner qu'il avait gagné une fortune sans même se fatiguer à être poli. Morgan ne tenait pas à le contredire sous son toit, néanmoins, elle refusait de voir Farah à ses petits soins telle une servante.

— Montrez-moi simplement où est la cuisine. Je me préparerai un en-cas.

— Non, Farah s'en occupe. C'est son job, ajouta-t-il en assénant une claque sur le postérieur ferme et rebondi de la jeune femme. Je l'entretiens, il faut bien qu'elle me rembourse un peu.

Farah ouvrit grand la bouche, faussement indignée. Elle sourit aussitôt, se pencha pour murmurer quelques mots à l'oreille de Sandy et l'embrassa. Elle paraissait le remercier d'être si drôle.

Il la repoussa gentiment.

— Ouais, d'accord. Allez, vas-y.

— Suivez-moi, dit-elle, plantant son regard lumineux dans celui de Morgan.

7

La voix d'Alanis Morissette déferla dans l'esprit de Morgan, profondément endormie. Il lui fallut un moment pour comprendre que son portable sonnait. Ouvrant les yeux dans l'obscurité, elle se souvint qu'elle était chez Sandy Raymond, confortablement couchée dans un grand lit moelleux, dans l'une des nombreuses chambres d'amis. À tâtons, elle alluma la lampe de chevet, repoussa les draps de soie et le duvet chaud et léger pour fouiller son sac à la recherche de son mobile.

— Allô ? bredouilla-t-elle.

— Je désire parler à Morgan Adair, dit une voix féminine.

— C'est moi.

— Je suis la secrétaire de maître Noreen Quick, qui cherchait à vous contacter à propos de sa cliente, Claire Bolton. Vous serait-il possible de passer au cabinet ce matin ? Maître Quick souhaite discuter avec vous de quelques questions importantes.

— Oui. Bien sûr, j'arrive. Je pars immédiatement.

Quoique encore groggy, Morgan enregistra l'adresse et les coordonnées dans la mémoire de son téléphone. Vacillante, elle se dirigea vers la salle de bains dallée et d'une propreté rigoureuse. Elle fit rapidement sa toilette, s'habilla et empoigna sa sacoche. Elle envisagea un instant d'emporter sa valise, mais ce serait impoli vis-à-vis de Sandy. Elle reviendrait le remercier. L'immense demeure était silencieuse lorsqu'elle descendit. Elle s'en alla sans avoir vu Sandy ni Farah, s'arrêta dans une boulangerie pour acheter un petit pain et un café, et arriva au cabinet de l'avocat à l'heure pile.

D'après le panneau accroché à un reverbère, les bureaux de Abrams & Quick étaient situés dans un cottage aux murs recouverts de bardeaux, au centre de Briarwood, dans une étroite rue perpendiculaire à une avenue très passante. Morgan se gara devant le bâtiment, poussa le portillon et s'avança vers le perron. Elle manqua trébucher sur un airedale au pelage grisonnant affalé dans l'entrée, la tête sur ses pattes. Il plissa le front, considéra Morgan, mais s'abstint d'aboyer. Il ne bougea pas un cil. Ébahie, elle l'enjamba et pénétra dans la salle faisant office de réception.

La femme qui y était installée – Berenice Hoffman, selon son badge – avait la cinquantaine et des lunettes à monture en corne noire. Elle avait coiffé ses cheveux gris en une courte queue-de-cheval et portait un col roulé noir sous un sweat orné de l'emblème d'Adelphi. Elle leva le nez de son clavier d'ordinateur et sourit à Morgan. En face de son bureau se trouvait un parc pour bébé, actuellement occupé par un bambin, blond et bouclé, en salopette rouge, qui jouait sagement avec des cubes. L'enfant regarda Morgan et gazouilla.

Morgan lui sourit.

— Bonjour, toi. Je suis Morgan Adair, enchaîna-t-elle en s'adressant à la réceptionniste. Vous m'avez téléphoné tout à l'heure...

— Oui, en effet. Mme Quick est avec la maman de Kyle, expliqua Berenice Hoffman, désignant le garçonnet de la pointe de son crayon. Mais elle a presque terminé. Si vous voulez bien vous asseoir, elle ne tardera pas à vous recevoir.

— Très bien.

Morgan s'assit près du parc et agita les doigts, ce qui lui valut un sourire éblouissant, quoique édenté, de Kyle.

— À qui appartient le chien qui est dans l'entrée ?

— À moi, répondit Berenice. Il s'appelle Rufus. Si je le laisse à la maison, il s'ennuie, il aboie toute la journée, et ensuite les voisins me détestent.

Morgan hocha la tête. L'ambiance décontractée du cabinet la surprenait quelque peu, mais lui plaisait.

— Il a l'air plutôt... pacifique.

— Il aime avoir de la compagnie, dit Berenice en roulant les yeux. Mme Abrams et Mme Quick s'occupent principalement d'affaires de divorce et de garde d'enfants. Nous accueillons donc beaucoup d'enfants. Rufus adore. Les gosses le piétinent, il adore.

Morgan sourit. Elle se remémorait les paroles de Sandy, la veille. Il fallait à Claire le meilleur criminaliste. Or, à l'évidence, le droit pénal n'était pas la spécialité de ce cabinet. Noreen Quick serait-elle la plus apte à défendre Claire ?

Berenice retourna à son ordinateur, et Morgan observa le décor ostensiblement féminin. Sur la table basse, un pot en verre rempli de bonbons voisinait avec une pile de magazines familiaux tout écornés, ainsi que le *Ladies Home Journal*, et le *US News & World Report*. Sur le mur, près de diplômes universitaires, était accroché un quilt représentant un arc-en-ciel. On se serait cru dans un cabinet de pédiatre, et non chez un avocat.

Morgan entendit une porte s'ouvrir, quelqu'un se répandre en remerciements. Un instant après, une jeune femme apparut, et contrôla aussitôt d'un regard le parc pour bébé.

— Coucou, mon Kyle, susurra-t-elle. Comment va mon petit cœur ?

Elle portait un haut qui découvrait son ventre, un jean effrangé. Ses cheveux en bataille étaient d'un blond tirant sur le roux, elle avait les yeux cernés et trimballait un énorme sac à langer festonné de canetons et de lapins.

— Tu as été gentil avec Berenice ?

— Man… glapit le bambin qui réussit à se cramponner au rebord du parc pour mieux sauter sur place.

Sa mère pêcha un carnet de chèques dans le sac à langer. Berenice indiqua en chuchotant la somme que son interlocutrice s'empressa d'inscrire sur un chèque, tandis que le bébé l'appelait toujours à cor et à cri.

— Merci de l'avoir surveillé, dit la jeune maman en se penchant pour extraire son enfant du parc. Allez, mon chéri. On va dire au revoir à Rufus. Merci encore, Berenice.

— De rien, de rien, répondit la réceptionniste.

Le téléphone sonna, Berenice décrocha, écouta et acquiesça.

— C'est à vous, elle va vous recevoir, annonça-t-elle à Morgan. Deuxième porte à gauche dans le hall.

— Merci.

Morgan passa dans le hall. L'enfant, par terre, tirait les oreilles de Rufus qui, fidèle à sa réputation, ne bronchait pas. La jeune maman téléphonait.

Dans le couloir, une femme s'encadra sur le seuil d'une pièce. Petite, elle avait les cheveux bouclés, carotte, un visage constellé de taches de son et sans la moindre trace de maquillage. Elle était habillée de façon décontractée, d'un pantalon fuseau et d'une ample tunique bleu ciel qui abritait un ventre rebondi. Manifestement, elle attendait un bébé. Quand elle n'était pas enceinte, elle avait probablement une silhouette plutôt élégante, mais son gros ventre et sa taille d'adolescente lui donnaient l'allure d'un troll.

— Bonjour, je suis Noreen Quick.

Elles échangèrent une poignée de main.

— Morgan Adair.

— Entrez, Morgan. Ça ne vous dérange pas que je vous appelle par votre prénom ?

Morgan pénétra dans un bureau aux murs jaunes où, sur la moindre surface horizontale, s'alignaient les portraits de famille. À en juger par ces photos, Noreen avait des enfants, mais pas de mari. Un rapide coup d'œil à la main gauche de l'avocate – pas d'alliance, en effet.

Les murs s'ornaient également d'articles encadrés vantant l'action professionnelle et bénévole de Noreen Quick en faveur du Planning familial et d'une association, « Les mères au travail ». Noreen s'assit à son bureau, et Morgan prit place dans le fauteuil réservé aux clients. L'avocate joignit les mains.

— Quels sont vos liens avec Claire, Morgan ?

— Nous sommes de vieilles amies. Des sœurs, quasiment.

Noreen la scruta d'un regard acéré.

— Elle n'a pas de parents proches ?

— Pas vraiment. Des cousins dans l'Oregon. Sa mère est décédée voici plusieurs années. Elle et moi étions dans la même galère, et peu à peu, nous nous sommes épaulées.

— Elle a une immense confiance en vous, visiblement, déclara Noreen en saisissant un document. Ce matin, à la première heure, elle a fait savoir que, durant son incarcération, elle vous donnait sa procuration.

— Sa procuration ? C'est-à-dire ?

— Vous gérerez ses biens, ses finances, et cætera. En d'autres termes, elle se fie à vous pour préserver ses intérêts.

— Ouah…, murmura Morgan.

— Vous acceptez ?

Semblable perspective était effrayante, mais Morgan n'avait aucune intention de refuser. Elle aiderait son amie, ainsi qu'elle le lui avait promis, au maximum.

— Oui, évidemment. Puisqu'elle a besoin de moi…

— Parfait. J'en informerai l'administration.

— Mais je ne sais pas au juste en quoi consistent ses… intérêts, comme vous dites.

— Elle vous expliquera certaines choses, et quand vous serez autorisée à entrer dans son domicile, vous aurez la possibilité de consulter ses fichiers informatiques, ses papiers et tout le reste.

— Quand obtiendrai-je cette autorisation ? Dans l'immédiat, la maison est bouclée par la police.

— Je les appellerai pour me renseigner.

— Merci infiniment.

— Ce n'est rien, répondit Noreen qui griffonna une note dans son carnet.

— Comment va-t-elle, aujourd'hui ?

— Pardon ?

— Claire… comment va-t-elle ?

Noreen agita ses mains couvertes de taches de rousseur.

— Aussi bien que possible, je présume.

— Est-ce qu'on peut la faire sortir de prison ?

Noreen poussa un soupir.

— Voilà tout le problème. S'il n'y avait que le bébé, ce serait différent. Dans notre système judiciaire, ce crime est passible d'une peine moins lourde que le meurtre du mari… On ne nous accordera pas la liberté sous caution. D'autant qu'on la surveille en permanence, au cas où elle tenterait de se suicider. Une bonne initiative, à mon avis.

Morgan se sentit pâlir.

— Vous la croyez suicidaire ?

— Manifestement, elle est actuellement en danger, répondit Noreen d'un air surpris.

— Raison supplémentaire pour la sortir de là.

— Même si nous le pouvions, elle a besoin d'une surveillance constante. N'endossez pas cette responsabilité. Faites-moi confiance. Je dois la faire examiner par un psychiatre aujourd'hui même.

Morgan revit soudain Claire, la veille, emmenée vers le fourgon de la prison – son regard vide, son air exténué.

— Oui, c'est probablement une bonne idée, admit-elle.

— Son état d'esprit est la pierre angulaire de mon système de défense. Je compte plaider la folie temporaire. Psychose post-partum, plus précisément.

— Psychose ? J'étais avec elle la semaine dernière, elle ne m'a pas paru à ce point perturbée.

Noreen la dévisagea, les sourcils en accent circonflexe.

— Elle a tué son mari et son bébé. Il me semble difficile d'être plus perturbée que cela.

— Oui, je… bredouilla Morgan en rougissant. Vous avez raison, bien sûr. Mais elle m'a parlé du drame comme si c'était… une espèce d'accident.

— Je crains de ne convaincre personne avec la thèse de l'accident, objecta Noreen avec un petit rire amer. On peut envisager que l'un des deux homicides soit involontaire. Mais les deux ? Non, invraisemblable.

L'avocate était très persuasive. Morgan avait l'impression de disputer une partie de badminton – Noreen smashait impitoyablement les arguments qu'on lui opposait. Cependant Claire avait confié à son amie le soin de gérer ses affaires, une tâche certes écrasante, mais qui lui donnait de la témérité, ainsi que le droit – le devoir, plutôt – d'exprimer le fond de sa pensée. Pour le salut de Claire.

— Vous avez probablement raison, mais… ne le prenez pas mal, je vous en prie – ne vaudrait-il pas mieux que Claire ait un avocat pénaliste ?

— Je ne suis pas offensée, répondit posément Noreen. J'ai proposé de me charger de ce dossier *pro bono* parce que je suis une spécialiste des questions féminines. Je pense être capable d'élaborer la meilleure défense. Toutefois si vous voulez essayer de trouver un autre avocat, vous êtes libre de le faire.

— Vous comprenez, je connais Claire depuis si longtemps… Je ne l'imagine pas commettant volontairement un tel acte.

— Vous savez, les femmes souffrant de psychose post-partum ont des hallucinations, elles entendent des voix qui leur ordonnent de tuer leur enfant, elles ont des fantasmes de suicide.

Noreen, à mesure qu'elle parlait, était plus fervente, plus rayonnante d'énergie.

— Quand une femme est dans cet état d'esprit, elle n'est pas réellement responsable de ses actes. Elle cherche uniquement à faire taire les voix dans sa tête, à ne plus souffrir. Une mère atteinte de psychose post-partum croit, en tuant son bébé, agir pour le bien de son enfant. Elle est convaincue d'exécuter les… la volonté de Dieu, si vous préférez.

— Je suis désolée, j'ai lu des articles sur ce type de pathologie, mais il ne me semble pas que Claire était à ce point…

— Dingo ? acheva Noreen avec un zeste d'agacement. Vous n'êtes pas obligée de me croire. Je vous le répète, Claire va être examinée par un psychiatre. Il confirmera le diagnostic de psychose post-partum, et nous aurons ainsi l'opinion d'un expert. Ensuite nous pourrons avancer.

— C'est-à-dire ?

— Eh bien, je plaiderai non coupable pour cause de folie temporaire. Une mère saine d'esprit ne tuerait pas son bébé, c'est évident. Elle était donc mentalement perturbée. Quand son mari a tenté de s'interposer, ils se sont battus et elle l'a « accidentellement » poussé. D'après le rapport préliminaire, il s'est fracturé le crâne sur le rebord de la baignoire en fonte.

— Je vois, murmura Morgan en frissonnant.

— Dans d'autres pays civilisés, on ne punirait pas une femme qui a commis un infanticide, figurez-vous. On veillerait à ce qu'elle bénéficie de l'aide dont elle a besoin. Voilà ce que je veux pour Claire.

Morgan opina. Elle semblait acquiescer, pourtant elle avait l'estomac noué. Noreen Quick n'avait pas tort au sujet de la dépression post-partum, indéniablement. Mais une image hantait Morgan : Claire en larmes disant combien elle aimait Drew et qu'elle voulait à tout prix être à la hauteur. Jamais elle n'avait fait mention d'hallucinations ni de pulsions meurtrières à l'égard de son enfant.

Elle ne m'en aurait donc pas parlé ? Et si elle avait de telles pensées, ne l'aurais-je pas remarqué ?

— Si nous gagnons…, poursuivit Noreen.

— Elle sera libérée ?

— Non, c'est quasiment impossible. Claire sera internée dans un établissement psychiatrique. Elle y restera sans doute plusieurs années, jusqu'à ce que le juge l'estime en mesure d'être relâchée dans la nature.

Son exposé achevé, Noreen s'adossa à son fauteuil.

— Un asile, dit Morgan. Pendant des années.

— Avec un peu de chance, oui.

— C'est le mieux qu'elle puisse espérer ?

Les yeux étrécis, Noreen étudia longuement Morgan, comme si celle-ci se montrait délibérément idiote.

— Mademoiselle Adair, votre amie a tué deux personnes, elle l'a avoué. Selon vous, que mérite-t-elle pour de tels actes ? D'être portée en triomphe ?

8

Lorsque Morgan quitta le cabinet de l'avocate, elle était hébétée. Il lui semblait avoir reçu un coup sur la tête. À vrai dire, elle n'avait pas jusque-là envisagé le fait que Claire serait condamnée à une lourde peine. La rude franchise de l'avocate lui avait balancé cette réalité en pleine face.

Elle s'installa au volant et resta figée, contemplant le vide. Elle s'imagina rendant visite à Claire durant des années, dans un quelconque hôpital pour aliénés et assassins. Cela semblait impossible, pourtant voilà ce qui les attendait.

Morgan se décida enfin à mettre le contact. Elle se souvint brusquement que, si elle savait où elle allait, elle ignorait comment s'y rendre. Une fois de plus, elle regretta de ne pas posséder un GPS. Malheureusement, en ville, ces appareils étaient un aimant à voleurs. Elle se connecta sur Internet via son mobile et chercha des plans de la ville. Mais elle ne parviendrait pas à déchiffrer ces minuscules cartes tout en conduisant. Elle fut donc contrainte de retourner au cabinet de l'avocate où la serviable Berenice lui imprima un itinéraire. Morgan la remercia et, le cœur lourd, étudia le trajet. Puis elle reprit sa voiture et alla tout droit à la prison du comté.

Celle-ci se trouvait à quarante minutes de West Briar, dans un secteur nettement moins beau et moins bien fréquenté. Malgré les arbres centenaires qui l'entouraient, le gigantesque bâtiment en béton avait été construit sur un terrain argileux, nu, cerné d'un grillage surmonté de barbelés. Les visiteurs y étaient soumis à des formalités infiniment plus strictes qu'au commissariat de Briarwood.

Morgan fut dirigée vers l'aile réservée aux détenues, franchit d'innombrables portes verrouillées dont l'ouverture s'accompagnait d'un signal sonore. Le bâtiment était relativement neuf, il paraissait propre, cependant dans les couloirs flottaient des relents de sueur et de désodorisant. Morgan retenait sa respiration. Elle fut fouillée par une surveillante qui lui ordonna ensuite de prendre place dans une des files d'attente. Elle n'émit pas le moindre commentaire, aucune protestation. Finalement, après avoir patienté parmi des hommes, des femmes et des enfants à la mine lasse, qui semblaient tous bien connaître la procédure, Morgan fut emmenée dans une pièce. Elle y resta debout devant un bureau, face à une femme grassouillette, au teint café au lait, en tailleur-pantalon marron. Elva deLeon, administratrice.

— Vous désirez voir Claire Bolton ? demanda-t-elle en tripotant un feutre.

— Oui, madame.

— Pour l'instant, le psychiatre l'examine. S'il reste un peu de temps après son départ, vous pourrez la voir. Mais je doute que ce soit possible. Pourquoi ne pas revenir un autre jour ?

— Ça ne me dérange pas d'attendre, répondit Morgan, butée. Je tente ma chance.

— Comme vous voulez, bougonna la femme qui, d'un haussement d'épaules, mit fin à l'entretien.

Morgan retourna dans la salle d'attente, escortée d'une surveillante. Les autres visiteurs avaient disparu, ils étaient probablement auprès de leur parente ou amie incarcérée. Morgan rongeait son frein. Au bout de quarante minutes, et après s'être plusieurs fois renseignée, on lui déclara qu'elle pouvait aller au parloir – une salle au décor spartiate, équipée de quelques distributeurs, meublée de tables en bois et de chaises qu'occupaient les prisonnières en combinaison de toile, d'un bleu terne, et leurs proches. Des gardiennes armées faisaient le pied de grue devant les portes.

— Je m'assieds ? demanda Morgan à l'une d'elles.

La femme opina, sans sourire. Morgan dénicha une table libre, s'y assit et observa les lieux. Presque aussitôt, Claire entra, une surveillante sur ses talons. Morgan se leva d'un bond.

— Claire !

Celle-ci tourna la tête, et Morgan lut dans ses yeux qu'elle la reconnaissait. Mais, à part ça, son regard était inexpressif.

— Rasseyez-vous, commanda la gardienne.

Morgan obéit. Claire fut conduite jusqu'à la table. Morgan aurait voulu la serrer dans ses bras, cependant elle hésita à enfreindre les directives du garde-chiourme. Claire s'installa, croisa ses mains blanches sur la table. Morgan lui étreignit les doigts, glacés.

— Tu vas bien ?

Claire réagit à peine.

— Oui, articula-t-elle avec difficulté.

— Tu as vu le psychiatre ? Comment ça s'est passé ?

— Bien. Je crois.

Le médecin accepterait-il d'évoquer son entretien avec Claire ? pensa Morgan. Cela valait le coup d'essayer.

— Quel est le nom de ce psychiatre, ma grande ?

— Beekman… Bergman… Je ne sais plus.

— Je trouverai, ne t'inquiète pas.

Morgan se pencha vers son amie, pour l'obliger à la regarder.

— Je viens de discuter avec ton avocate, Noreen Quick. Elle m'a avertie que tu m'avais confié le soin de gérer tes affaires. Cela m'a surprise, mais je suis touchée de ta confiance. Je ferai le maximum. Tu le sais, n'est-ce pas ?

Claire semblait l'observer de très loin.

— Oui, je le sais. Je t'ai choisie justement pour cette raison.

— À propos de Noreen Quick… Elle a l'air brillante, compétente. Mais, pour ton cas, elle a un plan qui me préoccupe. Elle compte baser ta défense sur la dépression post-partum.

— Je suis indéfendable, rétorqua tristement Claire.

— Ne parle pas de cette façon. Tu m'as dit que c'était un accident.

Morgan était sidérée par sa propre attitude. Comment pouvait-elle se cramponner à une telle justification ? Comment, en vingt-quatre heures, était-elle passée du dégoût, de l'horreur, à la volonté farouche de sauver son amie ? La morale est contingente. Tu ne peux plus rien pour Guy ou Drew, désormais il ne te

100

reste qu'à tenter d'aider Claire. Tel était son raisonnement.

— Tu dois avoir une certitude. Même si ton avocate obtient l'acquittement, il te faudra vivre dans un hôpital. Longtemps, peut-être. S'il s'agissait réellement d'un accident, tu pourrais être… innocentée.

— Mais, Morgan, comment ce serait possible ? Comment j'aurais pu les tuer tous les deux par accident ? objecta Claire au désespoir.

À cette question, Morgan sentit ses paumes devenir moites. Elle eut brusquement le sentiment que Claire ignorait où était la vérité.

— Qu'est-ce que tu veux dire ? interrogea-t-elle, scrutant intensément son amie. Tu ne sais pas ce qui s'est passé ?

— Si, bien sûr que si.

Claire détourna les yeux.

— Mais alors pourquoi te poses-tu cette question ? Est-ce que les choses se sont bien déroulées comme tu l'as décrit ? Claire, c'est capital. Tu as avoué. En d'autres termes, personne ne cherchera à te porter secours. Mais si tu ne te souviens pas vraiment de ce qui est arrivé…

— Arrête, arrête. Je ne veux pas en parler, balbutia Claire, crispant ses mains tremblantes. Je suis coupable. Tu n'as pas besoin d'en savoir davantage.

Morgan ne comptait pas s'en tenir là, cependant elle jugea plus sage de ne pas insister. Claire était visiblement sur le point de s'effondrer. Ramassée sur elle-même, la tête basse, le dos rond, elle semblait prête à recevoir une volée de coups. Elle était cuirassée contre toute question. Contre Morgan.

Il fallait changer de tactique, détendre l'atmosphère.

— Hier soir, je suis allée nourrir Dusty. Il m'a sauté dessus.

Claire leva les yeux.

— Ah bon ? Je suis désolée. La maison, c'est... son territoire. Il est très possessif.

— Oui, j'ai remarqué.

— Il va bien ?

— Très bien.

— Plus que quelques minutes ! lança la gardienne.

— Euh... bon, bredouilla Morgan, cherchant comment remettre sur le tapis le sujet crucial. Pour revenir à l'avocate, j'en parlais à Sandy Raymond...

— Sandy ?

— Il m'a hébergée cette nuit. Il se fait beaucoup de souci pour toi, il pense qu'il te faudrait un défenseur spécialisé dans le droit pénal. Nous devrions peut-être envisager cette possibilité.

Claire effleura le bras de Morgan. Sa main était moite, son regard flou.

— Écoute, il y a autre chose que je voudrais que tu fasses. Je souhaite assister aux obsèques de... de mon mari et de mon enfant. Tu peux arranger ça pour moi ?

Morgan en eut un haut-le-corps. Claire présente à l'enterrement de Guy et Drew... une idée macabre.

— Je ne sais pas si on te le permettra.

— J'ai posé la question à l'administratrice. Elle m'a dit que c'était possible à condition que la famille soit d'accord. Tu le leur demanderas, Morgan, pour moi ? Toi, tu es capable de les convaincre.

— Je ferai de mon mieux, répondit Morgan, certaine que la famille de Guy n'accepterait jamais.

— Et ne t'inquiète pas à cause de l'avocate. Ça n'a pas d'importance…

— Au contraire ! s'écria Morgan. Le reste de ta vie est en jeu. Le moindre détail compte.

Claire demeura un moment silencieuse, puis :

— Tu le prendras, si je…

— Prendre qui ? coupa Morgan, déroutée.

— Dusty. Tu t'en occuperas pour moi ?

— Ne mettons pas la charrue avant les bœufs. Tu sortiras peut-être de ce bourbier.

— Non… non, c'est fini.

Aussitôt, Morgan se remémora les paroles de Noreen Quick. On craignait que Claire ne tente de se suicider, on la surveillait de près. Morgan serra de nouveau les mains glacées de son amie.

— Écoute-moi bien, Claire. Rien n'est encore définitif. Ne capitule pas. Il faut que tu t'accroches.

— Je ne sais pas. À quoi bon ?

— Eh bien, pour… d'abord pour moi. J'ai besoin de toi. N'oublie pas que nous sommes comme deux sœurs. Je ne t'abandonnerai pas. Je me battrai pour toi.

Claire n'acquiesça pas, n'esquissa pas un sourire.

— Je ne le mérite pas.

— C'est l'heure ! claironna la gardienne.

Claire se leva, Morgan l'imita.

— Ne t'avise pas de faire une… bêtise, conclut-elle piteusement.

Elle refusait de prononcer le mot « suicide ».

Claire se laissa entraîner hors de la salle. Elle jeta un regard en arrière.

— Merci pour tout.

— Accroche-toi, répéta Morgan qui tremblait comme une feuille. Claire !

Mais son amie ne se retourna pas.

9

Morgan s'arrêta au pied des marches de l'église et observa la nouvelle section du vieux cimetière, où deux hommes, à l'aide d'une tractopelle, creusaient deux tombes côte à côte. L'une était deux fois plus grande que l'autre. En proie à un étourdissement, Morgan comprit que ces fosses étaient destinées à Guy et au petit Drew. Bien sûr, elle savait qu'ils étaient morts, mais d'une certaine façon elle avait refusé d'en prendre véritablement conscience. Elle s'était comportée comme si, de passage dans la région, elle n'avait pas encore eu l'occasion de les voir. Malheureusement, la préparation de leurs tombes la ramenait à la réalité. Elle se détourna, le cœur déchiré.

Apparemment, dans la paroisse, c'était jour d'entretien. Un peintre en salopette, armé d'un gros pot de peinture, barbouillait de blanc le rebord des hautes baies à meneaux où s'enchâssaient des vitraux. Morgan gravit les marches, poussa la porte et jeta un regard à l'intérieur. L'église était silencieuse, la chaude lumière automnale baignait les travées vides.

— Flûte, marmotta-t-elle.

— Je peux quelque chose pour vous ?

Surprise, elle pivota pour répondre qu'elle cherchait

le révérend Lawrence, et s'aperçut que le peintre à lunettes, coiffé d'un bonnet en non-tissé, n'était autre que le pasteur.

— Je ne m'attendais pas à vous voir ici, révérend.

Le pasteur, avec un sourire gêné, essuya soigneusement son pinceau sur le bord du pot de peinture.

— J'aime peindre, cela me relaxe. Dans la paroisse où nous étions avant de venir ici, mon épouse et moi possédions une vieille maison. Mais à présent nous logeons dans un bâtiment flambant neuf. Je n'ai plus rien à bricoler. Alors je retape l'église. Que puis-je pour vous ?

— En fait, c'est vous que je cherchais. J'espère que vous allez pouvoir m'aider.

Le révérend Lawrence posa son pinceau sur une bâche en plastique et referma le pot de peinture. Puis, extirpant un chiffon de sa poche, il s'essuya les doigts.

— Si vous voulez que nous discutions à l'intérieur… Accordez-moi simplement un moment pour me nettoyer un peu.

— Ce n'est pas nécessaire. On est très bien dehors. Il fait beau, aujourd'hui.

Il la dévisagea longuement.

— Nous nous sommes déjà rencontrés, n'est-ce pas ?

— En effet. La semaine dernière. Pour le baptême. Le baptême de Drew Bolton, ajouta-t-elle en aspirant une goulée d'air. J'étais sa marraine.

La compassion voila les yeux gris du pasteur.

— Je suis absolument navré. Quelle tragédie.

Morgan coula un regard vers les hommes qui creusaient les tombes dans le cimetière.

— Oui…

Le pasteur s'assit sur les marches et, d'un signe, invita Morgan à prendre place à son côté. Ils étaient en plein soleil et ne sentaient pas la brise frisquette qui froissait les feuilles mortes.

— Ainsi, vous étiez la marraine. Vous étiez une parente ? Je parle des victimes.

— Non. La…

Elle se mordit les lèvres, refusant de prononcer le mot « meurtrière », même s'il était exact.

— Claire, la mère de Drew, est ma meilleure amie.

— Je vois, murmura le révérend Lawrence.

— C'est pour Claire que je vous rends visite.

Silencieux, il s'essuya le front d'un revers de main.

— Je sais qu'elle a commis un acte atroce, dit-elle. Je la connais depuis toujours, et je suis abasourdie. Je n'arrive pas encore à admettre qu'elle ait pu…

— Je ne doute pas que vous soyez sous le choc. J'ai parlé à la famille, naturellement. Pour eux, c'est un véritable calvaire.

— J'imagine, répliqua-t-elle avec tristesse. Bien sûr.

Elle était là dans un but précis : demander à la famille d'autoriser Claire à assister aux obsèques. Elle en frémissait d'avance.

Le révérend secouait pensivement la tête.

— Claire semblait être une jeune femme si charmante. Adorable. Elle devait être terriblement tourmentée pour en arriver à telles extrémités. D'une certaine façon, elle a dû perdre l'esprit…

— Oui, c'est cela, dit Morgan, reconnaissante qu'il ne condamne pas d'emblée Claire. Et elle aussi souffre, je vous l'assure. Elle est dans un état épouvantable. Franchement, j'ai peur pour sa vie.

— Vraiment ?

— Vraiment. Elle est sous surveillance constante, à la prison, mais je ne vous apprends rien, si une personne est réellement déterminée à mourir, elle réussit toujours à trouver un moyen de…

— Certes.

— Vous savez, Claire a toujours été profondément croyante. Le dire à présent vous paraît sans doute absurde… Je pense cependant que, si vous pouviez vous entretenir avec elle, ce ne serait pas inutile. J'ignore quelle est la position officielle de l'Église lorsque quelqu'un commet un acte aussi abominable, mais… honnêtement, je me fais du souci. Elle est au fond du gouffre.

Un imperceptible sourire joua sur les lèvres du pasteur.

— La position officielle, comme vous dites, c'est que nous sommes tous des pécheurs et qu'aucun péché, aussi grave soit-il, n'est impardonnable.

— Vous pourriez vous rendre à la prison du comté et lui répéter ces mots ? lui demanda-t-elle d'un ton plein d'espoir. Je suis tellement inquiète pour elle…

— Je présume qu'elle aura près d'elle un aumônier habitué à… ce genre de lieu.

La perspective de pénétrer dans une prison n'enchantait visiblement pas le révérend Lawrence. Ce serait, selon toute vraisemblance, la première fois qu'il rendrait visite à un paroissien accusé de meurtre. Mais elle avait ferré le poisson et ne le laisserait pas s'échapper.

— Elle vous appréciait beaucoup, insista Morgan. Elle avait confiance en vous.

Le pasteur, les sourcils froncés, triturait son bonnet de protection.

— Je pourrais y aller, en effet.

— Bientôt ?

— Mes travaux de peinture ne sont pas si urgents.

Morgan poussa un soupir de soulagement.

— J'espérais cette réponse.

— Je ne vous garantis pas de réussir à lui remonter le moral.

— Mais vous essaierez.

Le révérend Lawrence hocha la tête.

— Oui, j'essaierai.

La maison des Bolton, bâtie sur une éminence, était seule au bout de l'impasse. Vaste et moderne, elle surplombait l'océan et était entourée d'un parc venteux. Aujourd'hui, cependant, les voitures s'alignaient le long de la route isolée, dont plusieurs véhicules de police. Dick Bolton était maintenant fortuné, mais il avait dans la région des amis issus de tous les milieux sociaux. Beaucoup de ces gens, pensa Morgan, venaient présenter leurs condoléances.

Elle se gara sur l'emplacement qu'abandonnait un couple de visiteurs. La femme se tamponnait les yeux avec un mouchoir. Morgan resta un moment immobile au volant, observant la demeure et rassemblant ses forces. Puis elle descendit et claqua la portière. Elle s'avança dans l'allée pavée, passa devant les jardiniers mexicains, en jean et sweat-shirt. Tous les étés, Dick embauchait une multitude de Mexicains ; il leur obtenait des visas de travail temporaires pour entretenir son parc, nettoyer le poisson dans ses entrepôts, et faire la plonge au Lobster Shack. Morgan sentit les regards curieux de ces hommes sur elle. Étaient-ils au courant du drame qui frappait leurs employeurs ?

Elle sonna à la porte. Ce fut Astrid Bolton qui l'accueillit. Morgan fut d'abord rassérénée de la voir, avec sa couronne de tresses platine qui contrastait de manière saisissante avec le noir de son pull et de son pantalon. Claire lui avait naguère confié que Guy avait des relations compliquées, heurtées, avec son père et sa belle-mère. Mais Astrid éprouvait sans doute moins d'animosité à l'égard de Claire et sa meilleure amie que le père et la sœur de Guy.

Le visage ovale d'Astrid était cependant raviné, ses yeux lavande gonflés de larmes. Elle ne daigna pas se montrer aimable.

— Que voulez-vous ? demanda-t-elle d'une voix rauque.

— Astrid, je suis terriblement navrée…

— Non, coupa Astrid d'un geste de sa main soignée. Si vous avez l'intention de lui trouver des excuses, ne gaspillez pas votre salive.

— Loin de moi cette idée, je vous assure. Comme tout le monde, je suis épouvantée.

Astrid tremblait. Malgré sa beauté éthérée, elle semblait avoir un caractère très sérieux. Morgan ne l'avait pas rencontrée souvent, mais chaque fois elle avait été frappée par la maîtrise que cette femme exerçait sur elle-même. Aujourd'hui, pourtant, elle ne se contrôlait visiblement plus.

110

— S'il vous plaît. Nous sommes tout simplement… anéantis par cette catastrophe.

— Je comprends et, vraiment, je suis désolée. Il faut pourtant que je vous parle. À vous et à Dick, si possible. Et Lucy également, si elle est chez vous.

— Nous parler de quoi ?

Morgan prit une inspiration.

— C'est très important. Puis-je entrer ?

— Dick n'est pas en état de recevoir qui que ce soit. Et surtout pas une amie de Claire.

— Croyez-moi, je ne vous dérangerais pas si je n'y étais pas obligée.

À contrecœur, Astrid s'écarta pour la laisser passer. En pénétrant dans la maison, Morgan jeta un regard aux jardiniers qui l'observaient toujours avec curiosité. Astrid referma la porte et indiqua le séjour, une pièce au plafond bas, décorée d'objets d'art populaire. Des visiteurs, par petits groupes, bavardaient tout en piochant dans les plats disposés sur la table de la salle à manger.

— Suivez-moi, dit Astrid d'un ton lugubre.

Crispée, Morgan aurait voulu tourner les talons et s'enfuir. Mais elle avait fait une promesse à Claire. Elle suivit donc Astrid, et se trouva bientôt face à Fitz qui sortait des toilettes, une veste de sport en tweed jetée sur les épaules. Comme à l'accoutumée, sa tignasse bouclée était en bataille.

— Oh, bonjour, dit-elle, songeant que, dans ces circonstances, même son sourire canaille serait un réconfort.

Lui aussi avait les yeux rouges et gonflés. Il lui fallut un petit moment pour reconnaître Morgan.

L'étonnement se peignit sur ses traits qui, aussitôt, se durcirent.

— Comment vas-tu ? demanda-t-elle.

— Formidablement bien, répondit-il, sarcastique.

— Oh… je suis désolée.

— Tu penses que ta présence ici s'impose ? Après ce que Claire a fait… ?

Il s'interrompit, pinçant les lèvres. Sans laisser à Morgan le temps de réagir, il pivota et s'éloigna. Ébranlée par son attitude, elle s'efforça de ne pas flancher et rattrapa Astrid qui, au bout du couloir, ouvrait une porte.

— Astrid ? bredouilla une voix, dans la pièce obscure.

Morgan distingua une collection de photos de plage, des trophées de surf, tout un équipement électronique rangé dans un meuble sur mesure. Le téléviseur à écran plasma était allumé, mais on avait baissé le son.

Dans un coin, Dick Bolton était tassé dans un fauteuil club, un plaid Burberry sur les genoux. Son pull gris semblait refléter la couleur de son visage. Sportif, habitué à vivre au grand air, Dick était normalement un homme robuste. Rongé par le chagrin, il semblait s'être rabougri. Il fixa sur Morgan un regard vide.

— C'est l'amie de Claire, Morgan, dit Astrid d'un ton aigre. Elle voudrait te parler.

— Ainsi qu'à Lucy, si possible. Cela vous concerne tous.

Astrid détourna les yeux.

— Lucy n'est pas là. Elle est…

— Trop occupée, acheva amèrement Dick. Trop occupée pour être avec sa famille, alors qu'on vient de tuer son frère.

— Allons, chéri. Elle est bouleversée. Toute cette histoire est très difficile pour elle. Elle la gère à sa façon.

— Elle est trop gâtée, égoïste, et c'est toi qui l'as gâtée pourrie, accusa-t-il. À l'instant où tu as mis les pieds dans cette maison, tu as materné Lucy. Son régime alimentaire, ses problèmes de vue, sa scolarité. À cause de toi, elle croit être quelqu'un de spécial qui n'a pas à faire les choses normales que font les autres !

Astrid était livide.

— J'ai simplement essayé de prendre soin d'elle.

Une main sur les yeux, Dick fondit en larmes. Le silence s'instaura dans la pièce, seulement troublé par les sanglots du maître de maison. Puis, à l'aveuglette, il tendit une main qu'Astrid saisit entre les siennes.

— Pardon, chérie, murmura-t-il. Je suis injuste, je perds la boule. Excuse-moi.

— Ce n'est pas grave, dit-elle d'un ton apaisant.

— Tu as été un ange avec Lucy. Avec mes deux enfants.

Morgan, interloquée par l'emportement de Dick, aurait volontiers disparu dans un trou de souris. Mais elle était clouée au sol.

Astrid, du bout du doigt, essuya une larme qui roulait sur sa joue.

— Cette jeune femme a quelque chose à nous dire, annonça-t-elle avec plus de sang-froid, pointant son petit menton triangulaire. Vous avez la parole, Morgan.

— Monsieur Bolton... Astrid... Je n'ai pas les mots pour vous exprimer à quel point je compatis à votre souffrance.

— Merci, rétorqua faiblement Dick. Je me souviens de vous. Vous étiez au baptême.

— Oui. J'étais la marraine de Drew.

Dick Bolton cacha de nouveau sous une main tremblante ses yeux d'un bleu perçant.

— Pourquoi ? gémit-il. Pourquoi elle nous a fait ça à nous ?

Morgan, muette, ébaucha un geste d'impuissance.

Dick Bolton laissa pesamment retomber ses mains sur les accoudoirs du fauteuil. Hébété. Astrid l'observait d'un air affligé. Elle se croisa les bras sur la poitrine.

— Eh bien, lança-t-elle à Morgan. Qu'aviez-vous à nous dire ?

— Avant tout, que je suis désolée, bredouilla la jeune femme qui les regarda tour à tour. Je vous le jure, la Claire que je connais depuis si longtemps...

— De quoi elle parle ? marmonna Dick d'un ton désespéré.

— S'il vous plaît, soyez brève, articula sévèrement Astrid. Nous sommes à bout de forces.

Morgan respira à fond et se jeta à l'eau.

— Eh bien, voilà. Aujourd'hui, j'ai rendu visite à Claire. Elle m'a demandé de venir ici et de... de demander votre permission... Elle désire assister aux obsèques.

Astrid écarquilla les yeux.

— Oh non, vous n'êtes pas sérieuse.

— C'est à vous de décider, poursuivit Morgan. Et quelle que soit votre décision, nous nous inclinerons. Elle ne serait pas… avec vous. Elle devra rester à l'écart. Sous escorte policière.

— Vous êtes folle ? Cette femme a tué mon fils. Et mon petit-fils ! explosa Dick.

Astrid se moucha bruyamment, secouant la tête avec accablement.

Morgan ne tenta même pas de s'expliquer. Il lui était impossible de rendre sa requête moins pénible, sans doute le comprenaient-ils. À eux d'énoncer le verdict. Le mot de la fin.

Le silence se prolongeait. Ce fut Astrid qui le brisa.

— Qu'elle ait l'idée de se montrer à l'église, cela me dépasse.

Morgan ravala un soupir. Elle n'avait pas le cœur de protester ni de plaider encore la cause de Claire. Que dire ? La fureur de ces gens était légitime.

Soudain, on frappa à la porte qui s'entrebâilla. Le visage de Fitz apparut.

— Excusez-moi…

Astrid lui lança un regard irrité.

— Pas maintenant, Fitz…

— Euh… Les grands-parents d'Eden ont débarqué de Virginie-Occidentale. Ils cherchent leur petite-fille. Qu'est-ce que je leur dis ?

Morgan sourcilla. Elle avait totalement oublié la fille de Guy, arrivée comme un cheveu sur la soupe le jour du baptême.

— Elle n'est pas repartie ?

— Ils ont le culot de venir ici ? maugréa Dick Bolton, retrouvant un peu de son ancienne énergie. Ces crétins de culs-terreux ? Pas question qu'ils mettent le pied chez moi.

— Dick, je t'en prie, murmura Astrid. Fitz, conseille-leur de voir les Spaulding. Elle logeait chez eux.

— Je crois qu'ils l'ont déjà fait, répondit Fitz en haussant les épaules.

— Alors je ne sais pas, dit Astrid d'un ton las. Je ne l'ai pas vue depuis la veille de… depuis la veille du dîner.

Eden… songeait Morgan. L'étincelle qui avait déclenché le drame.

— Vous pensez qu'elle viendra ici ? demanda Fitz.

— Je l'ignore, rétorqua Astrid. En tout cas, elle n'a pas téléphoné, ne nous a pas présenté ses condo-léances pour notre petit-fils… ou mon beau-fils, acheva Astrid d'une voix hachée.

— Dis-leur de retourner chez eux ! tonna Dick. On n'a aucun renseignement sur cette gamine. Qu'ils fichent le camp. Ils ne sont pas les bienvenus sous mon toit.

Astrid respira profondément.

— Non, non, chéri. Attends une minute… Ce serait grossier. Ils ont fait une longue route, et ils s'inquiè-tent pour leur petite-fille.

— Ces gens nous ont empoisonné l'existence ! s'emporta Dick. Je ne leur dois rien du tout !

— Si cela ne t'ennuie pas, Fitz, propose-leur de manger un morceau, de boire quelque chose et de patienter, déclara Astrid, indifférente à la colère de son mari. Je les rejoins dans un instant.

Fitz opina et referma la porte.

Astrid pivota vers Morgan. Quoique quinquagé-naire, elle avait un visage toujours aussi pur, un port

116

de tête royal. Le chagrin semblait seulement l'avoir rendue plus tranchante.

— Il vaudrait mieux que vous nous laissiez. Nous avons une affaire de famille à régler. Votre place n'est pas ici.

— Oui, en effet.

— Dites simplement à Claire que nous refusons. Non, elle n'assistera pas aux obsèques. À cause d'elle, nos vies sont détruites.

— Une minute ! l'interrompit, avec une force surprenante, Dick Bolton toujours avachi dans son fauteuil.

Morgan fixa sur lui un regard surpris – allait-il la gratifier d'une dernière insulte, en guise d'adieu ?

— Je pense qu'elle devrait y être. Dites-lui qu'elle a ma permission.

— Dick ! s'exclama Astrid.

— Je veux qu'elle soit à l'enterrement, insista-t-il. Je veux voir sa figure. Point final. Elle peut venir.

Morgan en eut froid dans le dos. Elle n'osa pas regarder Astrid, bouche bée de stupéfaction. L'autorisation de Dick était plutôt une menace, Claire serait fatalement en butte à l'hostilité générale, néanmoins, Morgan pouvait lui apporter la réponse qu'elle attendait. Elle espérait simplement que son amie ne regretterait pas sa décision. Avant de prendre congé, Morgan ne posa pas de questions sur l'organisation des obsèques, et n'interrogea pas Dick Bolton sur ses motivations. Il n'était pas poussé par la compassion, elle en avait la certitude.

10

Installée à l'une des cinq tables, près de la modeste vitrine d'un bistrot où l'on n'abusait pas des calories, le Nature's Pantry, Morgan commanda un sandwich California à une serveuse qui ne devait pas avoir achevé ses études universitaires. Puis elle appela la prison du comté et demanda Claire. On lui répondit que les détenues ne pouvaient pas recevoir de communications téléphoniques avant dix-sept heures. Décidée à rappeler plus tard, elle contacta le cabinet de Noreen Quick.

— Je suis navrée, déclara Berenice. Il m'est impossible de vous la passer. Elle est chez le médecin. Elle a des contractions.

— Ah. C'était… prévu ?

— Elle ne doit accoucher que dans un mois, lui confia Berenice.

— Savez-vous si elle a eu la réponse de la police à propos de la maison de Claire ?

— De quoi s'agit-il ?

— Eh bien, j'ignore quand on me permettra d'y entrer.

— Je ne suis pas au courant. Pourquoi ne pas poser directement la question aux policiers ? Vous savez où est le commissariat ?

Morgan se remémora avec un frisson sa visite à Claire en cellule de garde à vue.

— D'accord, c'est ce que je vais faire. Je suppose que vous ignorez si Me Quick sera à son cabinet demain…

— Eh bien, même si ce n'est qu'une fausse alerte, pour son dernier enfant, elle a été obligée de rester couchée un mois entier avant la naissance.

Morgan s'étonna d'avoir droit à de tels renseignements sur la vie privée de l'avocate, mais c'était certainement lié à l'atmosphère saturée en œstrogènes du cabinet juridique. Cette franchise la désarmait.

— Je m'inquiète au sujet de l'affaire, de la défense de mon amie Claire, voyez-vous…

— Mais Mme Quick ne cessera pas ses activités. Simplement, il lui faudra travailler chez elle. Dans sa chambre. Croyez-moi, ça ne la ralentira pas vraiment. C'est une vraie pile, cette femme.

— Oui, j'en ai eu l'impression.

— Passez donc au commissariat et posez-leur la question pour la maison. Vous trouverez bien quelqu'un qui acceptera de vous aider.

Morgan répondit à Berenice qu'elle se débrouillerait et rempocha son mobile, car la serveuse revenait, chargée d'un sandwich au pain complet hérissé de germes de luzerne. Morgan mangea sans prêter vraiment attention à ce qu'elle avalait, paya et se hâta de filer.

Quoique ne connaissant pas sur le bout des doigts le village de West Briar, elle ne risquait pas d'oublier de sitôt le commissariat. Elle en franchit le seuil et demanda au policier de garde si quelqu'un pouvait la recevoir à propos de l'affaire Claire Bolton.

Il appela quelqu'un au téléphone, puis :

— L'inspecteur Heinz vous recevra, brièvement. Il est dans la grande salle, deuxième porte à gauche.

Morgan le remercia et se dirigea vers la salle qu'il lui avait indiquée. Elle y entra sur la pointe des pieds, timidement. Des policiers en tenue, d'autres en manches de chemise et cravate se coudoyaient autour des bureaux dans la pièce toute blanche occupant la moitié du rez-de-chaussée du bâtiment. Un charmant jeune homme en uniforme demanda à Morgan s'il pouvait quelque chose pour elle.

— Je cherche l'inspecteur Heinz.

Son interlocuteur lui désigna un mastodonte déplumé qui portait le bouc et des demi-lunes, installé devant un ordinateur. En chemise à rayures bleues et cravate en tricot jaune d'or, il arborait une grosse montre sophistiquée, probablement capable d'afficher plusieurs fuseaux horaires. Il ne daigna pas gratifier Morgan d'un regard.

— Inspecteur Heinz ?

— Une minute, grommela-t-il sans lever le nez.

Il termina de pianoter sur son clavier avant d'écarter son fauteuil à roulettes de la table.

— C'est à quel sujet ?

— Je suis Morgan Adair, une amie de Claire Bolton.

— Ouais, fit-il, impassible.

Elle extirpa de sa sacoche les documents lui donnant toute autorité pour gérer les affaires de Claire et les montra à l'inspecteur.

— Claire m'a demandé de l'aider à… remettre de l'ordre dans sa vie. Durant sa détention, c'est moi qui m'occupe de ses affaires.

Heinz, un sourcil en accent circonflexe, se croisa les bras.

— Et en quoi ça me concerne ?

— Eh bien, il faut que j'aille chez elle pour classer ses papiers et… tout ça. Et puis elle a un chat. Je dois le nourrir. Et j'aimerais loger chez elle. Hier, on ne m'a pas permis d'entrer dans la maison à cause de l'enquête.

Heinz agita une main, comme pour balayer les soucis de Morgan.

— Maintenant vous pouvez y entrer, on a fini, on n'a plus rien à y faire.

— Vous êtes sûr ?

Heinz haussa les épaules.

— L'enquête est bouclée. On a les aveux de votre amie.

— Alors vous n'envisagez aucune autre possibilité ? Vous ne continuez pas à chercher ?

Heinz joignit les mains devant lui, d'une façon suggérant qu'il jugulait une envie folle de secouer Morgan comme un prunier.

— Vous confondez la vraie vie et les séries télévisées, mademoiselle. Vous voyez un peu ces dossiers ? questionna Heinz, inclinant sa tête chauve vers une tour de chemises cartonnées en équilibre sur le coin du bureau. Ce sont des enquêtes toujours en cours. Des broutilles, pour la plupart. Cambriolages. Arnaques. Violences domestiques. Chacun de ces dossiers doit être réglé. Et voilà pourquoi, non, je n'ai vraiment pas le temps de continuer à chercher, comme vous dites, vu que j'ai une confession filmée. Pour n'importe quel tribunal de ce pays, c'est le top. Bingo, on tire un trait.

— En fait, si j'ai bien compris, elle ne plaidera pas coupable.

— Ben je lui souhaite bonne chance, ironisa-t-il.

— Claire me paraît plutôt… confuse, insista Morgan, malgré l'indifférence de son interlocuteur. Elle m'a parlé d'un accident.

Un sourire, qui découvrait des dents du bonheur, s'étala sur la figure de l'inspecteur.

— Pas possible ? Maintenant elle appelle ça un accident ? Hé, Jim ! dit-il à son voisin de bureau, un brun bien découplé.

L'autre inspecteur détourna les yeux de son écran d'ordinateur. Il avait un teint de fumeur et les paupières fripées.

— Je vous présente Jim Curry, dit Heinz. On a interrogé votre copine ensemble. Lui et moi, on était là quand elle a avoué le meurtre de son mari et de son gosse. Jim, cette dame est une amie de Claire Bolton. Il semblerait qu'une idée soit montée à la cervelle de notre petite Claire : ce serait peut-être un accident.

Le dénommé Jim Curry eut un sourire en coin.

— Ben tiens.

— Non, ce n'est pas cela, protesta Morgan qui avait le sentiment qu'on déformait délibérément ses propos. J'ai simplement dit…

— Vous me faites perdre mon temps, mademoiselle. Je suis pourtant un homme patient.

Elle en doutait fortement. Il avait plutôt l'air d'être perpétuellement à deux doigts de l'explosion. Un instant, elle essaya de se représenter Claire – dépressive, désorientée – interrogée par cet homme dominateur.

— Elle était peut-être terrorisée, murmura-t-elle.

Heinz prit une grande inspiration, prêt, semblait-il, à lui sauter à la gorge. Mais, brusquement, il changea d'attitude et lui parla en articulant bien, avec une certaine gentillesse, comme si elle était une enfant de maternelle.

— Écoutez-moi, mademoiselle. Vous êtes chamboulée par ce qui arrive à votre amie, je le comprends. Personne n'a envie de penser que les gens qu'on aime sont capables de faire des choses pareilles. Mais là, c'était un crime atroce. Un innocent n'avoue pas un crime atroce, voyez-vous. Jamais de la vie. Ce sont les coupables qui passent aux aveux. Donc, votre amie est coupable.

Morgan soutint son regard sans ciller, cependant au fond de son cœur, elle savait que ses propos étaient incontestables. Certes, des gens avouaient parfois un crime qu'ils n'avaient pas commis. Mais il s'agissait en général d'invidus atteints de déficience mentale. Ou de jeunes. Et il restait toujours un doute. Pourquoi s'accuser de pareilles atrocités si l'on était blanc comme neige ? D'ailleurs, Claire ne prétendait pas être innocente. Elle était bel et bien coupable, et Morgan allait devoir, d'une manière ou d'une autre, vivre avec cette réalité.

— Vous avez raison, inspecteur, je l'admets. Effectivement, qui reconnaîtrait être un criminel s'il n'avait rien fait ? Ce serait insensé.

— Absolument.

— Mais c'est tellement difficile de croire que Claire ait pu tuer.

— J'imagine.

— Eh bien, soupira Morgan, je… merci de me laisser entrer dans la maison.

— De rien, dit Heinz en inclinant la tête.

— Excusez-moi de vous avoir dérangé.

— Je vous en prie, rétorqua posément Heinz qui fit pivoter son fauteuil afin de se retrouver face à son ordinateur. Je suis là pour rendre service.

Revêtue de sa tenue de sport la plus chic et munie de son iPod, Farah descendait d'un pas sautillant les marches du perron de Sandy Raymond. Morgan l'appela. La jeune femme retira son écouteur et la gratifia d'un sourire radieux.

— Je viens récupérer mes bagages. Et je veux remercier Sandy.

— Il est dedans. Devinez où ?

La queue-de-cheval brune, bouclée et luisante, de Farah cascadait presque jusqu'à ses reins.

— Devant son ordinateur ? hasarda Morgan.

— Il fait du sport sur sa console Wii. Alors qu'il y a un soleil magnifique ! s'écria Farah, ulcérée.

— Oui, en effet.

— Vous le trouverez au premier, dit Farah qui consulta sa montre puis s'élança au trot.

Morgan entra dans le hall et appela Sandy. Une voix lui répondit, à l'étage. Elle monta l'escalier et inspecta les pièces donnant sur le palier. Elle finit par découvrir ce qui ressemblait au poste de contrôle du Starship Enterprise. Debout, armé d'une manette, Sandy affrontait son adversaire virtuel sur un écran géant. Il bondissait, en arrière, en avant, tout en fouettant l'air avec la manette.

— Sandy ?

— Ouais, répondit-il sans lui adresser un regard.

— Je suis venue prendre mes affaires. La police ne voit pas d'inconvénient à ce que je loge chez Claire, pour le moment.

— Ah, d'accord.

— Je voulais vous remercier pour votre hospitalité.

— Y a pas de quoi, marmonna-t-il, et il se fendit en direction de l'écran.

— Bon, je vais chercher mes affaires.

Elle sortit de la pièce, tenta de se remémorer ce que Claire lui avait raconté de sa vie avec Sandy, lorsqu'ils étaient fiancés. Si ses souvenirs ne la trompaient pas, ils sortaient souvent le soir, faisaient de longues balades, à pied ou à bicyclette. Une fois, pendant les vacances, ils s'étaient même promenés à cheval. Claire ne s'était jamais plainte, elle en avait la certitude, que Sandy soit un accro de l'ordinateur. C'était pourtant l'impression qu'il donnait, à présent.

Elle longea le couloir, et finit par retrouver la chambre où elle avait dormi. Les rideaux étaient encore fermés et le lit défait, on n'avait touché à rien depuis qu'elle était partie à toute vitesse ce matin. Sa valise était ouverte sur une longue ottomane en daim havane, placée au pied du lit.

Morgan ouvrit les rideaux et, rapidement, boucla sa valise. Elle hésita. Devait-elle enlever les draps du lit ? Normalement, quand elle séjournait chez quelqu'un, elle pliait les draps pour épargner cette tâche à la maîtresse de maison. Mais elle n'avait jamais été invitée dans une demeure de la taille d'un hôtel. De toute évidence, Sandy avait besoin de personnel pour entretenir la résidence.

Domestiques ou pas, elle préférait se comporter en invitée bien élevée. Elle extirpait l'oreiller de sa taie, quand une voix ordonna :

— Laissez donc ça.

Elle pivota et découvrit Sandy dans l'encadrement de la porte, les bras croisés sur son T-shirt trempé de sueur.

— Vous êtes sûr ?

— La gouvernante s'en occupera. Elle vient demain.

— Ah…

Elle tira les draps et l'édredon, les lissa du mieux possible.

— Comment va Claire ? demanda Sandy.

— Mal. Elle est très déprimée.

— Ce n'est pas surprenant.

— Vu les circonstances, non.

— Elle n'aurait pas dû me quitter, déclara-t-il tout à trac.

— Pardon ? dit Morgan, interloquée.

— Reconnaissez que sa vie aurait tourné autrement.

— Sa vie n'est quand même pas terminée.

Il haussa les épaules.

— C'est tout comme.

Morgan ravala une riposte bien sentie. S'il avait envie de croire ça, à sa guise, pensa-t-elle. Entamer une discussion avec lui ne servirait à rien. Elle n'abandonnerait pas Claire aussi facilement.

Elle regagna le couloir, tirant sa valise à roulettes, et se dirigea vers l'escalier.

— Je vous remercie de m'avoir hébergée cette nuit, dit-elle d'un ton sec.

— Inutile de me remercier. Dites bonjour à Claire de ma part.

11

Les ballons dégonflés flottaient toujours au-dessus de la boîte aux lettres. Morgan se promit de trouver des ciseaux et de couper les rubans. Leur présence, leur aspect dépenaillé étaient comme une insulte à la mémoire de Drew et Guy.

Elle longea l'allée jusqu'au perron. Dusty, assis sur son arrière-train, considérait avec méfiance la créature qui venait vers lui.

— Salut, Dusty, dit Morgan. Tu te souviens de moi ? Je suis le garde-manger.

Les yeux de Dusty étant indéchiffrables, Morgan se tenait sur ses gardes. Elle avait son compte pour la journée, un coup de griffe serait la goutte d'eau qui fait déborder le vase. Après avoir quitté Sandy, elle s'était rendue à l'entreprise de pompes funèbres pour se renseigner sur l'organisation des obsèques, puis avait fait quelques courses et dîné dans un petit resto italien du centre commercial. En attendant qu'on lui apporte son plat de pâtes, elle avait de nouveau téléphoné à Claire. Cette fois, elle avait réussi à franchir les barrages.

Malgré la lassitude qui s'entendait dans sa voix, Claire avait été contente d'apprendre qu'on lui permettait d'assister à l'office.

— Mais je te préviens, j'ai peur que le père de Guy t'ait dans le collimateur.

Cela n'avait pas d'importance, répondit Claire, elle s'en moquait. En revanche, elle s'inquiétait de ne pas avoir de vêtements noirs. Morgan la rassura : elle se rendait au cottage, trouverait une tenue appropriée et la lui apporterait à la prison.

Elle contourna le chat, monta les marches et promena sa main sur le linteau qui coiffait la porte, à la recherche de la clé – Claire lui avait dit qu'il y en avait une, cachée là. Elle aurait pu passer par-derrière, mais elle supposait que le policier, après l'avoir découverte dans la cuisine, la veille, avait verrouillé la porte.

Elle trouva la clé et entra. Elle alluma la lumière.

Le cottage de Claire, d'ordinaire pimpant, était sens dessus dessous. Le moindre tiroir, le moindre meuble semblaient s'être vidés d'une partie de leur contenu. Morgan fut d'abord affolée par ce spectacle, puis elle comprit tout à coup que c'était le résultat des investigations policières. Avec un gros soupir, elle entreprit de remettre de l'ordre, superficiellement. Elle rangea livres, dossiers et papiers sur leurs étagères, dans leurs tiroirs. Quelques minutes, et la maison avait déjà meilleure allure. Morgan contempla le couloir menant à la chambre parentale. C'était là que l'attendait la pire des corvées. Elle devait pourtant entrer dans cette pièce, prendre les vêtements choisis par Claire. Il faudrait peut-être les laver ou les faire nettoyer. Malheureusement, ils étaient dans le dressing attenant à la salle de bains où s'était déroulée la tragédie. Morgan en avait une boule à l'estomac. Ça ne va pas s'arranger, se tança-t-elle. Contente-toi d'agir.

Avec réticence, elle entra dans la chambre. Le lit était défait, des vêtements traînaient sur le sol. Elle aurait dû ranger, mais n'avait qu'une envie : prendre les habits et déguerpir. En évitant de regarder le berceau ou la table à langer, elle alla droit à la commode qu'elle fouilla. Elle y trouva les sous-vêtements, les collants et le pull noir que réclamait Claire. Puis elle s'approcha du dressing. À côté, la porte de la salle de bains était entrebâillée. Morgan s'efforça de ne pas regarder. Elle prit une jupe droite, noire, qu'elle jeta sur son bras. Elle avait intérêt à tourner les talons et partir d'ici, mais son regard était irrésistiblement attiré par la salle de bains. La scène de crime.

Il y avait de cela une semaine à peine, elle avait entraîné Claire dans la grande pièce carrelée de blanc, afin de l'aider à s'apprêter pour le baptême. Elle avait fait couler un bain moussant dans la baignoire en fonte à pieds de griffon, préparé une serviette moelleuse et même shampouiné les courts cheveux de Claire, coupés à la dernière mode. Claire avait fini par se ressaisir et, à cet instant, Morgan avait eu le sentiment que c'était un jour d'espoir. Désormais, toute espérance était anéantie. Elle appuya sur l'interrupteur, près de la porte.

Elle poussa une exclamation. Les murs et le sol blancs étaient constellés de taches de sang. Une serviette naguère blanche gisait sur le sol mouillé, maculée de plusieurs nuances de rose et de rouille. Il restait de l'eau au fond de la baignoire, des mouches bourdonnaient au-dessus de cette mare. Une odeur désagréable saturait l'atmosphère – métallique et qui ne tarderait pas à être abominable.

Morgan, sottement, s'attendait à ne découvrir aucune trace du drame, hormis peut-être quelque chose d'impalpable dans l'air. Or la police avait tout laissé en l'état : le résultat d'un déchaînement de violence. Sur le point de vomir, Morgan se détourna de cet odieux spectacle et, à l'aveuglette, regagna le couloir puis le salon.

Elle s'effondra sur l'une des causeuses, rembourrées et recouvertes de chintz, posa la tête sur les coussins et respira profondément. Difficile de chasser de son esprit l'image de la salle de bains éclaboussée de sang. Elle n'avait pas eu l'intention de dormir dans la grande chambre, mais le simple fait que ce soit là, tout près, lui donnait l'impression qu'une charogne se putréfiait au cœur de la maison.

Et soudain, elle se sentit submergée. Mais qu'est-ce que je fais là ? se demanda-t-elle. Autour de moi, tout n'est que chaos. Je suis une étrangère dans cette ville, je cours à droite et à gauche en essayant de trouver des excuses à une meurtrière qui a avoué ses crimes. Ce n'est pas ma bataille. Après tout, je n'ai pas de lien de parenté avec Claire.

Mais, alors même qu'elle développait ce raisonnement, elle savait que l'épuisement seul le lui inspirait. D'accord, Claire avait avoué, cependant cela ne signifiait pas qu'il était temps de se défiler. Morgan avait un combat à mener, car c'était bien le sien. Claire lui était plus proche que quiconque, elle avait besoin de son amie pour l'accompagner dans ce cauchemar.

Morgan songea avec regret à son voyage en Angleterre. Normalement, elle aurait passé cette journée à Londres, à feuilleter les manuscrits de Harriet Martineau au British Museum, avant de dîner avec Simon. Demain, elle aurait pris la route pour la région des lacs. Elle y était déjà allée à plusieurs reprises, mais trop brièvement. Cette fois, elle en aurait voluptueusement profité. Les majestueuses demeures anglaises, serties tels des joyaux dans un paysage de montagnes verdoyantes dégringolant vers des lacs aux eaux cristallines. Leur hôtel était un ancien manoir niché dans une forêt. La brochure que lui avait envoyée Simon promettait un feu de cheminée à l'heure du thé, siroté dans des tasses en porcelaine translucide…

Soudain, on frappa à la porte. Morgan sursauta puis contempla cette porte comme si elle était vivante et lui lançait un appel. On frappa encore. Elle posa soigneusement les vêtements de deuil sur l'accoudoir du divan, lissa sa jupe froissée et alla ouvrir.

Le couple, sur le seuil, devait avoir dépassé la soixantaine. L'homme avait de maigres mèches blanches qui s'échappaient de sa casquette de base-ball, la figure rougeaude et bouffie, les yeux chassieux. Il portait un jean et une chemise à carreaux défraîchie. La femme avait les cheveux teints, couleur de sorbet à l'orange. Dodue, elle affichait un sourire timide.

— Je suis Wayne Summers. Et voilà ma femme Helene, déclara-t-il d'une voix rude à l'accent du sud. Je cherche la maison de Guy Bolton.

Mentalement, Morgan se recroquevilla sur elle-même. Elle ne supportait pas de devoir expliquer ce qui était arrivé à Guy. Que dire au juste à cet inconnu ?

— Vous y êtes. Je suis navrée d'avoir à vous l'annoncer, mais… Guy est décédé.

— Ça, je le sais, grommela le vieux monsieur. Sa femme les a tués, lui et le gosse. C'est la vie. Mais nous, on vient de Virginie-Occidentale et faut qu'on retourne chez nous. On court après notre petite-fille. Eden. On pensait que, peut-être, elle était encore ici.

— Vous êtes les grands-parents d'Eden ! s'exclama Morgan.

— Vous la connaissez ? demanda Helene avec espoir.

— Pas vraiment. Je l'ai simplement croisée… lors de son arrivée.

— Et où est-ce qu'elle est allée ? questionna Wayne.

— Je l'ignore, hélas.

— Un ami à nous, de la paroisse, a regardé les actualités de CNN, où on racontait la mort de Guy Bolton et de ce bébé, déclara Helene. On a essayé de joindre Eden sur son portable, seulement on l'a pas eue et on s'est inquiétés pour elle. Vous comprenez, on savait qu'elle était venue ici pour voir son père. On s'est dit qu'elle était peut-être chamboulée, et qu'il valait mieux qu'on vienne, au cas où elle aurait besoin de nous pour la ramener à la maison.

Wayne Summers poussa un soupir exaspéré.

— Une perte de temps, Helene, je te l'ai dit cent fois. Cette gamine a pas plus de bon sens qu'un pois chiche…

— Ce n'est pas vrai, Wayne. Eden est une jeune fille extrêmement intelligente, rectifia Helene d'un ton catégorique. Notre Eden est très brillante. Son psychologue me l'a affirmé. Mais elle a quelques problèmes émotionnels…

— Des problèmes émotionnels, railla Wayne. Ce psychologue nous pique notre pognon, voilà tout ce qu'il fait. Eden tourne pas rond, Helene. C'est la vie. Elle a la cervelle… débranchée.

Manifestement, le grand-père ne supportait pas Eden. Morgan savait ce qu'on éprouvait quand on habitait une maison où l'on se sentait indésirable. Même si la mort de ses parents dans le bombardement de l'hôtel lui avait laissé un héritage suffisant pour couvrir les frais de son éducation, elle se rappelait son oncle maudissant son défunt frère, dont il n'avait jamais été proche et qui lui avait mis sur le dos cette enfant supplémentaire. Parfois, il s'arrangeait pour qu'elle entende ses récriminations, il semblait vouloir qu'elle se sente coupable d'exister. À quoi ressemblait l'existence d'Eden ? Ses grands-parents, de toute évidence, n'avaient jamais eu l'intention de l'élever.

— Eden a traversé de durs moments la semaine dernière, dit-elle. Elle avait enfin rencontré son père…

— Comment ça s'est passé ? interrogea anxieusement Helene.

— Je… pas très bien.

— Je le redoutais, soupira Helene.

— Au fait, vous êtes qui ? demanda, soupçonneux, Wayne Summers.

— Je suis Morgan Adair. Une amie de Claire, la femme de Guy.

— Celle qui l'a trucidé ? rétorqua Wayne.

Morgan le dévisagea avec froideur, tout en essayant de trouver une réplique bien sentie.

— Oh ! Hé ! Me fusillez pas des yeux, ma p'tite dame. J'ai rien contre elle. Au contraire, j'aimerais lui serrer la main, à votre Claire.

— Calme-toi, Wayne, intervint Helene.

— Non, je me calmerai pas. Guy Bolton n'a eu que ce qu'il méritait.

— Pour quelle raison ? s'étonna Morgan.

— Pourquoi ? Il a tué notre Kimberlee, voilà pourquoi !

Helene décocha à son époux un regard d'avertissement.

— Ne l'écoutez pas, dit-elle à Morgan. Dès qu'on aborde ce sujet, il devient enragé.

— De la merde, c'est la pure vérité ! s'indigna Wayne. Je me fiche des conclusions de la police. Il l'a tuée, comme deux et deux font quatre.

— Peut-être qu'Eden est retournée chez les Spaulding, à l'heure qu'il est, déclara Helene, sourde aux propos de son mari. C'est la dame qui lui a envoyé l'article de journal, à propos du bébé. Notre Kimba avait travaillé chez eux, un été. Ils ont un hôtel, le Captain's House. Notre fille y avait été femme de chambre.

— Le Captain's House ! s'exclama Morgan. Oui, je connais. J'y ai séjourné.

— Alors, vous savez combien Mme Spaulding est gentille. Jamais elle n'a oublié notre Kimba. Ni Eden. Chaque année, elle envoie à Eden une carte de Noël avec, dedans, un billet de cinq dollars.

— Elle s'appelait Kimberlee, s'emporta Wayne. Kimba, c'est un nom de négresse.

Morgan n'en crut pas ses oreilles.

— De négresse ?

— Ne l'écoutez pas, répéta Helene. Elle voulait qu'on l'appelle Kimba, à l'époque où elle était étudiante dans une école d'art, à New York. Ça faisait plus moderne, je suppose.

— Et plus coloré, ricana Wayne. On dirait un nom du Swahililand.

— Notre fille avait des doigts de fée, poursuivit Helene, mélancolique. Elle avait gagné un concours de couture et obtenu une bourse. Elle souhaitait travailler dans la mode.

— Quand je mettrai la main sur Eden…, menaça Wayne, interrompant la rêverie de son épouse au sujet de leur fille morte depuis longtemps. Allez, Helene, viens.

— Je viens, chéri. Mais… cela vous dérangerait beaucoup que j'utilise les toilettes ?

Aussitôt, Morgan se remémora la salle de bains ensanglantée de la chambre parentale. Elle frissonna.

— Euh… non, bien sûr. Utilisez celles du premier. À droite.

Helene se dirigea vers l'escalier.

— J'attendrai dans le pick-up, grommela Wayne. Si Eden se repointe ici, dites-lui que je suis trop vieux pour jouer à ce petit jeu avec elle. Vaut mieux pour elle qu'elle remonte sur sa mobylette et qu'elle réintègre la maison. Et prévenez ma femme que je suis dehors.

Sur quoi, Wayne pivota et sortit. Quelques minutes plus tard, Helene franchit le seuil du salon.

— Votre mari vous attend dehors.

— Oh, merci. Vous savez, il ne faut pas l'écouter. Il n'est pas très moderne, voilà tout.

Comme si le racisme était un trait de caractère désuet et charmant, songea Morgan. Mais, quoique choquée par les commentaires du vieux bougon, elle était intriguée par l'une de ses remarques.

— Un instant…, dit-elle, retenant Helene par un bras aussi mou que de la guimauve. Je me pose une question. Votre mari a insinué que Guy avait tué votre fille. Je la croyais morte dans un accident.

— Oh, c'était bien un accident. Ils passaient leur lune de miel dans une île, je ne sais où, et ils faisaient de la plongée. Kimba n'aurait pas dû. Seulement, elle voulait lui plaire, coûte que coûte. Kimba n'avait pas autant d'expérience que lui, et elle était encore physiquement affaiblie par la naissance de la petite. On a prétendu que, dans une crise de panique, elle était remontée trop vite à la surface. Il y a des règles à respecter, des « paliers de décompression »…

— Oui, je suis au courant.

Helene haussa les épaules.

— Il y a eu une enquête. Apparemment, ils étaient tous les deux avec un groupe, ils exploraient une épave, donc il y a eu des témoins. Guy n'était même pas avec elle. Un autre plongeur l'avait dans sa ligne de mire. Kimba, elle, était dans une autre partie du navire. Ils ont décrété que son équipement n'était pas défaillant. Elle a paniqué, c'est tout. On nous a expliqué que l'angoisse était la première cause d'accident pour les plongeurs…

— Dans ce cas, pourquoi votre mari accuse-t-il toujours Guy ?

— Voyez-vous, Guy Bolton – paix à son âme – n'était pas un gentleman. Il a engrossé notre fille, mais il ne désirait pas vraiment l'épouser. Après la nais-

138

sance du bébé, ils se sont mariés malgré tout. Qui sait ? Ça aurait peut-être marché pour eux.

— Eden est au courant de cette histoire ? rétorqua Morgan, stupéfaite.

— Maintenant, oui. Elle avait cette obsession de venir ici rencontrer Guy, alors Wayne lui a révélé que, selon lui, sa mère n'était pas morte accidentellement. Il espérait que ça la ferait changer d'avis. Mais non, ça l'a pas empêchée de venir.

— Mais vous lui avez dit que la théorie de son grand-père était fausse ?

— Bien sûr, et tout de suite, encore. Pourquoi elle irait s'imaginer une chose pareille sur son père, à quoi bon ?

À cet instant, un coup de klaxon retentit. Helene jeta un regard au pick-up garé devant le cottage.

— Faut que j'y aille. Merci pour votre aide. Si vous voyez ma petite-fille, dites-lui juste que sa mamie l'aime et veut qu'elle rentre à la maison. Vous ferez ça pour moi ?

— Comptez sur moi.

— Dieu vous bénisse, murmura Helene, et elle rejoignit précipitamment le véhicule de son époux.

Morgan suivit le pick-up des yeux jusqu'à ce qu'il disparaisse, tout en songeant aux sentiments d'Eden en apprenant cette histoire sur son père. Peut-être, au début, avait-elle refusé d'y croire. Puis, arrivée ici à West Briar, confrontée à la froideur de Guy, qu'avait-elle éprouvé ?

Des dizaines de questions bourdonnaient dans l'esprit de Morgan. Mais qui était en mesure d'y répondre ? Elle ne pouvait interroger aucun membre de la famille. Il lui fallait trouver quelqu'un qui se souvienne de cette époque. Soudain, elle eut une idée.

Elle courut dans la cuisine où Guy avait son ordinateur sur l'un des meubles, à côté d'une pile de recettes et de notes. Elle inspecta ses fichiers et, bientôt, dénicha ce qu'elle cherchait. Elle griffonna le renseignement sur un bout de papier qu'elle fourra dans sa poche, et saisit ses clés de voiture. Alors, à la seconde où elle éteignait les lumières, elle avisa sur le plan de travail la panoplie de couteaux de Guy. Elle en extirpa le couteau à découper qu'elle emporta. Elle trancherait le ruban de ces ballons attachés à la boîte aux lettres, sans plus attendre. Elle ne voulait plus les voir.

12

La route qui traversait les marais et menait à Briarwood Marina était bordée de vieilles cabanes de pêcheurs sur pilotis ; à marée haute, l'eau venait presque en lécher le plancher. Beaucoup de ces modestes bicoques avaient été astucieusement transformées, au cours des dernières années, en petites mais confortables résidences secondaires. Les autres conservaient leur authencité, avec leurs portes-moustiquaires dépenaillées et leurs toitures rapetassées. Fitz habitait l'une de celles-ci.

Morgan vérifia le numéro relevé sur l'ordinateur de Guy, se gara et alla frapper à la porte. Une accueillante lumière dorée brillait aux fenêtres de la maisonnette.

Pendant tout le trajet, elle avait réfléchi aux révélations des grands-parents d'Eden. La jeune fille avait donc une raison supplémentaire de haïr le père qui l'avait rejetée, et son propre grand-père avait la conviction qu'elle n'était pas saine d'esprit.

Morgan testait cette idée comme on tâte de la langue une dent douloureuse. Et si Eden avait voulu se venger ? Claire avait un cœur d'or. Poussée par un sentiment erroné de responsabilité et de pitié, n'aurait-elle pas pu décider de sauver la jeune fille et d'endosser la terrible faute ? Pour Morgan, c'était plus plausible qu'imaginer Claire, même vaincue par la dépression, tuant son mari et son enfant. Certes, sa théorie était tirée par les cheveux, mais dans l'immédiat elle n'en avait pas d'autre.

Enfin, la porte s'ouvrit sur Fitz, en jean et T-shirt. En reconnaissant sa visiteuse, il passa la main dans ses cheveux bouclés pour tenter de se recoiffer. Il ne put s'empêcher de lui sourire.

— Salut, dit-il.

— Salut...

— Quel bon vent t'amène ?

En un éclair, le souvenir de leur fébrile étreinte, lors du mariage de Claire, s'imposa à Morgan. Si Fitz pensait à la même chose, son visage n'en laissa rien deviner.

— Je me pose certaines questions auxquelles, à mon avis, tu pourrais répondre. Tu as une minute à me consacrer ?

— Bien sûr. Pourquoi pas ? Entre donc.

Elle hésita. Si elle pénétrait dans cette maison, n'allait-il pas croire qu'elle cherchait, en quelque sorte, à rallumer la flamme ?

Fitz la regarda d'un air surpris.

— Entre. On se gèle, dehors.

Morgan, qui frissonnait, opina et le suivit dans la petite maison, sobrement meublée, mais cosy et étonnamment pimpante. Des bibliothèques, une table et deux chaises, un coin télé avec un divan flanqué de deux fauteuils en cuir fatigués. Un tapis oriental réchauffait le sol. La petite pièce baignait dans la

142

lumière ambrée d'une lampe et d'un lampadaire. Le décor paraissait bien trop rustique pour une garçonnière.

D'un geste, Fitz l'invita à s'asseoir.

— Je te sers un verre ?

Morgan fit non de la tête et se posa sur le bord d'un fauteuil, tandis que Fitz s'installait dans l'autre, les pieds sur le divan. Décontracté.

— Je suis désolée de te déranger, bredouilla-t-elle.

— Pas de problème.

Il se tut. À l'évidence, il ne comptait pas lui faciliter la tâche.

Elle respira à fond et se lança dans son explication.

— Je suis là parce que, tout à l'heure, j'ai rencontré les grands-parents d'Eden. Il sont venus chez Claire, à la recherche de leur petite-fille. Le grand-père m'a raconté une histoire très bizarre sur la mort de la mère d'Eden. Tu connais Guy depuis toujours. Tu étais son meilleur ami. Tu en sais peut-être davantage à ce propos ?

Fitz agrippa les accoudoirs de son siège.

— Ah, je vois, dit-il d'un ton ennuyé. Guy était responsable de l'accident de Kimba, c'est ça ta fameuse histoire ? Malgré les conclusions de l'enquête, le vieux a accusé Guy et refusé d'en démordre.

— En effet. Et Eden est arrivée ici avec ce poids sur le cœur. Elle ne savait peut-être pas que croire. Là-dessus, à l'église, Guy l'a chassée.

— Oui, mais ensuite ils se sont retrouvés et plutôt bien entendus.

— Ah oui ? Quand ? s'étonna Morgan.

— Tu l'ignorais ? Je pensais que Claire t'en avait parlé.

— Excuse-moi… parlé de quoi, exactement ?

— Après le baptême, soupira Fitz, Claire et Guy se sont disputés comme des chiffonniers au sujet d'Eden, du mariage de Guy avec Kimba. Claire l'a fichu à la porte.

— Oh… oui, elle me l'a dit.

— Il s'est réfugié ici, il est resté deux jours. Mais il appelait Claire sans arrêt, il la suppliait de le pardonner, il voulait retourner au cottage pour s'expliquer. Finalement, elle lui a permis de revenir. Elle l'a exilé dans la chambre d'amis de l'étage, mais elle l'a laissé rentrer au bercail. Malheureusement.

Morgan fit mine de ne pas saisir le sous-entendu.

— Et tu dis que, pendant cette période, il a vu Eden ?

— Oui, il l'a vue. Deux ou trois fois. Pour être franc, je lui ai dit qu'il devait ça à la gamine. Elle avait fait tout ce chemin pour le rencontrer enfin. Il savait bien que j'avais raison. Tu n'as pas vraiment connu Guy, mais c'était un type bien. Il ne voulait pas blesser cette petite, elle a suffisamment souffert. Ce n'était pas sa faute s'il ne l'avait jamais vue. Le grand-père avait posé son veto.

— Alors il a proposé à Eden de lui rendre visite ici, chez toi.

— Exact. Je lui ai dit qu'elle n'avait qu'à venir ici. Ce qu'elle a fait, avant qu'il retourne auprès de Claire. Et après, il n'est pas impossible qu'elle soit passée au cottage. Bref, ils s'entendaient bien. Et je sais qu'ils ont tous dîné en famille chez Dick et Astrid, le dernier soir.

— Claire était là aussi ?

— Absolument. Pour autant que je sache, Claire comptait y aller.

— Je croyais que Dick refusait d'avoir affaire à Eden.

— C'est vrai. Mais Astrid plaignait la gamine. Elle voulait l'aider. Et finalement, Dick s'est incliné. Ce n'est pas un mauvais bougre. Il aime ses enfants, seulement il a du mal à le leur montrer. Comme beaucoup d'hommes. Et puis, ce mariage précipité avec Astrid n'a rien arrangé… Mais bon, ça remonte au déluge. Et ça s'est bien terminé.

— Lucy semble adorer Astrid.

— Elle était plus jeune que Guy. Et Astrid s'est décarcassée pour aider Lucy à surmonter son… le nom m'échappe toujours. Bref, sa maladie.

— Tandis que Guy n'a jamais pardonné à son père ?

— Non. Ni à Astrid, d'ailleurs. Néanmoins, quand le grand-père d'Eden s'est mis en tête d'accuser Guy de la mort de Kimba, personne n'a défendu Guy aussi fougueusement que Dick. Lorsque la mort a été officiellement déclarée accidentelle, il a menacé de traîner l'autre en justice. Il était enragé. Il a déclaré au vieux bonhomme que, s'il persistait, il n'aurait plus rien, qu'il dormirait dans son pick-up. Dick protégeait son fils comme une tigresse. J'ai toujours estimé que Guy ne l'appréciait pas assez.

— Il n'empêche qu'il n'a pas hésité à traiter sa propre fille en intruse.

— Je t'accorde qu'il ne s'est pas montré sous son meilleur jour. Mais elle l'a piégé, et il s'est affolé.

— Des deux, c'était lui l'adulte. Il aurait dû faire un petit effort.

Fitz acquiesça, ce qui désarçonna Morgan.

— Tu as raison, il aurait dû. Il l'a fait quand ils ont été en tête à tête, je le sais. Ils ont discuté un bon moment. L'atmosphère était évidemment tendue, parce que Claire l'avait flanqué dehors, mais Guy a essayé de nouer un lien avec Eden. Il l'a emmenée manger un hamburger. Le contact a commencé à s'établir. Elle avait apporté des photos d'elle enfant, ils les ont regardées ensemble. Enfin, ce genre de chose.

— Je présume, dans ce cas, qu'elle ne croyait pas à l'histoire de son grand-père concernant Guy.

— Ça, je l'ignore. Une fois Guy de retour chez lui, nous n'avons pas vraiment eu l'occasion d'en reparler. Mais je te garantis que, d'après ce que j'ai vu, sa fille et lui ont réussi à s'entendre.

— Tu en es sûr ? rétorqua Morgan d'un ton sceptique.

— J'ai eu cette impression.

Morgan le dévisagea puis détourna les yeux. Elle sentait qu'il l'observait avec curiosité.

— Pourquoi toutes ces questions sur Eden ?

La chaude lumière de la lampe les enveloppait, Fitz paraissait réceptif. Elle décida de courir le risque.

— Je me dis simplement que personne ne pourrait reprocher à Eden de chercher à se venger.

Fitz la considéra comme si elle s'exprimait dans une langue étrangère.

— Se venger ? Mais de quoi ?

Morgan se mordit les lèvres – il était hélas trop tard pour ravaler ses paroles.

— Je ne sais pas. Je réfléchis, voilà tout… à la possibilité qu'Eden ait fait payer à son père ce qu'il leur avait infligé, à sa mère et elle.

— Il n'a rien fait à sa mère, rectifia Fitz. Ils se sont mariés et elle est décédée accidentellement. Point à la ligne.

— Mais si Eden le croyait encore coupable ?

— Eh bien quoi ?

— Eh bien, quelqu'un a tué Guy. Et son deuxième enfant.

— Quelqu'un ? répéta-t-il, incrédule. Ton amie Claire a tout avoué. Tu l'oublies ?

— Claire savait peut-être qu'Eden était la meurtrière. Elle s'est sentie fautive, ou elle a eu pitié de cette jeune fille. Elle a préféré endosser la responsabilité du drame.

Fitz se renversa dans son fauteuil.

— Tu es cinglée ? Tu as perdu les pédales ? Tu cherches réellement à coller ces meurtres sur le dos de cette pauvre gosse ?

— Les adolescentes sont parfois… imprévisibles. Elles sont capables d'agir sans réfléchir, se justifia Morgan qui regrettait amèrement de s'être confiée.

Fitz la regardait toujours comme s'il était face à quelque étrange créature.

— C'est pathétique. Franchement pathétique. Il te faut une échappatoire. Coûte que coûte. Pour Claire. Mais oser accuser une gamine innocente… En faisant passer Claire pour une espèce d'héroïne…

147

— Il ne s'agit pas d'échappatoire, riposta-t-elle. Je m'efforce seulement d'explorer toutes les pistes de manière rationnelle.

Ricanant, Fitz se leva d'un bond et pivota vers Morgan.

— Pour toi, c'est rationnel ? Je trouve ça... obscène. Tu es prête à sauter sur n'importe quelle justification. Pour Claire, et pour toi-même.

— Moi ?

Morgan se redressa à son tour, ne supportant plus qu'il la toise de la sorte.

— Pour quelle raison aurais-je besoin d'une justification ?

Fitz pinça les lèvres, comme s'il muselait ses pensées.

— Vas-y. Dis-le, dis ce que tu as sur le cœur.

— Tu refuses l'évidence. Ton amie a avoué ses crimes. Et toi, tu ne te sens pas un peu responsable ?

— En quoi serais-je responsable, je te prie ? rétorqua-t-elle, exaspérée.

— Oh, je n'en sais rien. Si tu avais été plus attentive, tu aurais peut-être compris que ton amie était au bout du rouleau. Et mon meilleur ami serait toujours en vie, ainsi que son enfant.

Morgan cligna les paupières, comme aveuglée par cette accusation.

— Tu as forcément remarqué que Claire devenait dingue, mais tu as peut-être jugé qu'elle ne l'avait pas volé. Tu étais peut-être un brin jalouse de toutes les chances qui souriaient à la chère Claire.

Morgan en était bouche bée de stupeur.

— Comment oses-tu insinuer une chose pareille ? Tu ne me connais même pas.

— Tu me l'as dit toi-même, s'acharna-t-il. Le jour de leur mariage. Après ta dixième coupe de champagne, tu m'as dit combien tu enviais Claire. Tu m'as raconté que les hommes avaient immanquablement le coup de foudre pour elle et qu'ils étaient prêts à tout pour lui plaire. Ce qui, apparemment, ne t'arrivait jamais.

— Je ne t'ai jamais raconté ça ! s'indigna-t-elle, même si elle craignait fort d'avoir énoncé ce type d'idiotie – car elle avait bel et bien éprouvé ce sentiment-là, mais pour rien au monde elle ne l'aurait admis. Je reconnais avoir bu beaucoup de champagne, ajouta-t-elle d'un ton froid, poussée par la nécessité de frapper à son tour. Désolée, mais pour être honnête, je ne me rappelle quasiment rien de ce mariage. C'est le flou artistique.

Fitz approcha l'index de son pouce et, à travers cette mince fente, regarda Morgan.

— Allons, sois sincère. Tu n'as pas eu la moindre petite once de satisfaction en constatant que Claire était déprimée, malgré sa bonne fortune ?

Morgan avait le plus grand mal à conserver son sang-froid.

— Tu ne sais pas ce que tu racontes, rétorqua-t-elle platement.

— Tu crois ? Je te connais un peu.

— Ne te vante pas, articula-t-elle, préférant ne pas relever cette allusion à leur brève étreinte.

Sur quoi, elle tourna les talons et quitta la maisonnette, non sans claquer la porte. La tête haute, elle regagna sa voiture. Elle s'assit au volant, contempla le paysage nocturne, les marais si paisibles, un rayon de lune qui scintillait sur les eaux stagnantes. Elle était tellement furieuse que son cœur cognait à se rompre. Mais outre la colère, pour une raison qu'elle ne s'expliquait pas, elle se sentait humiliée. Le mépris de Fitz lui mettait le feu aux joues. C'était totalement injuste. Elle n'avait agi que par amitié, elle avait fait le maximum pour Claire. Sinon, pourquoi serait-elle ici ?

Soudain, elle éclata en sanglots.

Elle croisa les bras sur le volant, y appuya son front. Elle était lasse, exténuée, et elle était blessée. Fitz n'était qu'un imbécile arrogant, mais une part d'elle ne pouvait nier ce qu'il lui avait lancé à la figure. Elle aurait donné un empire pour qu'il en soit autrement, hélas au tréfonds d'elle, elle avait un peu jalousé Claire et même, bizarrement, s'était sentie abandonnée. Si elle n'avait été motivée que par l'amitié, n'aurait-elle pas compris que Claire glissait peu à peu dans la maladie mentale ? Ne se serait-elle pas débrouillée pour l'emmener consulter un psychiatre ? Claire aurait résisté mais, si Morgan avait tapé du poing sur la table, elle se serait laissé convaincre. Peut-être aurait-elle pu éviter cette tragédie.

La culpabilité, tel un virus, se propageait dans tout son être. Au bout d'un moment, cependant, elle releva la tête. Que cet examen de conscience soit ou non proche de la réalité, il n'était plus temps de remâcher des regrets. Il y avait plus urgent. Elle ne pouvait pas se permettre de s'effondrer, de baisser les bras. Elle devait être forte. Il fallait que quelqu'un le soit. Morgan, même défaillante, était désormais l'unique soutien de Claire.

13

La gardienne, derrière son hygiaphone, à la réception de la prison du comté, regarda Morgan d'un air impassible.

— Vous arrivez trop tard.

Morgan jeta un coup d'œil à la pendule.

— Il me reste dix minutes, répondit-elle poliment.

— Votre amie a déjà une visite. Elle a demandé à ce qu'on ne l'interrompe pas.

Qui était-ce ? Inutile de poser la question.

— Peut-être qu'ils partiront avant l'heure. Je vais patienter.

— Comme vous voulez. Asseyez-vous là-bas, ordonna la gardienne, pointant son stylo.

Morgan s'écroula sur l'une des chaises en plastique moulé, en ayant soin d'en laisser une libre entre elle et une jeune mère dont l'enfant chouinait et gigotait – eux aussi attendaient. Elle appuya sa tête contre le mur et ferma les yeux. Elle avait quasiment passé une nuit blanche chez Claire, dans la chambre d'amis de l'étage. Le moindre bruit la réveillait en sursaut et, malgré son épuisement, elle s'était sentie aussi nerveuse qu'après avoir ingurgité un litre de café. Chaque fois qu'elle s'assoupissait, des images de la salle de bains éclaboussée de sang défilaient dans son esprit et lui ôtaient toute envie de dormir. À l'aube, elle avait finalement sombré dans une hébétude comateuse et n'avait même pas entendu sonner le réveil de son téléphone portable.

Quand elle avait émergé et vu quelle heure il était, elle s'était habillée à la va-vite et, sans prendre de petit déjeuner, avait sauté dans sa voiture pour rouler pied au plancher et se garer sur le parking de la prison dans un hurlement de freins. Puis elle s'était acquittée des procédures de sécurité à toute allure, tendant le sac en plastique contenant les vêtements noirs que Claire souhaitait pour assister aux obsèques du lendemain. Le gardien avait embarqué le sac et refusé de confirmer que cette tenue de deuil serait bien remise à Claire. Morgan eut l'impression que ses efforts frénétiques pour arriver in extremis n'avaient servi à rien.

Résultat, elle souffrait à présent de brûlures d'estomac. Elle gardait les paupières closes, malheureusement il lui était impossible de sommeiller dans cette salle d'attente. L'odeur ambiante l'aurait, à elle seule, empêchée de dormir, sans parler des cris et des insultes qui explosaient régulièrement dans les entrailles du bâtiment et se répercutaient tout au long des couloirs.

— Bon, les visites sont terminées ! annonça la surveillante. Tout le monde sort de la salle.

Morgan poussa un soupir. Elle ne verrait pas Claire avant les obsèques, et il était peu probable qu'elle puisse alors lui parler. Enfin… elle avait au moins apporté les vêtements. Le reste dépendait du bon vouloir des autorités de la prison.

Elle se leva et suivit les visiteurs qui, en désordre, regagnaient le hall et franchissaient les portes successives menant au parking. Certains marchaient d'un pas lourd vers l'arrêt de bus au bord de l'autoroute, d'autres traînaient un enfant par la main. Tous paraissaient si las. En montant dans sa voiture, Morgan hésita : peut-être devrait-elle proposer à quelques-unes de ces personnes de les raccompagner ? La sonnerie de son mobile lui fit oublier cette bouffée de culpabilité.

— Mademoiselle Adair ? Ici Berenice Hoffman, du cabinet de Noreen Quick.

— Oh… oui. Bonjour, comment allez-vous ?

— Bien, merci. Mme Quick veut vous parler. Elle est chez elle, alitée. Je vous donne son adresse, et je vous envoie l'itinéraire par mail.

— Que se passe-t-il ?

— Je l'ignore. Elle a dit que c'était important.

— Quand désire-t-elle me voir ?

— Le plus rapidement possible.

Morgan jeta un coup d'œil à la pendule de bord.

— Je peux y être d'ici une heure.

En quittant le parking de la prison, elle regarda les visiteurs maintenant avachis sur le banc de l'arrêt de bus, juste à l'extérieur des grilles. Les gamins caracolaient autour de l'abri, mais les adultes demeuraient immobiles, mornes, résignés à attendre encore.

Noreen Quick habitait loin du front de mer, une tranquille impasse des années 50 où l'on avait construit, sur un ancien champ de pommes de terre, des maisons avec entresol maintenant entourées d'arbres et de végétation matures. Le jardin de Noreen était entretenu sans trop de soin, un ensemble d'escalade et une cabane en plastique aplatissaient le gazon qui, en dessous, était roussi.

Une grande femme osseuse au large sourire sous une masse de frisettes rebelles aux pointes blondes accueillit Morgan en s'essuyant les mains sur son tablier.

— Je désirerais voir Mme Quick, dit Morgan après s'être présentée.

La femme s'écarta pour la laisser entrer.

— Suivez-moi.

Elles pénétrèrent dans le hall de la maison, lumineuse et agréablement encombrée. La femme jeta un coup d'œil dans le salon, où deux jeunes enfants roux regardaient à la télévision Barney le dinosaure violet.

— Vous baissez le son, ordonna-t-elle. On va tous devenir sourds.

Le plus âgé, un garçon d'environ quatre ans, pointa docilement la télécommande vers l'écran.

— Quand Barney sera fini, vous venez dans la cuisine pour le déjeuner.

La plus jeune, un adorable angelot criblé de taches de son, prit une mine gourmande.

— Nanabutter[1] ? s'exclama-t-elle avec espoir.

— D'accord, mon bébé, dit la femme d'un air bienveillant. Par ici, ajouta-t-elle, longeant un couloir foisonnant de plantes vertes, de livres entassés dans une bibliothèque et de photos de famille encadrées.

Tout au bout, elle ouvrit la porte d'une chambre.

---

1. Sandwich composé de bananes et de beurre de cacahuètes, entre autres.

— Nonny, ta cliente est là. Essaie de faire vite.

La grande femme se tourna vers Morgan.

— Elle ne se repose pas assez, expliqua-t-elle.

— Je m'en doute.

— Vous n'imaginez même pas, soupira son interlocutrice en roulant des yeux. Entrez. Si ça dure trop longtemps, je mettrai le holà.

Opinant, Morgan se glissa dans la pièce. Noreen Quick, ses cheveux carotte dressés sur sa tête comme une crête de coq, était allongée sur un lit à colonnettes, cernée par des dossiers et documents éparpillés sur la courtepointe. Un ordinateur était branché sur sa table de chevet, et l'avocate avait l'embout d'une Bluetooth fiché dans l'oreille. Elle portait un sweat ras du cou, tendu sur son ventre rebondi. D'un geste, elle invita Morgan à prendre place dans le rocking-chair, près d'elle.

— Comment allez-vous ? demanda Morgan en s'asseyant.

Noreen agita une main impatiente.

— Bien. C'est assommant, mais ça m'est déjà arrivé la dernière fois. Clouée au lit. J'ai horreur de ça, donc je fais avec.

Morgan hocha la tête.

— J'irai droit au but, enchaîna Noreen. Sinon, Gert déboulera pour vous jeter dehors à coups de pied dans les fesses.

— Elle m'a prévenue, murmura Morgan.

— Et elle n'hésitera pas.

Morgan perçut une note de fierté dans la voix de l'avocate, comme si le fait qu'on veille sur elle si jalousement lui donnait la sensation d'être précieuse. Sentiment que Morgan comprenait fort bien.

— Cela me convient parfaitement, dit-elle. Je vous écoute.

Noreen soupira, pinça les lèvres.

— Je n'ai pas de bonnes nouvelles.

— C'est-à-dire ? balbutia Morgan.

— Le psychiatre que nous avons engagé m'a téléphoné tout à l'heure. Il m'a résumé ses conclusions, après son entretien avec Claire.

— Et… ?

— Je suis déçue. Il prétend qu'elle ne souffre pas de psychose post-partum. Pas actuellement. Ni, selon lui, au moment du… des faits.

— Je ne comprends pas, rétorqua Morgan d'un ton angoissé.

— La psychose post-partum ? Je vous ai expliqué, vous ne vous rappelez pas ?

— Si, évidemment, je m'en souviens. Mais ce médecin affirme que Claire n'était pas dépressive ? C'est faux.

— Dépressive, pour lui, elle l'est. Mais beaucoup de gens sont dépressifs. Un jour ou l'autre, tout le monde a un gros coup de cafard. Seulement, ce n'est pas un système de défense. Tandis que la psychose, ça, c'est une bonne défense. On a des hallucinations, des compulsions, on entend des ordres émanant de Dieu. Voilà ce qu'il nous faut établir : qu'elle souffrait de psychose.

— En un sens, cela confirme ce que je pensais. Elle n'avait pas le moral du tout, indiscutablement, mais elle ne me paraissait pas folle à ce point.

Noreen la dévisagea d'un œil froid.

— Ne vous trouvez pas si maligne sous prétexte que vous êtes d'accord avec le diagnostic de ce médecin. Si nous ne réussissons pas à prouver la psychose, l'avocat général clamera que la maladie mentale ne joue aucun rôle dans cette affaire. On déclarera que Claire était furieuse contre son mari, à cause de sa fille, qu'il n'avait jamais mentionnée et qui a surgi de nulle part. On conclura également que Claire a agi avec préméditation.

— Ce n'est pas possible. Elle était en colère à propos d'Eden, oui, mais… Qu'est-ce qu'on peut faire ?

Noreen parcourut longuement le rapport qu'elle tenait en main.

— Manifestement, nous devons engager un autre expert, peut-être plus… accoutumé à être témoin de la défense. Quelqu'un qui reconnaîtra les symptômes de la psychose post-partum, contrairement à ce monsieur. Néanmoins les services de ce genre sont onéreux. Comme vous êtes chargée de gérer les finances de Claire, je souhaitais éclaicir ce point avec vous avant d'entamer mes démarches.

— Vous allez lui graisser la patte pour qu'il dise ce que nous voulons ?

— Pas du tout. Ce sera un témoin parfaitement crédible. Un psychologue diplômé.

— Est-ce que la partie adverse fera aussi examiner Claire par un psychiatre ?

— Oui, sans aucun doute.

— Et s'il aboutit à la même conclusion que notre premier expert ?

Noreen leva les yeux au ciel, exaspérée.

— Eh bien, nous ferons en sorte que notre deuxième expert soit plus convaincant.

— Ça semble… risqué.

— Risqué ? Essayez de comprendre, Morgan. Nous n'avons pas une foule de solutions.

Malgré l'énervement de l'avocate, Morgan se sentit obligée d'insister.

— Mais… Figurez-vous qu'hier j'ai appris quelque chose. Eden – la fille perdue de vue depuis des lustres – avait une bonne raison de haïr Guy Bolton. Son grand-père accusait Guy d'avoir provoqué la mort de la mère d'Eden.

— Guy en était-il effectivement responsable ?

— Non, apparemment pas.

— Où était ce vieil homme quand Guy a été tué ?

— En Virginie-Occidentale, répondit Morgan après une hésitation. Mais Eden, elle, était ici. Elle partage peut-être la position de son grand-père, alors elle a décidé…

Noreen leva les mains.

— Stop ! Claire a avoué, Morgan, essayez de vous mettre ça dans la tête ! Que cela vous plaise ou non, elle a avoué être l'auteur de ces crimes. Bon… Comme je le disais, notre système de défense repose sur l'état mental de Claire, il nous faut donc un expert qui certifiera qu'elle était en proie à une psychose post-partum. Ce n'est pas plus compliqué que ça. Cet expert, je vais nous le dénicher. Sauf si vous préférez que votre amie passe le reste de ses jours en prison…

— Non, bien sûr que non.

La porte de la chambre s'ouvrit soudain, et l'ange gardien de l'avocate apparut, portant une tasse fumante.

— Nonny, tu bois ça, dit-elle d'un ton sans réplique.

Noreen regarda Morgan droit dans les yeux.

— Ce qui signifie – je traduis : du balai.

Morgan se leva du rocking-chair, raide comme un piquet.

— Laissez-moi faire mon travail, d'accord ?

L'avocate saisit la tasse, tandis que son cerbère lui retapait ses oreillers.

— Ça va, Gert, je suis très bien installée, grommela Noreen, mais elle réprimait un sourire. Ne vous inquiétez pas, Morgan, ajouta-t-elle plus gentiment. Ayez confiance en moi, je contrôle la situation.

14

Il n'y avait que deux véhicules sur l'aire de stationnement sablonneuse, entourée de pruniers maritimes et de fragiles arbustes. Le premier était une camionnette dont le conducteur au teint basané dormait sur son volant, sa casquette sur les yeux. L'autre était une compacte cabossée, décorée sur le pare-chocs d'un autocollant bleu pétant sur lequel on lisait : « Tes Anges n'ont que des ailes, ne roule pas trop vite, ils ne pourront pas te suivre. »

Morgan se gara à l'extrémité du parking et sortit de sa voiture. Elle était venue ici une seule fois, l'été précédent, et cet endroit était bourré à craquer de Lexus et de BMW dernier modèle. L'automne annonçait la morte-saison. Le chemin menant à la plage sinuait à travers les dunes tapissées d'herbe, on entendait le fracas de l'océan.

Elle s'avança sur le sentier désert. Malgré ses tourments, la splendeur du ciel azur où des lambeaux de nuages voguaient à l'horizon la distrayait de ses soucis. Elle ôta chaussures et chaussettes. Le sable était frais entre ses orteils. Elle se campa près de la ligne de partage entre le sable sec, couleur coquille d'œuf et celui qui était gris et détrempé. Les vagues se précipitaient pour tenter de l'atteindre, puis s'effondraient dans un éclaboussement d'écume, à quelques centimètres de ses pieds.

Lors de sa dernière balade sur cette plage, Claire l'accompagnait. Elle en était à plusieurs mois de grossesse. Elle avait retroussé les jambes de son pantalon en toile et pataugé dans l'eau. Elle pressait les mains sur son ventre pour protéger l'enfant qu'elle portait. Elle parlait avec excitation de ses projets pour son bébé. Des pièces supplémentaires que Guy et elle feraient construire pour agrandir le cottage, s'ils ne retournaient pas en France. Elle espérait retrouver sa silhouette et reprendre son métier d'infographiste dans quelques années. Des projets grisants, joyeux. Échafaudés par la femme qui avait avoué l'assassinat de son bébé, de son mari.

Morgan poussa un lourd soupir qui se perdit dans l'inlassable ressac. Elle songea au rapport du psychiatre – comment pouvait-on considérer que les actes de Claire étaient ceux d'une femme sensée ? Peut-être la jeune femme n'était-elle pas aussi gravement dépressive que certaines autres, mais, sans aucun doute, elle n'était pas dans son état normal pour avoir commis pareille horreur. N'y avait-il pas, pour un être humain, plusieurs manières de souffrir de maladie mentale ? Le meurtre d'un enfant et d'un mari adoré n'en était-il pas la preuve absolue ?

Un canot de la société de sauvetage, à la coque en bois crevée, gisait sur la plage, renversé ; le sable l'ensevelissait peu à peu. Morgan s'y assit. Penser à la tragédie lui coupait les jambes, la vidait de son énergie. Immobile, elle contempla le paysage mélancolique. À quelques centaines de mètres, une jeune femme, assise sur une chaise de camping devant un chevalet, barbouillait consciencieusement sa toile de peinture. Une autre personne, en anorak bleu, s'avançait vers Morgan. Elle se baissait à chaque instant pour ramasser galets ou coquillages qu'elle mettait dans un seau. Deux chiens gambadaient autour d'elle, se pourchassaient en jappant et en faisant gicler le sable. Morgan, qui observait distraitement la glaneuse de coquillages, reconnut soudain Lucy.

Sa première impulsion fut de fuir. Elle n'avait aucune envie de voir la sœur de Guy, ni de lui parler. Elle se leva du canot, mais avant qu'elle ait pu détaler, Lucy l'aperçut. Elle la reconnut également, cela se lut sur son visage qui ne s'éclaira pas pour autant. Elle agita sa petite main – un salut anémique.

Morgan hésita un instant puis alla à sa rencontre.

De près, Lucy avait l'air d'un spectre. Le vent fouettait ses cheveux blonds cotonneux, du sable collait aux verres de ses lunettes. Elle dit bonjour et regarda les pieds nus de Morgan.

— Vous ne vous gelez pas ?

— Honnêtement, si. Il fait un peu trop froid pour se déchausser.

Lucy la dévisagea, les sourcils en accordéon.

— Astrid m'a appelée pour me dire que Claire serait aux obsèques.

— Effectivement. Je lui ai apporté des vêtements noirs, ce matin, à la prison.

— Pourquoi mon père a accepté ?

— Je l'ignore, mais il a accepté.

— C'est une erreur, décréta brutalement Lucy. Je veux dire : qu'elle vienne.

— Je partage votre avis.

Un silence embarrassé s'installa. Morgan jeta un coup d'œil aux coquillages dans le seau. Lucy écarta le seau pour le saisir de l'autre main, comme pour préserver ses coquillages du regard fureteur de Morgan.

— Qu'est-ce qui vous a incitée à travailler avec des coquillages ? demanda Morgan pour se montrer amicale.

— En fait, c'est une idée d'Astrid. J'ai toujours été très douée pour les puzzles. Les enfants Prader-Willi sont connus pour ça, ajouta Lucy d'un ton neutre. Astrid s'est dit que j'aimerais assembler des coquillages comme des pièces de puzzle. Il s'est trouvé que ça me plaisait.

Morgan s'apprêtait à évoquer le hasard qui fait bien les choses, quand Lucy lui coupa la parole, toujours aussi abruptement.

— Pourquoi vous êtes pas encore partie ?

— Je compte assister aux obsèques, moi aussi, rétorqua posément Morgan – inutile de se vexer.

— Ah oui, dit Lucy, le regard fixé sur l'horizon. Vous êtes la marraine de Drew. Vous, et pas moi.

— Si cela vous blesse, j'en suis désolée, répondit Morgan avec sincérité.

Lucy agita de nouveau sa petite main molle.

— Ne vous inquiétez pas. De toute façon, Guy ne m'aurait jamais choisie.

Morgan fut peinée par la cruauté désinvolte que suggérait la remarque de Lucy.

— Vous avez des nouvelles d'Eden ? hasarda-t-elle, pour changer de sujet. Ses grands-parents sont passés au cottage, ils la cherchaient. Je n'ai pas su que leur raconter.

Impassible, Lucy contemplait l'océan.

— Elle était chez moi.

— Chez vous ? s'exclama Morgan.

— C'est ma nièce.

— Euh… oui, je sais. Je ne… c'est gentil à vous de lui avoir offert l'hospitalité.

— Les gens se comportent tous comme si j'étais incapable de m'occuper de quelqu'un ! s'insurgea Lucy.

— Non, je suis certaine que vous vous trompez.

— Après ce qui est arrivé, tout le monde se fichait de ce que pouvait ressentir Eden. Je lui ai dit de s'installer chez moi. Les autres l'avaient complètement oubliée.

— Ils étaient en état de choc, dit tristement Morgan.

— La population entière de cette ville était en état de choc ! rectifia Lucy, véhémente. Quand je pense à ce qu'a fait Claire à ce bébé impuissant…

— Claire souffrait d'une grave dépression, rétorqua Morgan, notant au passage que son interlocutrice n'avait pas mentionné Guy.

— Pardi ! s'exclama Lucy d'un ton écœuré. C'est tellement déprimant d'avoir un petit bébé magnifique.

Morgan se remémora immédiatement le récit que lui avait fait Claire – Lucy dans le cabinet du médecin généticien – et préféra ignorer le sarcasme.

— D'après Fitz, Guy et Eden s'étaient rapprochés, avant le drame.

— Eden voulait qu'il l'aime, dit Lucy, les yeux aussi glacés que l'océan. Elle se démenait pour ça. Pourtant il avait été méchant avec elle, il l'avait blessée.

Morgan étudia la figure pâle et flasque de Lucy. Elle flairait, dans ses paroles, une hostilité personnelle. Quelles vexations avait subies Lucy dans sa vie, sous prétexte qu'elle était un peu différente, beaucoup moins jolie et adroite que les autres filles ? Dans certaines fratries, le plus fort vole au secours du plus faible. Ou bien il se rallie aux rieurs, pour mettre de la distance entre lui et l'avorton, se ranger dans le camp de ses amis normaux. Guy faisait-il partie de cette dernière catégorie ?

— Vous n'avez pas une très haute opinion de votre frère.

Lucy la considéra un long moment, avec froideur, comme si elle cherchait ses mots.

— C'est mon affaire, dit-elle enfin, sèchement. C'était quand même mon frère. Claire n'aurait pas dû le tuer. Ni ce… – la voix de Lucy s'érailla, elle s'éclaircit la gorge, agacée – … ce bébé.

Brusquement, elle se détourna, appela les chiens et, d'une démarche pesante, se dirigea vers l'accès à la plage, envahi par la végétation. Les chiens tourniquaient autour de ses jambes, joueurs et bruyants.

Morgan la suivit. Quand elle atteignit le canot à l'abandon, elle se rassit sur la coque pour s'essuyer les pieds, enfiler ses chaussettes et se rechausser.

Lucy pivota pour la regarder.

— Vous partez après l'enterrement ?

— Dès que possible.

— Tant mieux. Vous devriez vous en aller.

En rentrant au cottage, Morgan songeait aux obsèques. Elle appréhendait ce moment, redoutait de se retrouver face à tous ceux qui avaient de l'affection pour Guy et s'étaient réjouis de la naissance de son fils. En s'arrêtant devant la maison, elle avisa un autre véhicule dans l'allée, une Jeep gris foncé, dernier cri. Elle descendit et, alors, reconnut la voiture de Dick Bolton. Celui-ci, en principe si dynamique, était avachi sur le siège du passager, les yeux dans le vide. Morgan se résolut à toquer à la vitre. Dick sursauta, tourna vers elle son séduisant visage. Avant qu'elle ait pu dire un mot, il regarda ailleurs, comme si elle était invisible.

Les joues rouges, Morgan redressa les épaules et rejoignit la maison. Dusty était affalé dans le parterre de dahlias et de zinnias, parsemé de feuilles mortes. Il observait Morgan de ses prunelles pareilles à deux fentes dorées. Elle franchit le seuil et, immédiatement, remarqua un sac en toile sur une chaise de la salle à manger. On entendait du bruit dans la cuisine.

— Il y a quelqu'un ?

— Dans la cuisine ! répondit une femme dont Morgan reconnut l'accent musical – Astrid.

C'était bien elle, en effet, qui s'affairait à ranger des affaires dans un carton.

— Bonjour, Astrid. J'ai vu Dick dans l'allée.

Astrid portait une cape noire sur ses vêtements, et sa couronne de nattes était moins impeccable qu'à l'accoutumée, des mèches folles bouclaient autour de sa figure. Sa peau crémeuse était creusée de rides et ses yeux plus gris que bleus. Elle les braqua sur Morgan.

— Je constate que vous avez logé ici.

— J'aurais dû sans doute vous en demander d'abord l'autorisation, à Dick et vous. Si vous préférez, je prendrai une chambre d'hôtel.

— Oh, je m'en moque, soupira Astrid avec lassitude. Quelle importance, à présent ?

— Je viens de rencontrer Lucy sur la plage.

L'expression d'Astrid se radoucit.

— Comment va ma petite chérie ? Bien, j'espère ? J'ai tellement eu la tête ailleurs…

— Elle paraît… en colère.

Astrid poussa un nouveau soupir.

— Lucy a perdu sa mère très jeune. Il lui est plus facile de se mettre en colère que d'avouer sa tristesse.

Morgan avait aussi connu cela dans son enfance. La rage était une sorte de bouclier contre le désespoir. Manifestement, Astrid comprenait Lucy mieux que personne, pourtant Morgan n'avait pas eu l'impression que Lucy fût triste. Non. Pas à cause de Guy, en tout cas.

— Selon moi, c'est surtout le bébé qui lui fait de la peine, dit-elle avec précaution. J'ai eu le sentiment que Guy et elle n'étaient pas très proches.

— Oh, vous savez, ça n'a jamais été simple pour Lucy. Sa maladie faisait qu'elle ne se développait pas bien. Guy, naturellement, était intelligent et attirant. Il avait une foule d'amis.

— Il m'a semblé que Guy n'était pas vraiment… comment dire ? Son champion.

— Ça, je l'ignore, répondit Astrid, évasive. Ils n'avaient pas le même âge, ils n'étaient pas souvent ensemble. Ils ont fréquenté des écoles différentes à des époques différentes, par exemple.

— Et les gamins peuvent être tellement méchants.

— Vous insinuez que Guy était méchant ? s'emporta soudain Astrid.

— Je l'ignore.

— Évidemment, il la taquinait. Comme tous les grands frères. Mais jamais il n'était cruel. Je vous le certifie. Son père et moi ne l'aurions pas permis.

— Vous avez raison, excusez-moi. Les propos de Lucy m'ont juste donné cette… impression.

— Une fausse impression. Je l'aurais su, ils étaient mes enfants, dit Astrid d'une voix hachée.

— Oui, tout cela est si pénible. Ce doit être atroce pour vous de vous trouver dans cette maison. Vous y avez tant de souvenirs.

Astrid contempla le salon, puis secoua la tête, comme si elle se réveillait d'un rêve. Elle frissonna.

— Écoutez, Morgan, j'aime autant vous prévenir. Une entreprise de nettoyage va venir s'occuper de la chambre et de la salle de bains. La police m'a recommandé ces gens. J'aurais dû m'en charger moi-même, probablement, mais je n'en ai pas le courage. Dick proposait d'envoyer deux Mexicains du Lobster Shack, seulement… je ne veux pas qu'ils voient ça.

— Des professionnels, c'est une bonne idée. Moi non plus, je ne supporte même pas de jeter un œil dans ces pièces.

Astrid acquiesça, les lèvres pincées, ferma le carton.

— Bon, je crois que j'ai ce qu'il me faut.

— Qu'est-ce que…, demanda Morgan, montrant du menton le carton.

— Il m'a fallu choisir des vêtements pour Guy et le bébé…

De nouveau, la voix d'Astrid s'érailla.

— Pour les obsèques de demain, reprit-elle après un instant, d'un ton plus ferme. Et j'ai quelques petites choses à mettre dans le cercueil.

— Quel cauchemar, murmura Morgan.

— Oui, mais…, Astrid souleva le carton et passa dans la salle à manger où elle récupéra le sac en toile qu'elle jeta sur son épaule. Nous devons faire face.

— Je peux vous aider à porter ce…

— Non, inutile.

Morgan alla lui ouvrir la porte. Astrid franchit le seuil et lança un regard vers le véhicule où son mari attendait. L'air hébété, Dick n'ébaucha pas un mouvement.

— Je vais vous ouvrir le coffre, proposa Morgan.

Astrid redressa la tête.

— Je me débrouillerai. Il le faut.

15

La petite église blanche, où l'on avait baptisé Drew si peu de temps auparavant, était bondée. Les gens se massaient sur le trottoir, les marches et devant les portes. Morgan, qui se trouvait dans la file, se félicita que le temps se montre clément, que la pluie leur soit épargnée.

La première personne qu'elle vit, quand elle put enfin pénétrer dans l'église, fut Fitz. Il se tenait parmi les autres porteurs de cercueil vêtus de noir, au fond de l'édifice, la mine grave. S'efforçant de passer inaperçue, Morgan se glissa dans l'allée latérale. Elle espérait qu'il ne la remarquerait pas.

La file avançait à une allure d'escargot vers les cercueils ouverts. Cela donna à Morgan tout le temps d'observer le décor et la foule. Autour de l'autel et des deux bières s'entassaient de savantes compositions florales d'aspect guindé. Les membres de la famille Bolton s'alignaient près des cercueils. Tous étaient là, hormis Eden. Morgan balaya l'église du regard, mais ne repéra pas la fille de Guy. Dick, d'ordinaire bronzé, était blafard. Il se tenait stoïquement au côté d'Astrid qui s'appuyait contre lui et essuyait ses larmes avec un mouchoir chiffonné. Immobile à la gauche de son père, Lucy avait les yeux secs. Elle avait choisi pour la circonstance un ensemble pantalon peu seyant et un pull à col roulé orné d'un dalmatien. Le révérend Lawrence, discret, patientait auprès de l'autel et parlait à voix basse avec certaines personnes.

Tous ceux qui venaient ainsi rendre hommage aux défunts avaient le réflexe de secouer la tête avec tristesse devant le corps de Guy. Mais la vision de Drew, si petit dans sa robe de baptême, étendu sur le satin du cercueil miniature, déclenchait immanquablement les pleurs. Malgré une température extérieure plutôt fraîche, on étouffait dans l'église, et Morgan se sentait étourdie par l'émotion qui émanait de la foule, le parfum un peu écœurant des fleurs, et l'angoisse qui lui nouait la gorge à mesure qu'elle approchait des cercueils. Pourquoi les avait-on laissés ouverts ? Cette cérémonie n'était-elle pas assez éprouvante sans qu'on doive en plus voir les corps embaumés ?

Des éclats de voix, à l'entrée, lui firent détourner la tête. Eden était arrivée, vêtue d'un jean et de son blouson en cuir noir. Elle semblait s'être roulée dans la poussière et avait avec Fitz une discussion apparemment houleuse. Elle était très énervée, tandis qu'il lui parlait calmement. Morgan ne comprit pas ce qu'ils disaient, à cause des soupirs et des sanglots de ses voisins, et de la lugubre musique de l'orgue. Eden, d'un air de défi, s'avança d'un pas de grenadier dans l'allée centrale, mais Fitz la rattrapa et la tira en arrière.

Protestant, Eden se dégagea en grimaçant comme une gamine furieuse. Fitz se remit à lui parler à l'oreille, montrant la famille Bolton. La jeune fille l'écoutait, les mâchoires crispées. Elle fit non de la tête.

Soudain, la femme derrière Morgan lui donna une chiquenaude.

— Allez-y, chuchota-t-elle.

Surprise, les jambes flageolantes, Morgan s'approcha avec réticence du cercueil de son filleul. En contemplant sa frimousse ronde, elle se remémora ce qu'on lui avait autrefois enseigné au catéchisme – les nouveau-nés, innocents de tout péché, étaient accueillis au paradis. Elle qui n'avait pourtant pas la foi trouva cette pensée étrangement réconfortante. Les larmes coulaient sur son visage, sans qu'elle songe à les sécher. Elle se rappela ses projets élaborés en secret pour ce bébé : l'emmener au zoo voir le rocher des singes, faire du patin à glace à Noël, au Rockefeller Center et, quand il serait plus grand, assister à des matchs au Shea Stadium. Elle serait tatie Morgan, et il attendrait ses visites avec excitation, peut-être dirait-il qu'il avait une marraine super-cool. Morgan porta à ses lèvres le bout de ses doigts qu'elle posa ensuite, une seconde, sur la joue glacée de son filleul. « Adieu, mon ange », murmura-t-elle. Le regarder plus longtemps était au-dessus de ses forces. Elle remarqua, dans un coin du cercueil, un missel blanc orné d'une croix dorée et le nounours brun en peluche que Claire laissait toujours dans le berceau de Drew.

De toute manière, même si elle avait voulu s'attarder, c'eût été impossible, tant les gens poussaient, derrière.

Pleurant sans retenue, elle se campa près du cercueil de Guy. On l'avait revêtu d'un costume noir ; même dans la mort, son visage n'avait pas perdu sa séduction. Durant ces derniers jours, Morgan avait appris certaines choses sur lui qui l'incitaient à se demander quel genre d'homme il était vraiment. Pas un saint ni un super-héros. Simplement un être humain. À présent, elle souhaitait seulement se souvenir de Guy, le mari de Claire, exubérant et drôle. Celui qui aimait follement sa meilleure amie. Sa toque de chef, son foulard rouge et la panoplie de couteaux que lui avait offerte son maître lorsqu'il avait quitté Lyon étaient placés près de lui dans son cercueil. Morgan songea à Astrid, la veille au cottage, en train de préparer son hommage à Guy et son fils nouveau-né. Elle avait consacré de l'attention aux deux morts, et choisi des objets qui avaient compté dans leur existence. Un cœur en roses blanches était appuyé contre le couvercle du cercueil, barré d'un ruban sur lequel on lisait : « Au fils bien-aimé. »

Morgan effleura doucement la main de Guy. Puis elle salua les membres de la famille et, les yeux baissés, leur présenta ses condoléances. Après quoi elle s'éloigna d'un pas vacillant vers le premier siège libre.

— Morgan…

À travers ses larmes, elle vit Sandy Raymond qui lui fit signe de les rejoindre, Farah et lui. Soulagée, elle se laissa tomber sur l'extrémité du banc que Sandy avait libérée pour elle. Farah, très chic dans une minirobe noire ornée de perles de jais – l'œuvre d'un grand couturier – qu'elle portait avec un voile noir semé de pois, lui adressa un sourire rayonnant. Sandy, qui portait une chemise en jean sous son blazer et des baskets, lui tapota le bras.

— Un vrai film d'horreur, murmura-t-il de sa voix rocailleuse. Ces cercueils ouverts, j'en reviens pas.

Morgan s'essuya les yeux et marmotta une réponse évasive. La vue de ces deux corps l'avait ébranlée infiniment plus qu'elle ne l'aurait imaginé. Ils étaient si jeunes. L'un n'en était qu'aux premiers jours de son existence, l'autre avait l'avenir devant lui. Et maintenant, tout était fini. Terminé. L'esprit de Morgan se dérobait devant cette réalité. Elle aurait aimé fermer les paupières et partir à la dérive, très loin d'ici, oublier le chagrin pareil à une pierre sur son cœur.

C'est alors que des chuchotements fébriles coururent dans l'église. Les gens semblèrent se tourner tous d'un seul mouvement, électrisés par le groupe qui franchissait les portes. Des policiers en civil, le regard dissimulé par des lunettes noires, et des surveillants de prison en uniforme encadraient Claire. Les joues creuses et les yeux caves, le teint grisâtre, les cheveux dépeignés, elle s'avançait. Elle était menottée, vêtue de la jupe et du pull noirs que Morgan lui avait apportés à la prison. Sans verser une larme, elle contemplait fixement les cercueils de Guy et Drew. L'un des hommes la tenait par le bras, l'autre, marchant en tête de cette procession policière, scrutait la foule, à l'affût d'éventuels remous. Une sourde exclamation monta de l'assemblée.

— Claire…, murmura Morgan qui se leva à la seconde où son amie passait près d'elle et tenta de lui prendre la main.

— On ne bouge pas, grommela le flic en civil chargé de dégager le chemin.

Il n'avait pas l'air commode, et Morgan se rassit promptement. Claire ne la regarda pas, elle continuait à avancer, toute son attention accaparée par les cercueils ouverts.

Morgan observa la famille. Lucy et Astrid paraissaient choqués de voir Claire. Mais Dick Bolton, jusque-là tassé sur lui-même, se redressa soudain, les yeux exorbités, comme s'il avait ingurgité une forte dose de caféine. Tel un bouledogue, il serra les mâchoires et se mit à secouer la tête. Il paraissait au bord de l'explosion, Morgan crut même l'entendre grogner. Il fit un pas vers Claire. L'un des policiers en civil le rejoignit aussitôt et lui parla à voix basse, avec sollicitude. Claire ne broncha pas.

Elle tendit ses poignets menottés à ses cerbères, d'un air interrogateur, mais ils firent non de la tête. Non, impossible de lui libérer les mains. Claire, résignée, se voûta.

Morgan sentit son cœur se briser. Claire se pencha sur le cercueil de son bébé et scruta, toujours sans une larme, le petit visage cireux. Ses cils frémirent, ce fut sa seule réaction.

Pleure, l'implora Morgan en silence. Lâche-toi, ma chérie.

À travers l'église circulaient des murmures de réprobation, d'incrédulité. Claire, de ses mains entravées, désigna son enfant. Le policier eut une hésitation, puis il opina. Claire posa l'index sur le minuscule poing de Drew. Ses paupières se fermèrent, tout son corps trembla.

— Allez, on se dépêche, dit rudement le policier.

Impassible, Claire obéit. Elle pivota vers le cercueil de Guy et ploya le cou pour observer son mari. Son regard était indéchiffrable, pétrifié comme la mort elle-même. De nouveau, elle tendit ses poignets menottés, suppliante. De nouveau, le policier acquiesça.

Lentement, Claire passa les mains par-dessus le bord du cercueil. Elle effleura de ses doigts le visage de Guy. Elle étudia ses traits figés, comme si elle cherchait une réponse. Une explication qu'il allait emporter à jamais dans la tombe. Elle murmura quelque chose, ses lèvres remuaient fiévreusement.

La voix de Dick Bolton interrompit net les chuchotements dans l'église.

— Retire tes sales pattes de là ! tonna-t-il.

Voilà donc, pensa Morgan avec certitude, le moment qu'il attendait, la raison pour laquelle il avait autorisé Claire à venir ici. Il tenait maintenant l'occasion de se déchaîner contre elle, de la mettre en pièces.

— Comment tu oses les regarder ? Ces deux âmes pures, innocentes. Ils ne t'ont jamais fait de mal. Ils croyaient que tu les aimais. Pour ce que tu as fait, tu brûleras en enfer. Une fois que tu auras fini ta vie misérable en prison.

— Quel salaud, marmonna Sandy. Il ne voit pas dans quel état elle est ?

— Je redoutais ça, répliqua Morgan.

— Allons, allons, dit le gardien de prison. On se calme, maintenant. Tout le monde se calme.

Claire cilla, mais ne tourna pas les yeux vers Dick.

— Venez, lui dit le gardien à voix basse. Ça suffit.

Claire hocha la tête, comme hypnotisée par le visage figé de son mari défunt.

Puis, avant que quiconque ne devine ce qu'elle s'apprêtait à faire, et donc ne tente de l'en empêcher, Claire se pencha. De ses mains liées, elle saisit, dans la panoplie de couteaux, le plus gros manche.

Sandy bondit sur ses pieds.

— Claire, non ! s'écria-t-il.

— Mais qu'est-ce que…, bredouilla Morgan.

— Arrêtez ça ! commanda le gardien.

Il était trop tard.

Tout se déroula très vite. Tandis que le surveillant de prison se ruait sur elle, que les membres de l'assistance se levaient, effarés, Claire ferma de nouveau les yeux et plongea le couteau dans sa poitrine. Morgan, paralysée d'horreur, impuissante, vit son amie s'affaisser et, lorsqu'elle s'effondra sur la dépouille de son époux, un flot de sang teinta de rouge le satin blanc du cercueil.

16

Les gardiens de la prison du comté n'attendirent pas les premiers secours. Ils prirent Claire, telle une poupée de chiffon, dans leurs bras et, criant aux gens qui encombraient l'allée centrale de s'écarter, l'emportèrent au pas de course hors de l'église, jusqu'au fourgon qui, le long du trottoir, moteur tournant au ralenti, attendait le retour de la prisonnière.

Un brouhaha terrible résonnait dans l'église. Le révérend Lawrence monta en chaire et pria l'assemblée de se calmer.

Les dents serrées, Sandy agrippa Farah par la main.

— Viens, on s'en va d'ici.

— L'office n'a même pas commencé, protesta Farah.

— On s'en fout, de l'office. Grouille. Vous venez ? demanda-t-il à Morgan.

Celle-ci opina et le suivit dans l'allée centrale où s'agglutinaient des fidèles qui parlaient fort, pleuraient et se lamentaient. Sandy se fraya un chemin parmi eux à grands coups de coude, Morgan réussit tant bien que mal à le suivre. Une fois dehors, Farah se campa sur ses talons aiguilles et secoua énergiquement la tête.

— Qu'est-ce qu'elle a, cette nana ? Elle reculerait devant rien pour attirer l'attention sur elle.

— Nous devons aller à l'hôpital, dit posément Sandy.

— Ah non, moi j'y vais pas. J'ai horreur des hôpitaux.

— Tu ne m'accompagnes pas ? rétorqua-t-il, sidéré par la résistance de Farah.

— Ce qu'elle a fait à son mari et à ce petit bébé… c'est horrible. Je comprends même pas pourquoi tu aurais envie d'aller là-bas.

— Eh bien, moi, j'y vais, intervint Morgan.

Il n'était pas question qu'elle reste là à les écouter se chamailler.

Sandy avait les yeux rivés sur Farah. Ni l'un ni l'autre ne semblaient décidés à mettre un terme à leur dispute. Morgan leur tourna le dos et rejoignit sa voiture.

Au standard de l'hôpital, on ne paraissait pas en mesure de donner la moindre information sur un quelconque patient. Morgan demanda à ce qu'on lui passe le service des urgences. À moins qu'on n'ait directement ramené Claire à l'infirmerie de la prison ? Elle hésitait, quand une voix féminine lança :

— Service des urgences de Briarwood !

Avec un soupir de soulagement, Morgan put interroger son interlocutrice et apprit que Claire se trouvait au bloc opératoire.

— Comment va-t-elle ? Et quelle opération… ?

— Je ne peux rien vous dire de plus.

— Mais c'est ma meilleure amie !

— Les lois sur le respect de la vie privée sont très strictes, je vous le rappelle.

Sur quoi, la femme raccrocha. Morgan rangea son mobile dans son sac et tourna à gauche. Elle se souvenait de l'itinéraire à suivre pour gagner l'hôpital, elle l'avait emprunté souvent au moment de la naissance de Drew.

En revanche, il lui fallut un certain temps pour trouver la salle d'attente du service chirurgie. Elle sut qu'elle était enfin arrivée au bon endroit quand elle vit les gardiens en uniforme faire les cent pas devant les portes closes. Elle s'assit et rongea son frein. Les gardiens lui jetèrent un coup d'œil indifférent. Bientôt une femme en tenue et masque bleus, maculés de sang, émergea de la salle d'opération. Morgan se précipita pour la questionner, mais la femme lui imposa le silence d'un geste et s'éloigna sans bruit, d'un pas pressé, sur ses semelles de crêpe. Les gardiens, cette fois, observèrent Morgan avec curiosité, sans toutefois lui adresser la parole. Elle était la seule à attendre des nouvelles de Claire. Manifestement, Farah avait eu l'avantage dans sa discussion avec Sandy. Qu'il n'y ait personne pour se soucier du sort de Claire ajoutait encore au tragique de la situation. Morgan appuya la tête contre le mur et ferma les paupières. Pitié, Seigneur, qu'elle ne meure pas ici.

Au bout d'une heure environ, un homme émergea à son tour du bloc. Il retira son masque et ses gants et parla aux gardiens à voix basse. Il semblait répondre à leurs questions, mais Morgan n'entendait pas un traître mot.

Lorsqu'il s'éloigna des gardiens, elle rassembla son courage et l'aborda.

— Excusez-moi, docteur…

Il ralentit l'allure, la regarda d'un air impassible.

— Je suis… Claire est ma meilleure amie. Est-ce qu'elle a survécu ? Est-ce qu'elle… ? bredouilla-t-elle, les larmes aux yeux.

— Elle est vivante, répondit le chirurgien, non sans réticence. Mais son état est critique. Elle s'est grièvement blessée. Les prochaines quarante-huit heures seront décisives.

— On va la ramener en prison ?

— Surtout pas, dit-il, sarcastique. Là-bas, ils ne seraient pas capables de la soigner. Elle est sous ventilation assistée, elle ne bouge pas d'ici.

— Merci… Merci de l'avoir sauvée.

Le chirurgien hocha la tête et s'en fut. Morgan se laissa retomber sur sa chaise et murmura tout bas une prière d'action de grâces à Dieu, dont l'existence lui semblait pourtant, si souvent, douteuse. Claire vivait. Tant qu'il y a de la vie, il y a de l'espoir, disait le proverbe. Elle s'obstinerait donc à espérer.

Brusquement, elle sentit à quel point elle était affamée et éreintée. Quarante-huit heures. Patienter. Elle décida de prendre un café et un en-cas. Par-dessus tout, elle brûlait de changer de décor. Elle quitta son siège et se dirigea vers l'ascenseur qui l'emmena à la cafétéria du rez-de-chaussée.

Tout engourdie, elle fit la queue avec son plateau, choisit un petit pain et s'installa à une table dans un coin, le dos tourné à la porte. Elle remuait son café adouci d'une pointe de lait, lorsque le révérend Lawrence, en costume noir et col romain, tira la chaise placée vis-à-vis d'elle.

— Puis-je ? lui dit-il.

— Bien entendu. Les obsèques sont-elles terminées ?

— Oui, nous avons réussi à aller jusqu'au bout.

Il s'assit et braqua sur elle un regard triste derrière ses lunettes cerclées de métal.

— Comment va Claire ?

— Elle est sortie du bloc, soupira Morgan. Elle est dans un état critique.

— Je suis heureux d'apprendre qu'elle a survécu à l'opération.

— Vous êtes très gentil.

— Et sincère. Vous êtes toute seule ici ?

Morgan s'arracha un sourire.

— Il n'y a que moi et les gardiens de prison.

— Je ne comprends pas pourquoi elle a fait cela…

— Voir Guy et le bébé a été terrible pour moi. Alors, imaginez ce que cela a été pour elle.

— J'ai passé un moment avec elle hier, à la prison.

— On m'a signalé qu'elle avait eu une visite. C'était vous ?

Le révérend Lawrence acquiesça.

— Que vous a-t-elle dit ?

Il joignit les mains sur la table en formica.

— Je l'ai encouragée à se confesser. À demander pardon. Je lui ai dit que Dieu lui accorderait le pardon, si elle se repentait vraiment.

— Et elle s'est confessée ?

Le révérend Lawrence sourcilla.

— Oubliez ma question, s'empressa d'ajouter Morgan. Malgré mon ignorance dans ce domaine, je sais que le secret de la confession est sacré.

— Non, ce n'est pas ça. Il n'y a pas eu de confession.

Morgan scruta le visage du pasteur.

— Que voulez-vous dire ?

— Elle m'a déclaré qu'elle commençait à penser qu'elle ne les avait pas tués.

Le cœur de Morgan se mit à cogner.

— Comment ça ?

— Elle m'a expliqué que, maintenant, elle se rappelle seulement s'être réveillée et avoir trouvé le bébé dans la baignoire.

Morgan le regarda fixement, comme s'il parlait une langue qu'elle avait du mal à comprendre.

— Mais… elle m'a dit qu'elle était coupable. Elle m'a raconté ce qui s'était passé. Pourquoi prétendrait-elle à présent que ce n'est pas vrai ?

— Je n'en sais rien…

— Elle a tout avoué à la police. On ne s'accuse pas d'un meurtre qu'on n'a pas commis…

— Je crains qu'elle ne soit en plein déni de réalité. Tout cela est trop abominable. Et puis, aujourd'hui…

Morgan ne quittait pas le pasteur des yeux, cependant son cerveau fonctionnait à plein régime.

— À moins que…, murmura-t-elle.

— Oui ?

— À moins qu'elle n'ait finalement assimilé la vérité. À savoir qu'elle n'a rien fait.

— Voyons, Morgan, rétorqua sévèrement le révérend Lawrence. Vous accrocher à un faux espoir ne vous mènera nulle part.

— Vous ne la connaissez pas, plaida Morgan. Pas aussi bien que je la connais. Cette histoire, depuis le début, me paraît inconcevable.

Les sourcils du pasteur ne formaient plus qu'un trait par-dessus la monture métallique de ses lunettes. Il affichait une expression consternée.

— Morgan, les policiers savaient que Claire était coupable avant même de l'interroger.

Morgan écarquilla les yeux.

— Et comment le savaient-ils, s'il vous plaît ?

— Apparemment, quand on a découvert Guy, il était vivant. Il l'a accusée avant de mourir.

— Non ! s'écria Morgan – les dîneurs attablés dans la cafétéria jetèrent des coups d'œil inquiets dans sa direction. C'est impossible, poursuivit-elle plus bas. Claire m'a affirmé qu'il était mort.

— Elle vous a également dit qu'elle l'avait tué. Où est la vérité ?

— Non… elle n'aurait pas pu se tromper sur ce…

— Claire n'est pas médecin. Elle a peut-être cru qu'il était mort, alors qu'il vivait encore.

— Qui a dit qu'il était vivant ? Qui lui a dit ça ? Qui a dit qu'il l'avait accusée ?

— Les inspecteurs qui ont interrogé Claire lui ont déclaré que Guy l'avait formellement incriminée.

— On ne m'a pas informée de tout cela, s'indigna Morgan.

— Il n'empêche que c'est vrai. Et Claire, en le niant, se dessert.

— Hmm…, marmonna Morgan qui réfléchissait.

— C'est une réalité que nous devons tout simplement accepter…

— Et s'il n'avait rien dit ? lança-t-elle après un silence. S'il était *vraiment* mort et ne l'avait *pas* incriminée ? S'il y avait un mensonge là-dessous ?

— Allons, Morgan. Vous n'êtes pas sérieuse. La police n'a aucune raison de mentir.

Mais Morgan n'entendait plus le pasteur.

— Je suppose que ce ne serait pas si difficile à vérifier, murmura-t-elle.

— Arrêtez, ordonna-t-il en lui prenant le bras. Claire a une chance d'être en paix avec Dieu et avec son prochain. Elle était mentalement très perturbée, les gens le comprendront. Le Seigneur comprendra. Mais elle doit écouter la voix de sa conscience. Nier les événements n'est pas la solution. Vous qui êtes son amie, Morgan, incitez-la à assumer la responsabilité de ses actes.

Elle hocha machinalement la tête, mais elle était ailleurs, les mots du révérend Lawrence ne l'atteignaient plus. Elle ranimait déjà au tréfonds d'elle la faible flamme de l'espérance.

17

À la réception des urgences, l'infirmière dévisagea Morgan avec irritation.

— Oui ?

Forte de sa récente révision des principes régissant le secret médical, Morgan ne s'aventura pas à demander, tout bonnement, le renseignement qu'elle voulait. Même si elle n'avait pas pour habitude de tricher, elle savait comment on mène des recherches. Il lui était parfois arrivé de ruser pour avoir accès à des documents rares. Elle était prête à recommencer, pour Claire.

Par chance, elle portait toujours son élégant tailleur noir, qu'elle avait revêtu pour les obsèques. Elle pêcha dans son sac sa carte universitaire pourvue d'une photo d'identité et, vive comme l'éclair, la montra à l'infirmière.

— Je suis Morgan Adair, enquêtrice attachée au bureau du procureur. J'ai une question à vous poser, concernant une personne admise ces jours-ci dans votre service.

À l'idée d'être sollicitée pour une enquête judiciaire, l'infirmière parut immédiatement moins revêche.

— Oui ?

— Dimanche matin, un dénommé Guy Bolton a été amené ici en ambulance.

Son interlocutrice opina.

— On s'interroge à ce sujet. Est-ce que M. Bolton était encore vivant à son arrivée aux urgences ? Vous pourriez me vérifier ça ?

L'infirmière darda sur elle un regard soudain circonspect.

— Il n'y aura pas de poursuites contre l'hôpital, hein ?

— Mon Dieu, bien sûr que non. Je travaille pour les autorités du comté.

— Hmm... bon, d'accord. C'était quand, vous dites ?

Morgan lui indiqua la date et l'heure. L'infirmière pianota sur le clavier de son ordinateur, puis secoua la tête.

— Non... on ne l'a pas transporté ici. Vous êtes certaine de ne pas vous tromper d'hôpital ?

— Je... je ne sais plus trop.

— L'accident s'est produit à Briarwood ?

— À West Briar.

— Alors, on aurait dû l'amener ici. Mais ce n'est pas le cas, ajouta-t-elle, les sourcils froncés, en scrutant l'écran de son ordinateur. Je n'ai pas de réponse à vous donner. Mais vous pouvez vous renseigner auprès des gens des premiers secours.

— Ils sont ici, à l'hôpital ?

— Ils bossent à la caserne des pompiers de Briarwood. Il vous faudra aller là-bas.

— Je n'y manquerai pas, dit Morgan, satisfaite de limiter ainsi son périmètre de recherche. Merci beaucoup.

La caserne des pompiers de Briarwood se logeait dans un petit bâtiment en brique auquel s'ajoutaient plusieurs dépendances abritant le camion-grue, le camion-échelle et l'ambulance.

Morgan se gara sur un parking derrière les hangars, et pénétra dans le bâtiment en brique. Le décor évoquait plus celui d'un club réservé aux hommes qu'un local de service public. Il y avait là un billard, des petites tables entourées de chaises, et un bar d'où on apercevait une cuisine tout en longueur. Deux types en tenue bleu marine jouaient aux cartes. Un autre s'affairait dans la cuisine à touiller une sauce tomate qui embaumait l'atmosphère. La porte menant aux hangars était ouverte, et Morgan vit d'autres pompiers occupés à vérifier le bon fonctionnement de l'équipement.

À son entrée, les joueurs de cartes la dévisagèrent.

— Pouvons-nous vous aider ? demanda aimablement un homme athlétique aux cheveux blancs.

— Je m'appelle Morgan Adair. Je cherche quelqu'un de l'équipe des premiers secours.

Aussitôt, il reposa ses cartes et se leva.

— Quel est le problème ?

— Non, je vous en prie.

Morgan l'invita d'un geste à se rasseoir.

— Je souhaite seulement m'entretenir avec quelqu'un qui était de service dimanche.

Son interlocuteur poussa un soupir de soulagement et reprit place à la table.

— Dimanche, c'est mon équipier et moi qui étions sur le pont. On travaille vingt-quatre heures d'affilée, ensuite on a quarante-huit heures de repos. On a rembauché aujourd'hui. En quoi on peut vous être utiles ?

— Je… vous me permettez de vous interroger sur une intervention que vous avez faite dimanche matin ?

— Laquelle ? demanda-t-il, prudent.

— Euh… Ça s'est passé à West Briar. Un certain Guy Bolton et son bébé.

Le plus jeune des deux pompiers, au crâne rasé, posa à son tour ses cartes.

— Vous êtes journaliste ?

— Non, répondit Morgan d'un air innocent. Je suis une amie de la famille.

— Nous n'avons pas le droit de donner des informations sur nos interventions, déclara l'homme aux cheveux blancs d'un ton nettement plus froid.

— Oh, je comprends, insista-t-elle. Les médias sont à l'affût de la moindre bribe de renseignement. Les journalistes harcèlent la famille jour et nuit. Du coup, j'ai décidé de venir directement ici. Avec un peu de chance, ces vautours ne feront pas le lien.

Les deux pompiers échangèrent un regard sceptique.

— Qu'est-ce que vous voulez ? dit le plus jeune.

— Eh bien… comme vous l'imaginez, la famille est sous le choc. Après une telle… tragédie…

— Ça, c'est sûr, marmonna le jeune.

— Je ne parviens pas à les réconforter. Alors j'ai pensé que Guy avait peut-être dit quelque chose, à l'intention des siens, avant de mourir. Quelques mots qui pourraient peut-être leur apporter une certaine consolation. Il a peut-être parlé à une infirmière ou un médecin, peut-être même une aide-soignante. Je suis allée poser la question à l'hôpital de Briarwood. Je supposais qu'on l'avait transporté là-bas, puisque c'est l'établissement le plus proche du domicile des Bolton. Mais on m'a répondu qu'il n'avait pas été admis. Une infirmière m'a suggéré de venir vous voir et de vous demander dans quel hôpital vous l'aviez emmené.

Le pompier aux cheveux blancs répondit avec une extrême circonspection :

— Nous ne l'avons pas emmené dans un hôpital.

— Excusez-moi, je ne vous suis pas. Ce n'est pas vous qui êtes intervenus ?

— Si, dit le jeune.

— Mais… comment se fait-il que vous n'ayez pas transporté Guy dans un hôpital ?

— Nous n'avions pas de raison de le faire, répondit l'autre.

— Pourquoi ? Dois-je comprendre qu'il était décédé lors de votre arrivée ?

— Exactement.

— Mais vous n'êtes pas obligés de lui prodiguer des soins, malgré tout, au cas où… comment dire ? Au cas où il serait encore vivant. Avec tout le respect que je vous dois, vous n'êtes pas médecins, n'est-ce pas ? Vous n'avez pas l'obligation d'essayer, de prendre toutes les précautions ?

Le plus âgé acquiesça.

— Si, bien sûr. Sauf s'il y a évidence indiscutable – un corps en décomposition, des choses de ce genre –

et même quand la personne paraît morte, nous donnons les premiers soins et nous appelons sur les lieux un urgentiste qui pratique un électro-cardiogramme. Quand le tracé est plat, la personne est déclarée morte et remise à la police afin que le légiste détermine la cause du décès.

— Et c'est tout ?

L'homme aux cheveux blancs la regarda comme si elle était timbrée.

— Quand le tracé est plat, il est plat.

— C'est ce qui s'est passé avec lui… avec Guy ? bafouilla Morgan, le cœur battant.

— Effectivement.

Elle faillit lâcher un « youpi » des plus inappropriés. Ainsi, la police avait menti à Claire, on l'avait manipulée. Cela changeait-il la situation ? Son moral, en tout cas, remonta en flèche.

— Désolé de ne pas pouvoir vous aider, dit le pompier aux cheveux blancs.

Morgan prit un air chagriné de circonstance.

— Tant pis. J'espérais juste que…

Ses deux interlocuteurs se félicitaient visiblement d'avoir été en mesure de répondre à la question de Morgan sans se compromettre. Le plus âgé s'adossa confortablement à son siège.

— Malheureusement, quand on a débarqué sur les lieux, M. Bolton n'était plus capable depuis un bon moment de dire quoi que ce soit.

Morgan leur adressa un sourire résigné. Elle se morigéna : cela ne prouvait rien, sinon que les policiers, lorsqu'ils avaient interrogé Claire, avaient quelque peu tripatouillé la vérité. Mais Claire n'en avait pas moins fait des aveux. Impossible de le nier. En dépit de tout, Morgan ne pouvait s'empêcher de penser qu'enfin, la roue tournait en faveur de son amie.

— Je vous remercie. Sincèrement. Vous m'avez aidée, je vous assure. Il vaut toujours mieux avoir des certitudes.

18

Noreen Quick prenait son bain. Morgan dit qu'elle repasserait plus tard, mais Gert décréta qu'il n'y avait pas de problème, qu'elle pouvait aller discuter avec l'avocate dans sa baignoire. Avec réticence, Morgan ouvrit la porte de la salle de bains d'où s'échappa un nuage de buée. Des bougies étaient allumées dans la pièce qui embaumait la verveine. Norren faisait trempette dans un genre de jacuzzi. Morgan s'attendait à ce que l'avocate soit au moins recouverte d'un édredon de mousse, malheureusement ce n'était pas le cas. Ses cheveux roux, mouillés, collaient à son crâne. Ses seins et son ventre rebondi, parfaitement visibles, semblaient ballotter dans le bain à remous. Morgan ne savait plus où poser les yeux.

— Excusez-moi, bredouilla-t-elle. Gert m'a dit que je pouvais entrer. Je pensais que vous preniez un… un bain moussant.

— Ah non, ces saletés de bulles chimiques, ce n'est pas bon pour le bébé. Tenez, asseyez-vous là, sur la cuvette des W-C, mettez-vous à l'aise. On est entre filles.

Morgan s'exécuta, à contrecœur.

— Je suis contente que vous soyez venue, reprit

Noreen. Je comptais vous appeler pour vous dire que j'ai engagé un autre psy. Cette fois, c'est une femme. Je lui ai parlé longuement, elle comprend très, très bien la psychose post-partum. Je pense que le résultat nous sera favorable, c'est quasiment garanti. Surtout après ce que Claire a fait à l'église. Quel mélodrame ! Comment va-t-elle, à propos ?

— Son état est… critique.

Noreen secoua la tête, aspergeant Morgan de gouttes d'eau.

— Horrible. Tragique. Mais je dois dire que cette affaire devient limpide. Claire a besoin d'un traitement psychiatrique, point à la ligne. Je ne voudrais pas avoir l'air de me repaître de la situation, n'empêche que son dernier coup d'éclat nous est fort utile. Avec tous ces éléments, notre expert tirera des larmes aux jurés.

— Peut-être.

— C'est certain, asséna Noreen. Tout cela tournera à notre avantage.

— Les choses ont changé, rétorqua Morgan, optant pour la franchise. Hier, Claire a dit au pasteur qu'elle ne se souvenait pas d'avoir tué Guy et le bébé. À présent, elle n'a plus la certitude d'être coupable.

Noreen eut un sourire mi-figue mi-raisin et se mit à agiter ses mains dans l'eau, tel un rameur.

— Elle a des doutes ?

— Oui, et il se trouve que les policiers lui ont menti.

— À quel sujet ?

— Ils lui ont affirmé que Guy l'avait accusée avant de mourir. Mais j'ai interrogé les secouristes qui étaient dans l'ambulance. Ils m'ont dit que Guy était déjà mort lorsqu'ils sont arrivés sur les lieux.

— Morgan, stop, ça suffit.

— Mais les policiers lui ont menti.

— J'ai lu sa confession.

— Ah bon ? s'étonna Morgan.

— J'ai une copie de sa déposition. Dans mes dossiers, au bureau. Le procureur me l'a envoyée, puisque cela fait partie de l'enquête. Par conséquent, oui, je l'ai lue. Les inspecteurs n'ont à aucun moment mentionné que Guy l'incriminait. C'est encore une invention de Claire.

— Mais pourquoi elle raconterait ça ? insista Morgan, le cœur serré. Pourquoi raconterait-elle au révérend Lawrence qu'elle ne se rappelle plus les avoir tués ?

Noreen écarquilla les yeux.

— Pourquoi dit-elle ceci ou cela ? Claire est mentalement malade. D'accord, je ne suis pas psy, mais il n'est pas nécessaire d'être psychiatre pour s'en rendre compte. Et vous, Morgan, vous devez l'accepter. Claire n'est plus la fille avec qui vous faisiez du shopping. Cette femme a assassiné les siens. Puis, aujourd'hui, elle s'est poignardée et grièvement blessée. Elle souffre d'une sévère psychose post-partum. Que faut-il de plus pour vous convaincre ?

— Je ne sais pas, soupira Morgan.

— Claire a besoin d'aide. Ce n'est pas une criminelle, mais une malade. Elle a voulu se tuer et elle a failli réussir. Il lui faut des professionnels pour s'occuper d'elle. Vous qui êtes son amie, je présume que c'est ce que vous voulez pour elle. Pour ma part, c'est ce dont je compte persuader les jurés.

— Vous serez en mesure de vous présenter devant le tribunal ? demanda Morgan, coulant un regard vers le gros ventre de Noreen, constellé de taches de rousseur.

— Ne vous inquiétez pas. Avant que la date du procès soit fixée, ce p'tit gars aura percé sa première dent.

S'agrippant au rebord du jacuzzi, Noreen entreprit de se redresser.

— Bon, il faut que je sorte de là, j'ai la peau toute fripée. Attrapez-moi cette serviette, là-bas, ordonna-t-elle, tandis que l'eau cascadait sur son corps. Vous me donnez un coup de main, s'il vous plaît ?

Morgan bondit sur ses pieds.

— Attendez, soyez prudente ! s'exclama-t-elle. J'appelle votre compagne.

— Donnez-moi juste votre main.

— Non, vous me faites peur. Et si vous glissiez ? Je l'appelle.

Rouspétant, Noreen se rassit dans un grand éclaboussement d'eau. Morgan se rua hors de la pièce, pareille à un sauna éclairé aux bougies, appelant Gert à la rescousse.

Affamée et fatiguée, Morgan rentra au cottage. Elle se dirigea droit vers la cuisine, Dusty s'enroulait autour de ses jambes en ronronnant. Elle chercha d'abord son téléphone dans son sac, et vérifia de nouveau si elle n'aurait pas loupé un coup de fil de Simon. Non, aucun appel manqué. Avec un soupir, elle composa le numéro de l'hôpital. L'infirmière de garde se borna à déclarer que l'état de Claire était stationnaire. Morgan rempocha son mobile et fouina dans le réfrigérateur où elle finit par dénicher de quoi se préparer un sandwich, ce qu'elle fit. Après quoi elle remplit la gamelle du chat, puis emporta son assiette et son verre dans la salle à manger déserte. Elle s'attabla pour manger, quoique la nourriture ait un goût de carton. Elle avait avalé deux bouchées, quand on frappa à la porte. Pestant entre ses dents, Morgan alla ouvrir.

Fitz se tenait devant elle, les traits tirés, le regard circonspect. Surprise de le voir là, Morgan faillit lui claquer la porte au nez. Elle se ravisa.

— Morgan, il faut que je te parle. Puis-je entrer ?

— Je suis occupée.

— Écoute, je suis désolé pour l'autre soir… ce que j'ai dit…

Morgan pivota et regagna la salle à manger. Fitz hésita un instant avant de la suivre et de refermer la porte derrière lui. Il s'avança sur la pointe des pieds vers la table où Morgan s'était rassise. Il avait l'air de traverser un champ de mines.

— Ça t'ennuie si je me sers une bière ?

— Je me moque de ce que tu fais, répondit Morgan qui mastiquait son sandwich.

Elle évitait néanmoins de poser les yeux sur lui. Fitz passa dans la cuisine, et revint avec une bouteille de Heineken. Il s'installa face à Morgan.

— Comment va Claire ?

Cette fois, Morgan le dévisagea avec froideur.

— Tu t'en fiches éperdument.

— S'il te plaît, la journée a été pénible pour tout le monde.

Il faisait rouler la bouteille de bière entre ses paumes, et Morgan, qui avait un commentaire sarcastique sur le bout de la langue, songea soudain qu'aujourd'hui, Fitz avait conduit son meilleur ami au cimetière. Elle se tut et continua à manger son sandwich. Elle eut vaguement l'idée d'en proposer un à Fitz, idée qui lui sortit aussitôt de l'esprit. Elle n'était pas d'humeur hospitalière.

— Pourquoi tu es venu ici ? Je n'ai rien à te dire.

— Je n'aurais pas dû être si dur avec toi. Je suis navré.

Morgan ne répliqua pas, ne le regarda pas.

— Tu as remarqué Eden, à l'église ? enchaîna-t-il.

— Ah oui… Eden. La petite fille innocente.

Elle les avait effectivement aperçus, tous les deux – Fitz, à l'évidence, s'efforçait de raisonner l'adolescente aux yeux fous.

— Je te la raconte, mon histoire, oui ou non ?

En dépit de tout, Morgan était curieuse. Mais si elle voulait qu'il parle, elle avait intérêt à s'exprimer sur un ton moins âpre.

— Quelle histoire ?

— Elle a dit qu'elle était là pour cracher sur le cadavre de son père.

Morgan ne put réprimer une grimace d'étonnement.

— Eden ?

— Et elle a ajouté qu'il méritait de crever. Que c'était un salopard.

Morgan le dévisagea, muette.

— Je lui ai répondu que ce n'était pas vrai. Que Guy avait essayé de se rapprocher d'elle. À quoi elle m'a déclaré que tout ça, c'était du flan, que Guy était un type abominable et que je ne le connaissais pas vraiment. Bref... je n'ai pas pu m'empêcher de repenser à tes soupçons.

Morgan le fixait toujours, les yeux ronds comme des billes.

— Ça paraît dingue, j'en conviens, puisque Claire a avoué...

— Tu as demandé à Eden pourquoi elle parlait de cette façon ? coupa Morgan, galvanisée.

— Naturellement. Mais discuter était impossible. Elle était terriblement agitée... j'ai presque cru qu'elle avait pris de la drogue ou une substance quelconque. Elle était si nerveuse. Elle a décrété qu'il fallait qu'elle parte. Qu'elle ne savait pas quoi faire.

Morgan tremblait à présent de la tête aux pieds. Elle s'évertuait à assembler de manière cohérente ces bribes d'information.

— Pourquoi tu n'es pas resté avec elle ?

— Les obsèques allaient commencer, et j'étais l'un des porteurs du cercueil. Ce n'était pas le moment pour moi de m'éclipser. Je lui ai dit qu'après l'enterrement je voulais lui parler.

— Et tu lui as parlé ?

— Pendant que nous quittions le cimetière, je l'ai cherchée partout. Elle avait disparu. Depuis, j'essaie de la joindre par téléphone, sans succès.

— Tu as appelé chez Lucy ? Eden logeait chez elle.

— Non, elle n'est pas chez Lucy qui m'a suggéré de faire un tour au Captain's House. J'y suis passé, elle n'y est pas non plus. Mme Spaulding ne l'a pas vue.

— Je me demande bien ce qu'elle avait dans la tête…

— Moi aussi, soupira-t-il. En attendant, il m'a semblé que je devais te mettre au courant. Peut-être que ta suspicion n'est pas totalement aberrante.

Morgan hésita. Elle avait envie de lui expliquer ce que, de son côté, elle avait appris. Mais la dernière fois qu'elle lui avait fait confiance, cela s'était retourné contre elle.

Elle décida cependant de lui livrer un élément.

— Avant que Claire avoue, les policiers ont prétendu que Guy l'avait accusée. C'est faux. J'ai questionné les secouristes. À leur arrivée, Guy était déjà mort.

— Ah ?

Elle hocha la tête.

— J'imagine ce que tu penses. Cela ne justifie pas réellement ses aveux. Rien ne les justifie.

Il demeura immobile, à contempler sa bière, comme s'il avait l'intention de se lever et de souhaiter bonne chance à Morgan. Au lieu de quoi, machinalement, il entreprit de déchirer l'étiquette de la bouteille.

— Qu'est-ce qu'il y a ? demanda-t-elle.

— Les faux aveux… ça te dit quelque chose ?

Elle repensa aussitôt à sa propre théorie – Claire aurait confessé son crime pour protéger Eden.

— Tu veux dire… plaider coupable pour épargner une autre personne ?

— Non, pas ça. Tu y as fait allusion hier soir. Non… personne ne se comporte de cette manière.

— Bien, rétorqua-t-elle, vexée. De quoi s'agit-il, dans ce cas ?

— Je… pour obtenir mon diplôme de psychologue, j'ai suivi un cours sur la façon d'interroger les victimes d'abus. Les enfants.

— Je te croyais entraîneur de lutte.

— À temps partiel. Je suis psychologue de métier, j'adore travailler avec les gamins. J'espère ouvrir mon cabinet, un de ces jours.

— Ah…

— Déçue ? Tu pensais que j'étais juste un crétin sportif ?

— Non, non…, bredouilla-t-elle, désarçonnée.

— Bref… on apprend souvent aux enfants à mentir ou, parfois, si leur bourreau incarne l'autorité, ils mentent parce qu'ils ont peur. Il arrive même qu'ils soient si influençables qu'ils accusent des adultes qui ne leur ont rien fait. Ce fameux cours que j'ai suivi traitait des techniques à utiliser pour parvenir à la vérité.

— Quel rapport avec Claire ? Tu sous-entends que Claire était victime… d'abus ?

— Non, pas du tout. Mais… atteindre la vérité n'est pas toujours si simple. Les professionnels recourent à toutes sortes de techniques – même des gens bien intentionnés, des médecins ou travailleurs sociaux, sincèrement désireux d'aider les victimes – qui incitent les gamins à avouer des choses qui ne se sont jamais produites.

— Claire n'est plus une gamine, objecta Morgan avec circonspection. Elle fait la différence entre réalité et fiction.

— Bien sûr. Écoute, j'admets ne pas être un expert en la matière. Et il y a déjà un an que j'ai étudié le sujet.

— Oui…, murmura Morgan, dépitée.

— Mais, reprit-il, pointant vers elle le goulot de la bouteille de bière, mon prof était un as. Il a publié deux ou trois bouquins sur ce thème. Lui saurait nous répondre. C'est à lui qu'il faut poser la question. Discuter avec lui, ça te dit ?

— Ce serait sans doute instructif. Comment pourrais-je le contacter ?

Fitz sortit son mobile de sa poche et consulta son répertoire.

— Qu'est-ce que tu fais ? demanda Morgan.

— Je lui téléphone.

— Maintenant ?

— Cela me paraît urgent. Tu n'es pas d'accord ?

Elle acquiesça.

— J'ai sans doute gardé ses coordonnées… Oui !

Il composa un numéro, attendit. Morgan fixait sur lui ses yeux écarquillés. Il soutint son regard tout en disant :

— Docteur Douglas ? Ici Earl Fitzhugh. Excusez-moi de vous déranger. L'an dernier, j'étais dans votre cours sur les techniques d'interrogatoire. Oui… c'est ça. Pensez-vous pouvoir m'accorder quelques minutes ? Je… j'ai besoin de vos compétences à propos d'un problème très sérieux. Eh bien, si vous avez le temps aujourd'hui… Oui, le plus tôt serait le mieux. Au fait, je ne viendrai pas seul. Parfait. Merci.

Fitz raccrocha et sourit à Morgan.

— Dépêche-toi de finir ce sandwich. Il faut qu'on y aille.

19

L'épouse d'Oliver Douglas, une femme mince aux courts cheveux gris qui la coiffaient comme un casque, accueillit Fitz et Morgan. Elle leur montra un studio derrière la maison. Ils traversèrent prudemment le jardin plongé dans l'obscurité, et frappèrent à la porte-moustiquaire d'un petit bâtiment brillamment éclairé, au toit à double pan.

— Docteur Douglas ? dit Fitz.

La porte intérieure du studio s'ouvrit sur un homme à la chevelure neigeuse, en salopette tachée et chemise de flanelle. Il les considéra par-dessus ses demi-lunes, puis poussa la porte-moustiquaire.

— Entrez donc, entrez.

Fitz passa le premier.

— Merci de nous recevoir, docteur Douglas.

— Tout le plaisir est pour moi. Comment allez-vous, Earl ?

— Bien, merci. Je vous présente mon amie, Morgan…

— Adair, acheva celle-ci.

Leur hôte s'essuya les mains sur sa salopette.

— Je vous serrerais volontiers la main, mais j'ai de la colle plein les doigts. Asseyez-vous, je vous en prie, ajouta-t-il, désignant un canapé avachi.

Fitz et Morgan s'assirent. À travers les coussins élimés, les ressorts se faisaient sentir. Morgan étudia les murs du studio. Ils étaient littéralement tapissés de collages, étranges et baroques, fabriqués avec des images de calendriers, des feuilles et des galets, des cure-pipes et des lettres découpées dans des journaux. Elle s'attendait plutôt à découvrir des piles de livres et un ordinateur.

— Qu'est-ce que vous pensez de mon travail ? demanda le vieux professeur.

— Ces collages sont tellement… joyeux, dit Morgan.

Le professeur Douglas contempla, ravi, ses créations colorées et d'inspiration fantastique.

— Ma spécialité professionnelle est passablement sinistre. La face cachée de la lune, si vous voulez. Des êtres humains qui consacrent leur vie à tourmenter les plus vulnérables d'entre nous. Enfin, Earl sait de quoi il s'agit. Lui aussi œuvre dans ce domaine. On a parfois besoin de répit. Et moi, voilà comment je m'évade.

— Oui, je vois, murmura Morgan qui examinait toujours les collages.

— Comment va votre travail au lycée, Earl ?

— Ce n'est pas facile, mais j'ai l'impression de ne pas être inutile. Je songe cependant à passer mon doctorat pour pouvoir ouvrir mon cabinet. Je souhaite m'occuper d'adolescents.

Oliver Douglas, qui rassemblait un assortiment de photos en couleur dans une chemise, acquiesça.

— Merveilleuse idée. Il y a de grands besoins dans ce domaine.

— En effet.

— Alors, rétorqua le professeur en frottant le bout de ses doigts pour en retirer la colle séchée. Qu'y a-t-il de si important que vous ayez voulu me rencontrer ce soir ?

Fitz pivota à demi vers Morgan.

— Eh bien, j'ai expliqué à Morgan que, dans l'un de vos livres, vous expliquiez la façon dont les autorités poussent quelquefois les gens à avouer des crimes qu'ils n'ont pas commis…

— *Les Techniques d'interrogatoire dans les faux aveux*, énonça le professeur, perdant brusquement sa bonhomie.

— Exactement, dit Fitz. Il se trouve que la meilleure amie de Morgan est en prison. Elle a avoué avoir tué son mari et son bébé.

Oliver Douglas approcha un tabouret, face au canapé, s'y assit et croisa les bras.

— Mme Bolton ?

— Tout à fait, répondit Fitz. Vous connaissez l'affaire ?

— Bien sûr, j'ai lu la presse. Dépression post-partum. Quel est le problème ?

Un instant, Morgan eut un trac terrible, comme si elle allait présenter l'exposé capital de son existence et tremblait de louper l'examen.

— Je connais Claire Bolton depuis l'âge de douze ans. Elle m'a elle-même dit qu'elle était coupable, pourtant je la crois incapable d'un tel crime…

— Je suis certain qu'à la prison d'État de San Quentin, chaque détenu a un ami qui affirmerait la même chose, déclara posément le professeur Douglas.

Morgan hésita, refroidie, puis :

— Lorsqu'elle m'a avoué ça, je l'ai crue, pourtant cela me paraissait impossible. Mais à présent, j'ai des doutes.

— Qu'y a-t-il de changé ?

— Premièrement, Claire dit maintenant qu'elle ne se rappelle pas son geste.

— Vous a-t-elle raconté le crime en détail ?

— Non, son récit était… flou.

Le visage du professeur demeurait indéchiffrable.

— En outre, poursuivit Morgan, je sais que la police lui a menti.

Oliver Douglas se pencha en avant, les yeux rivés sur Morgan.

— Vraiment ? C'est-à-dire ?

— Les policiers ont prétendu que Guy avait dénoncé Claire avant de mourir. Or c'est faux. J'ai parlé aux secouristes. Guy était décédé à leur arrivée.

— Vous avez donc mené vos propres recherches.

— L'habitude, répliqua-t-elle en rougissant.

— Alors, donc, les policiers lui ont dit que son mari agonisant l'avait accusée. Vous en êtes certaine.

— Je suis catégorique. Claire me l'a affirmé.

— A-t-on filmé ses aveux ?

— Oui. L'avocate a vu l'enregistrement. Mais, selon elle, il n'y est à aucun instant fait mention de l'accusation de Guy.

Le professeur Douglas sourcilla.

— L'interrogatoire d'un suspect commence sur la scène de crime, se poursuit dans le véhicule de police, et ainsi de suite. Parfois, on n'enregistre réellement qu'une infime partie de l'interrogatoire. Parlez-moi de la dépression de votre amie. Vous la qualifieriez de sévère ?

— Son avocate désire amener le psychiatre à déclarer que Claire souffrait d'une psychose post-partum, nettement plus grave que...

Elle s'interrompit. Le professeur Douglas opinait, manifestement il n'avait pas besoin qu'on lui mette les points sur les *i*.

— Le psychiatre qui l'a déjà examinée estime qu'elle n'est pas psychotique. Et je partage son opinion. Elle ne m'a jamais paru déconnectée de la réalité. Simplement... très abattue.

Le professeur Douglas sourcilla de plus belle, détourna les yeux.

— Est-ce que cela vous paraît ressembler à quelqu'un qui ferait de faux aveux ? demanda Fitz.

— Il m'est impossible de l'affirmer, compte tenu de ce que je viens d'entendre.

Morgan eut la sensation que son cœur se décrochait dans sa poitrine.

— En général, les faux aveux sont le fait de jeunes gens, ou bien de personnes peu intelligentes et facilement manipulables – dans presque tous les cas, des individus de sexe masculin. Ce qui ne correspond pas à votre amie.

— Certes, répondit Morgan d'un air sombre.

Le professeur Douglas tapota de l'index sa lèvre supérieure, le regard toujours fixé sur le lointain.

— Quoique ce soit intéressant.

Fitz dévisagea Morgan, puis son ancien professeur.

— Quoi donc ?

— Et sa vie familiale ? questionna Oliver Douglas d'un ton abrupt. Elle était comment ?

— Eh bien, ils n'étaient pas mariés depuis long-temps...

— Non, je songeais à son enfance. Le père était une forte personnalité ?

— Elle n'a pas eu de père. Il est parti quand elle était toute petite. Elle ne l'a jamais connu.

Le professeur opina, comme s'il s'attendait à cette réponse.

— À quoi pensez-vous ? dit Fitz.

— Les faux aveux sont également associés à des états de stress extrême. L'hypothèse d'un stress majeur dû à une dépression post-partum tient debout. Nous avons là une femme qui se sent coupable parce qu'elle n'incarne pas la maternité radieuse, alors qu'elle devrait être heureuse, que la société attend d'elle qu'elle soit au comble du bonheur. Or la plupart des gens n'ont guère d'indulgence pour ce type de dépression. Pour eux, une jeune mère qui a un enfant en bonne santé mais qui déprime ne sait pas apprécier sa chance. Votre amie est donc épuisée, elle manque sans doute de sommeil, et se débat contre le fait qu'elle ne réagit pas comme prévu à ce cadeau fabuleux que lui offre la vie.

Douglas s'interrompit – une autre idée s'imposait manifestement à lui.

— Oui ? lança Morgan pour l'inciter à continuer.

— C'est une personne respectueuse de la loi, je ne me trompe pas ? Elle n'a jamais eu d'ennuis avec la justice.

— Jamais.

— Et la police, en qui elle a confiance, lui déclare que son propre mari l'a accusée avant de décéder. Elle n'a aucune raison de ne pas y croire. Elle est là, exténuée, coupable, désespérée.

Il marqua une nouvelle pause, pour structurer sa réflexion.

— Respectueuse de l'autorité, perdant encore du lait que ne tétera pas le bébé qu'elle a perdu. Pour la police, elle est tout simplement la suspecte idéale. Ils la placent en garde à vue. Peut-être veulent-ils boucler l'affaire rapidement. Alors ils déforment la vérité, ils tentent de briser cette jeune femme.

— Et elle avoue ! s'exclama Fitz.

— Ce n'est qu'une possibilité, répondit prudemment le professeur.

Son argumentation aurait dû réconforter Morgan. Pourtant il lui semblait que son cœur était aussi lourd qu'une pierre.

— Vos propos sont convaincants, dit-elle, hormis, si Claire est innocente, la partie du scénario où elle reconnaît avoir tué. Malgré tous mes efforts, je ne parviens pas à comprendre une pareille attitude.

— Chacun de nous est persuadé que, jamais, il ne se comporterait comme votre amie. Permettez-moi de vous dire une chose : ce qu'on peut faire sous la contrainte est sidérant. Le plus souvent, nous ne sommes pas aussi courageux, ni honnêtes, ni solides que nous nous plaisons à l'imaginer.

Fitz hochait la tête.

— Il pourrait y avoir une autre suspecte, suggéra-t-il. La fille de Guy, une adolescente.

— La police ne s'intéressera pas à des suspects potentiels. À moins que ses aveux ne soient frappés de nullité, votre amie Claire n'a pas beaucoup d'atouts dans son jeu. En outre, parmi les divers éléments d'une affaire, une confession est terriblement difficile à discréditer. Pour la raison que vous venez d'évoquer, Morgan. Les jurés se disent tous : jamais je n'avouerais un crime que je n'ai pas commis, c'est contre nature.

— Pourtant cela se produit, rétorqua Morgan.

— Si les circonstances nécessaires sont réunies, assurément.

— Vous estimez que, dans cette histoire, elles l'ont été ? demanda Fitz.

Le professeur haussa les épaules.

— Je ne saurais le dire.

Morgan et Fitz échangèrent un coup d'œil.

— Mais j'espérais que... que vous pourriez m'aider, dit Morgan.

— Ma foi, j'ai essayé.

— Et Claire, dans tout ça ? articula-t-elle en se levant.

— Eh bien ? répliqua le professeur.

— Si vous la croyez innocente...

— Je ne connais pas Claire. J'ai simplement émis une hypothèse en m'appuyant sur les informations que vous m'avez fournies.

— Ce n'est donc, pour vous, qu'une espèce de jeu de réflexion ?

— Le problème ne le concerne pas, Morgan, murmura Fitz.

— Exactement, Earl, approuva le professeur.

— Vous accepteriez de parler à son avocate ? insista Morgan.

— Si son avocate souhaite s'entretenir avec moi, bien sûr, dit posément Oliver Douglas. Mais j'en serais surpris. Elle n'a pas tenu compte de votre question à propos de l'enregistrement des aveux, n'est-ce pas ? Noreen Quick ne m'est pas inconnue. Elle est spécialisée dans le droit de la famille et elle milite pour diverses causes féministes. Ce n'est pas une pénaliste. D'après ce que j'ai lu dans la presse, et si j'ai bien compris, elle a l'intention de remporter la bataille en plaidant la psychose post-partum.

— Mais si Claire n'a pas... si ce n'est pas vrai..., bredouilla Morgan.

— Ses aveux resteront la preuve majeure retenue contre elle. Croyez-moi, quand un suspect avoue, l'enquête s'arrête là. On considère généralement que la police n'a pas besoin de plus.

— Donc nous ne pouvons rien faire ? s'indigna Morgan.

Le professeur saisit une chemise bourrée d'articles et d'illustrations de journaux qu'il répandit, comme autant de confettis géants, sur sa table de travail. Il demeura un moment silencieux, déplaçant les fragments colorés d'un côté à l'autre.

— Allons-y, dit Fitz. Merci de nous avoir reçus, professeur.

— Non, s'entêta Morgan. Il y a forcément une solution.

Le professeur Douglas ne les regardait pas, il était concentré sur le dessin qu'il était en train d'ébaucher.

— Je vous en dirais davantage si je pouvais voir la vidéo des aveux, déclara-t-il.

20

Dans la voiture de Fitz, Morgan regardait défiler le paysage : la baie au clair de lune, ses eaux noires et chatoyantes. Mais, en réalité, Morgan n'y prêtait pas attention.

— À quoi penses-tu ? demanda Fitz.

Elle secoua la tête sans répondre.

— Douglas a sous-entendu que Claire pouvait avoir fait de faux aveux, dit-il d'un ton encourageant. J'ai eu cette impression-là.

— Je l'ai trouvé assez difficile à suivre.

— C'est quand même positif, non ?

— C'est mieux que rien.

Ils roulèrent un moment en silence, puis :

— Combien de temps vas-tu rester ici ? Tu n'as pas de cours pour ton doctorat ?

Morgan s'étonna qu'il soit aussi bien informé sur ses activités.

— Actuellement je devrais être en Angleterre en train de terminer mes recherches pour ma thèse. En fait, j'étais à l'aéroport, prête à embarquer dans un avion en partance pour Heathrow, quand Claire m'a téléphoné.

— La catastrophe.

— Mon… mon ami n'était pas franchement ravi d'avoir à annuler les réservations pour l'hôtel et tout ça. Il va essayer de se faire rembourser.

— Ton petit ami partait avec toi ?

Morgan réprima une grimace – Simon ne se présenterait jamais comme son « petit ami », elle ne l'ignorait pas. De plus, cette expression convenait mieux à des ados qu'à des… Mais qu'étaient-ils l'un pour l'autre, au juste ? Quand elle songeait à Simon, le découragement la gagnait. Il ne l'avait pas rappelée pour demander des nouvelles de Claire. Peut-être craignait-il de la déranger. Il attendait sans doute qu'elle le contacte.

— Simon vit à Londres. Il est poète.

Fitz ne broncha pas. Morgan lui jeta un coup d'œil.

— Qu'est-ce qu'il y a ? marmonna-t-elle.

Il haussa les épaules.

— Je me disais que cette histoire représente pour toi un énorme sacrifice. La plupart des gens n'iraient pas aussi loin pour un ami.

Morgan rougit, touchée par le compliment. Heureusement, l'habitacle de la voiture était plongé dans la pénombre.

— Claire l'aurait fait pour moi, dit-elle d'un ton ferme. D'ailleurs, je ne sacrifie rien. Je remets à plus tard, voilà tout.

— Tu es pressée de rentrer ? J'habite tout près, la prochaine à droite.

— Je sais où tu habites.

Le souvenir de leur dernière rencontre chez lui, de l'agressivité de Fitz, plana un instant dans l'air. S'il regrettait son attitude, il n'en laissa rien paraître.

— Effectivement, dit-il. Alors, tu veux venir boire un verre ?

Morgan se rembrunit. Elle lui était reconnaissante de lui avoir présenté le professeur Douglas, mais elle ne tenait pas à ce qu'il la pense tentée par une relation intime. Il n'en était absolument pas question, or si elle allait chez lui, cela lui donnerait peut-être de faux espoirs.

— Merci, mais pas ce soir. La journée a été longue, je suis éreintée…

— OK, d'accord. Je te ramène au cottage de Guy.

— Je te remercie.

— De rien.

Un silence gêné s'installa entre eux.

— Qu'est-ce que tu comptes faire ensuite ? reprit enfin Fitz. Tu crois pouvoir récupérer cet enregistrement des aveux de Claire ?

— Je n'en sais rien. Le réclamer à la police serait un coup d'épée dans l'eau.

— Effectivement.

— Et je crains que l'avocate de Claire n'ait aucun intérêt à creuser la piste des faux aveux.

— Le professeur Douglas est visiblement de cet avis.

— Conclusion, je vais devoir me bagarrer pour que Claire ait un défenseur spécialisé en droit pénal. Noreen Quick a généreusement offert ses services à Claire, *pro bono*, et je lui en étais reconnaissante. Mais Noreen voulait cette affaire parce qu'elle fait du bruit. Ce n'est peut-être pas le plus avantageux pour Claire. Dès le départ, j'aurais dû engager un avocat criminaliste. Son ex-fiancé a même proposé de régler les honoraires.

— Qui ? L'entrepreneur du Net qu'elle a laissé tomber pour Guy ?

— Lui-même. Sandy Raymond.

— Pour quelle raison il paierait ?

— Je ne sais pas. Il s'inquiétait pour Claire.

— Ça me semble un peu bizarre.

Morgan coula un regard dans sa direction.

— Tu as l'air de trouver bizarre, d'une manière générale, que les gens s'efforcent d'aider leurs amis.

— Non, s'insurgea-t-il. Pas du tout.

Mais Morgan regrettait déjà ses paroles. Fitz avait eu pour Guy une longue et sincère amitié, il était profondément meurtri par sa disparition, malgré la désinvolture qu'il affichait.

— Excuse-moi, je ne voulais pas dire ça. Je sais que tu étais un grand ami de Guy.

— J'ai du mal à me représenter la vie sans lui, admit Fitz.

— Vous vous connaissiez depuis longtemps ?

Fitz eut soudain les yeux brillants de larmes. Il s'éclaircit la gorge.

— Oh, ça ne datait pas d'hier. On s'est connus quand on était gamins. Sa mère – sa vraie mère – et la mienne étaient très proches, elles appartenaient à la même association. Elles ont décidé de nous emmener à un rodéo dans le New Jersey. À Cowtown[1]. C'était

---

1. Cowtown (littéralement : ville de la vache), dans le comté de Salem. Célèbre pour son rodéo hebdomadaire, le plus ancien des USA, qui présente les sept épreuves traditionnelles.

loin. On a passé la nuit là-bas, dans un petit hôtel qui nous a paru extraordinaire. On a adoré. La monte des chevaux sauvages et des taureaux. Fantastique. C'était la première fois que je rencontrais Guy. Et Lucy. Seigneur, cette pauvre Lucy, ajouta-t-il en pouffant de rire.

— Pourquoi tu dis ça ?

— Je me souviens qu'elle voulait mordicus un pantalon de cow-boy en cuir rouge. Rien d'autre ne lui plaisait, et sa mère a fini par lui en acheter un. Elle était tellement comique dans cet accoutrement… Ce qu'on a pu se moquer d'elle, Guy et moi.

— Se moquer d'une enfant handicapée… charmant, rétorqua sèchement Morgan.

— Lucy n'est pas handicapée, protesta-t-il.

— Elle souffre d'une maladie génétique.

— Je sais, mais n'exagérons pas. Même si elle est un peu différente, elle m'a toujours semblé tout à fait normale. D'ailleurs, on ne se moquait pas de Lucy, mais du pantalon de cow-boy. Parce qu'il était ridicule. En réalité, avec ses petites lunettes, ses cheveux ébouriffés et cet absurde pantalon de cow-boy miniature, elle était à croquer. Mais les grands frères sont comme ça. Ils mettent la sœurette en boîte.

— Figure-toi que Lucy n'a jamais pardonné sa cruauté à Guy.

— Sa cruauté ?

— Comment appelles-tu ça ?

— La traiter comme une petite sœur, voilà. S'intéresser à elle. La faire rire. Bon sang, je la fais encore rire quand je parle de ce pantalon rouge.

— C'est une réaction fréquente quand on est rudoyé. On rit. On se comporte comme si ça n'avait aucune importance.

Fitz freina et arrêta brusquement la voiture. Il avait les mâchoires serrées. Morgan s'aperçut qu'il était garé devant le cottage.

— Bon, dit-il, tu es manifestement mieux informée que moi. Nous étions donc des brutes, Guy et moi.

Ils étaient arrivés à destination et, à présent, Morgan redoutait de se retrouver seule dans cette maison. En outre, elle se sentait un brin coupable d'accuser Fitz qui, ce soir, avait tenté de l'aider.

— Écoute, je n'étais pas là. Peut-être que cela ne la dérangeait pas qu'on la taquine à propos de ce pantalon. Je sais seulement que Lucy a une très mauvaise opinion de Guy. Selon elle, son frère était méchant et indifférent aux sentiments d'autrui.

— Si tu le dis...

— Je ne te juge pas, Fitz. Je me borne à répéter ce qu'elle m'a raconté sur Guy. Si tu as eu l'impression que c'était une critique contre toi, je te prie de m'excuser. Je suis tellement stressée...

— Hmm.

— Tu veux... entrer un moment ?

— Je préfère retourner chez moi et me reposer, répondit-il d'un ton abrupt. J'accompagne dix gamins à un stage de lutte de quarante-huit heures.

Morgan se sentit soudain déçue, ce qui la sidéra.

— Vraiment ? Où se déroule le stage ?

— Westchester.

— Ce doit être amusant.

— Les mômes sont ravis.

Morgan sortit de la voiture. Elle se retourna :

— Merci de m'avoir parlé du professeur Douglas, et de m'avoir conduite chez lui. Je te remercie vraiment. Et puis… je ne voulais pas t'insulter. Si j'ai été maladroite, j'en suis navrée.

— Ce n'est rien, articula-t-il, les yeux rivés sur le pare-brise.

Dès qu'elle eut claqué la portière, il démarra en trombe, sans un regard en arrière.

Elle prit un bain puis s'enferma dans la chambre d'amis. Sitôt la tête sur l'oreiller, elle s'endormit. Un son grêle, vaguement musical, la réveilla ; à tâtons, elle chercha l'interrupteur de la lampe, son portable sur la table de chevet. Elle était complètement désorientée et comprit pourquoi lorsqu'elle vérifia l'heure. Quatre heures et demie du matin. Elle pensa immédiatement à Claire, l'angoisse lui noua la gorge. Elle avait téléphoné à l'hôpital avant de se coucher et on lui avait déclaré que l'état de Claire était stationnaire. Mais entre-temps, le pire avait pu se produire.

— Oui, allô, bredouilla-t-elle, s'efforçant de ne pas paraître complètement ensuquée.

— Morgan ? lança une voix guillerette.

Il lui fallut un moment pour reconnaître son interlocuteur.

— Simon ?

— Oui ! J'ai eu l'intuition que je devais t'appeler.

Morgan était tiraillée entre le plaisir de l'entendre et l'irritation.

— Tu sais, ici, il est quatre heures et demie du matin.

— Oh, mon Dieu, bien sûr. Je suis désolé, je n'ai pas réfléchi.

Morgan ferma les yeux. Il a oublié, tout simplement.

— Quoi de neuf ? demanda-t-elle d'un ton qu'elle espéra moins revêche – elle avait tellement souhaité qu'il lui téléphone.

— Nous venons juste d'arriver et, franchement, cet endroit est magique. Tu l'adoreras. Un véritable enchantement.

— Quel endroit ? marmonna-t-elle. Où es-tu ?

— À l'hôtel. Le Manoir. Tu sais, là où nous comptions loger.

— Mais qu'est-ce que tu fais là-bas ? rétorqua-t-elle, déroutée.

— Figure-toi qu'ils ont refusé de rembourser l'acompte. Un refus catégorique. Je t'avoue qu'au début, j'ai fulminé, et puis après je me suis dit que ce serait idiot de jeter cet argent par les fenêtres.

Morgan resta un instant silencieuse.

— Tu es à l'hôtel ? Tu y es allé sans moi ?

Elle entendit l'écho de sa propre voix – pathétique, possessive. Elle aurait donné cher pour ravaler ces mots.

— Oui, nous venons d'arriver, et on nous prépare une table dans la salle à manger. Elle donne sur des jardins classiques, les plus somptueux que…

— Nous… ?

— Mon ami Tim et moi, répondit tranquillement Simon. Un copain que je connais grâce aux revues littéraires. Je lui ai proposé de m'accompagner.

Le premier réflexe de Morgan fut de se réjouir que Simon soit avec un homme et non une femme. Puis elle se remémora les remarques de Claire. Pourquoi ne l'avait-il jamais touchée ? Pourquoi emmenait-il un homme dans un hôtel si romantique ? Se leurrait-elle ? Ce Tim était-il un copain ou autre chose ? Elle eut la sensation que son cœur se racornissait, devenait sombre et compact comme un noyau d'abricot. Pose-lui la question, se dit-elle. Tire ça au clair une bonne fois pour toutes. Mais elle n'en ferait rien, elle le savait. Être forcée de poser cette question était trop dégradant.

— Tu m'as donc appelée pour m'annoncer que tu étais là-bas sans moi. Merci bien.

Silence à l'autre bout de la ligne.

— Je n'aurais peut-être pas dû, soupira Simon.

Morgan regarda de nouveau l'heure. Normalement, elle serait peut-être restée au téléphone, en priant pour que Simon prononce des mots auxquels elle pourrait se raccrocher, qui lui prouveraient qu'il avait de tendres sentiments pour elle. Mais ce soir, cela lui paraissait trop peu pour étayer son espoir.

— Peut-être pas, en effet, dit-elle, et elle coupa la communication.

21

Le lendemain matin, à l'hôpital, on lui annonça que Claire avait été installée dans une autre chambre. Morgan la chercha un moment et pénétra dans la pièce sur la pointe des pieds. Les stores étaient baissés, la pénombre baignait la pièce. Le lit le plus proche de la porte n'était pas occupé. La patiente, côté fenêtre, était dissimulée par un rideau, cependant Morgan sut qu'elle ne s'était pas trompée d'endroit – Sandy Raymond, vautré dans un fauteuil au pied du lit – contemplait la malade.

— Sandy…, murmura-t-elle.

Il sursauta et tourna vers elle des yeux troublés, comme si elle l'avait tiré d'un rêve.

— Oh, salut.

Morgan s'approcha sans bruit. Des tubulures pareilles à des serpents s'introduisaient dans le nez de Claire, dans ses bras, sous le drap et la couverture. Des poches de sang et autres fluides étaient accrochées au-dessus du lit, comme de macabres ballons. Claire avait la peau jaunâtre, cireuse, et ses yeux clos semblaient s'enfoncer dans leurs orbites. Ses mains étaient posées sur la couverture blanche, paumes tournées vers le ciel en un geste de supplication. Sa respiration était laborieuse, saccadée. Elle avait la bouche ouverte.

— Oh, mon Dieu. Elle a l'air si… mal, souffla Morgan.

— Inutile de chuchoter. Elle est complètement dans le cirage.

Morgan pivota.

— Je suis surprise de vous rencontrer ici.

— Je suis là depuis un bout de temps, dit-il sans détourner le regard du visage de Claire. Je ne pouvais pas dormir.

— Et où est Farah ?

— Je l'ignore. Probablement chez sa manucure.

À l'évidence, il n'avait pas envie de parler de Farah.

— Je suis contente de vous voir, Sandy. J'ai réfléchi à ce que vous m'avez dit.

— À quel sujet ?

— Je crois que Claire doit se débarrasser de son avocate actuelle et engager un spécialiste de droit pénal.

— En admettant qu'elle ait encore besoin d'un avocat, rétorqua Sandy d'un ton accablé.

Morgan contourna le lit et saisit la main froide et livide de la blessée.

— Elle va s'en tirer. Tu vas t'en tirer, murmura-t-elle à l'oreille de Claire. Tu m'entends ? Il le faut.

Les paupières de Claire frémirent, elle s'humecta les lèvres. Puis, de nouveau, la vie sembla la quitter.

— Je ne crois pas qu'une défense basée sur cette psychose post-partum soit la bonne stratégie. Je ne crois pas qu'elle les ait tués. Je suis persuadée que la police l'a contrainte aux aveux.

Sandy sourcilla ; il se redressa dans son fauteuil, le regard soudain acéré.

— Vous avez un motif quelconque de penser ça ? Ce n'est pas juste une espèce de mantra, une formule dans la série « on sera toujours les meilleures amies du monde » ?

— Non. Je... le soir où vous m'avez offert l'hospitalité, enchaîna-t-elle, renonçant à s'expliquer pour aller droit au but, vous m'avez dit que vous pouviez procurer à Claire le meilleur avocat pénaliste. Votre proposition tient toujours ?

— Oui, je peux vous mettre en relation avec Mark Silverman. C'est l'homme de la situation. Quand désirez-vous le rencontrer ?

— Eh bien, avant tout, je suis obligée de prévenir Noreen Quick.

— Non, non ! rétorqua-t-il, agitant une main impatiente. Mauvaise idée. Vous devriez discuter d'abord avec Mark, et ensuite mettre Noreen devant le fait accompli. C'est comme ça qu'on procède.

— Mais nous avons besoin de l'enregistrement des aveux de Claire. Or c'est Noreen qui l'a.

— On a besoin de tout ce qu'elle a. Seulement, ce n'est pas elle qui nous le donnera. La moindre petite recherche qu'elle a effectuée représente des honoraires. Elle refusera mordicus de lâcher son dossier.

— Dites donc, vous êtes drôlement calé en matière de justice.

— Les risques de mon métier, répondit-il en haussant les épaules. J'ai des procès sur le dos à tout bout de champ.

— Alors que pouvons-nous faire ?

— Le nouvel avocat réclamera la copie du dossier au bureau du procureur, et il l'obtiendra. À un moment ou un autre. D'ici là, on attend.

— Combien de temps ?

— Peut-être des mois.

— Non, impossible, dit Morgan en repoussant une mèche humide de sueur qui barrait le front de Claire. Il faut qu'elle s'accroche. Là, maintenant. Lorsqu'elle se réveillera, je veux avoir de bonnes nouvelles à lui annoncer. Si elle doit retourner en prison sans le moindre espoir… je crains le pire.

— Oui, acquiesça Sandy qui contemplait le visage de Claire, pareil à un masque. Bon, vous voulez que je vous organise un entretien avec Mark Silverman ?

— Je vous en serais reconnaissante. Vous avez mon numéro ?

Il hocha la tête.

— En attendant, ajouta-t-elle, je pourrais peut-être me procurer une copie de l'enregistrement.

— Comment ?

— Je… je vais y réfléchir.

— Écoutez, j'ignore ce que vous mijotez, mais pas d'embrouille. Mark sera dans l'incapacité d'utiliser une preuve si elle a été obtenue par des procédés déloyaux.

Morgan regarda son amie qui luttait pour continuer à respirer, qui ne parvenait pas à émerger de l'inconscience.

— Je dois avoir une certitude. Ensuite, tout sera possible.

Elle se pencha et baisa le front de Claire, presque aussi glacé que ses mains.

— Il faut que j'y aille, dit-elle à Sandy.

— Moi, je reste encore un moment, répondit-il sans détacher ses yeux de Claire.

Morgan se gara en face du cabinet Abrams & Quick. Elle observa le bâtiment, tout en essayant d'élaborer une stratégie. Il lui fallait circonvenir Noreen, mais sans l'accord de cette dernière, comment atteindre son objectif ? Aussi aimable que soit la réceptionniste, Berenice, elle refuserait probablement à Morgan la permission de consulter le dossier de Claire sans avoir au préalable averti Noreen. Morgan testa sur elle-même divers discours, s'efforça de déterminer s'ils étaient ou non convaincants. Certains scénarios paraissaient plausibles. Aucun n'était parfait. Et aucun ne lui donnerait le temps nécessaire et la possibilité de faire ce qu'elle devait faire.

Et si je me contentais d'attendre ? se demandat-elle. Que les avocats et les tribunaux accomplissent donc leur travail. Il n'était pas question pour elle de demeurer à West Briar jusqu'à la fin de l'histoire. Elle avait sa vie, ses études à poursuivre. Parallèlement, elle ne s'imaginait pas laissant Claire toute seule ici. Pour l'instant, Sandy semblait se soucier de son sort, mais combien de temps cela durerait-il, une fois que Claire, sortie du coma, serait en mesure de lui dire qu'elle ne l'aimait toujours pas ? Cette tentative de suicide, qui avait bien failli réussir, prouvait que Claire n'avait plus de raison de vivre, de s'accrocher. Lui tenir la tête hors de l'eau, lorsque les médecins l'auraient sauvée et en admettant qu'ils le puissent, exigerait infiniment plus que des bonnes intentions et des paroles de réconfort. On avait affaire à un être qui avait perdu la volonté de continuer sa route.

Dans le rétroviseur, Morgan examina son propre visage marqué par la fatigue. Comment m'y prendre pour que tu retrouves l'envie de vivre, mon amie ? soupira-t-elle. Comment te persuader que tu n'es pas condamnable, quand j'ignore ce qui s'est réellement passé ?

Son esprit s'envasait. Elle soupira et mit le contact. Inutile. Dans l'état où elle était, elle ne convaincrait personne.

Tout à coup, la porte d'entrée du cabinet d'avocats s'ouvrit, et un chien en jaillit, traînant celle qui le tenait en laisse, en l'occurrence Berenice en veste molletonnée prune sur un jean et une chemise écossaise, ses cheveux argentés tirés, comme d'habitude, en queue-de-cheval. Dans une main, elle avait donc la laisse de Rufus qui donnait de la voix, dans l'autre une petite pelle et un sac en plastique – à l'évidence, c'était l'heure pour le toutou de se soulager.

Berenice tira la porte. De son poste d'observation, Morgan eut cependant l'impression que le battant restait entrebâillé. L'idée qui lui traversa alors l'esprit la fit respirer plus vite. Berenice se hâtait sur le trottoir, derrière Rufus, et tourna au coin de la rue. Avant de réfléchir, Morgan se décida. Elle pêcha, sous le lecteur, un CD encore dans son boîtier en plastique, le fourra dans son sac, et sortit de la voiture. Elle regarda à droite et à gauche avant de traverser au pas de course, de remonter l'allée et grimper les marches du perron. Avec soulagement, elle constata que la porte n'était effectivement pas fermée. Elle jeta un dernier coup d'œil alentour, se glissa à l'intérieur et se figea un instant, retenant son souffle.

Puis elle se dirigea vers la réception. Pas le moindre client dans la salle d'attente. En l'absence de Noreen, les affaires tournaient au ralenti.

Morgan était seule dans le cabinet. Elle pouvait donc passer à l'action. Elle longea le couloir menant au bureau de l'avocate.

Une fraction de seconde, elle craignit qu'il ne soit verrouillé, puisque Noreen était alitée chez elle. Mais non, Berenice, manifestement, allait et venait à sa guise dans les lieux et laissait la porte grande ouverte. Une pensée fugace lui passa par la tête : qui était donc Abrams, et pourquoi n'était-il – non, ce devait être une femme, selon toute vraisemblance – jamais dans les bureaux ?

Morgan se faufila dans la pièce, faillit refermer la porte, se ravisa. Mieux valait pouvoir entendre les bruits de pas à l'accueil et dans le couloir.

Le bureau était impeccablement rangé. Sur la table de travail trônait l'incontournable ordinateur, et s'il renfermait l'information que Morgan recherchait, elle n'était pas au bout de ses peines. Elle n'avait pas l'étoffe d'un hacker. Ses chances de pirater les fichiers de Noreen étaient nulles. Mais elle était en quête de quelque chose de concret – le DVD des aveux de Claire. Or les objets tangibles appartenaient au monde réel et non virtuel. Elle se précipita donc sur le classeur, derrière le fauteuil de Noreen, et l'ouvrit.

La masse de dossiers l'affola, heureusement, l'ordre alphabétique jouait en sa faveur. Elle découvrit Claire

Bolton dans le premier tiroir du haut. Elle s'en saisit, mais malgré ses précautions, un DVD dans son boîtier en plastique glissa de la chemise. Morgan le rattrapa et déchiffra l'étiquette. Le tampon officiel du bureau du procureur y figurait, ainsi que le nom de Claire et une date.

Cette date, suivie d'une heure – c'était tout ce que Morgan voulait savoir. Il s'agissait bien de l'enregistrement des aveux de Claire.

— Yes ! murmura-t-elle.

Elle rangea le DVD dans une poche zippée de son sac. Prestement, elle replaça le dossier dans son tiroir. Elle refermait celui-ci, lorsqu'elle entendit grincer la porte d'entrée et, aussitôt après, les aboiements frénétiques du chien.

Le cœur de Morgan, qui battait déjà à toute allure, s'emballa.

— Qu'est-ce que tu as, Rufus ? Hein ? Il y a quelqu'un ? Hein ?

Pas d'autre issue dans le bureau, constata Morgan d'un regard. Elle devrait passer par le couloir. Elle se composa tant bien que mal une attitude nonchalante et enjouée, redressa les épaules, tandis que Rufus s'étranglait à moitié de rage, et sortit de la pièce.

En la voyant, Rufus se redressa sur ses pattes de derrière, s'époumonant et tirant sur sa laisse. Berenice n'avait pas l'air rassuré du tout. Quand elle réalisa qu'elle n'était pas face à quelque cambrioleur masqué, une expression irritée se peignit sur ses traits.

— Calme, Rufus. J'ai dit : calme !

Tout frémissant, le chien s'assit sur son arrière-train.

— Que faites-vous ici ? interrogea Berenice. Vous n'êtes pas autorisée à vous balader dans le cabinet.

— Je suis navrée, rétorqua ingénument Morgan. La porte était ouverte, alors je suis entrée.

— Ah bon ? s'étonna Berenice, contrariée. Je croyais pourtant l'avoir fermée.

— Non, elle était ouverte, affirma crânement Morgan.

Berenice fronça le sourcil, se repassant manifestement le film de son départ. Puis elle scruta l'intruse.

— Mais qu'est-ce que vous fabriquiez dans le bureau de Mme Quick ? Vous savez pertinemment qu'elle est obligée de garder le lit. Vous êtes allée chez elle.

Morgan se sentit rougir, tant le mensonge qu'elle s'apprêtait à énoncer était énorme.

— Justement, quand j'étais chez elle, elle écoutait un CD que j'ai adoré. Gert me l'a prêté, et m'a suggéré de le rapporter ici, déclara Morgan en extirpant de son sac l'album de Corinne Bailey Rae pris au hasard dans sa voiture. Comme je passais dans le quartier, j'ai décidé de m'arrêter et de le laisser sur le bureau de Noreen.

— Je m'en charge.

Berenice ordonna à Rufus de se coucher, saisit le CD et alla le ranger dans le tiroir du bureau.

— J'aurais peut-être dû le rapporter à Noreen chez elle ?

Berenice soupira, elle semblait soulagée – l'incident était anodin.

— Non, ça ira, de toute façon je lui envoie un coursier tous les jours. Mais, en principe, je ne laisse jamais la porte ouverte. Je suis très scrupuleuse.

— Je n'en doute pas, dit Morgan d'un ton rassurant.

— Noreen ne serait pas contente si elle savait que je suis sortie en laissant cette porte ouverte.

— Cela ne vaut pas la peine de lui en parler...

Berenice opina tout en enjambant Rufus affalé sur le sol.

— Oui, ce serait bête qu'elle s'inquiète.

Morgan enjamba à son tour Rufus et se pencha pour gratouiller sa tête poilue. Elle était presque libre. Dans un instant, elle serait dehors avec le DVD dans son sac.

— Vous avez raison, dit-elle en souriant. Elle a assez de soucis comme ça.

22

L'image sur l'écran était mate, en noir et blanc. Une femme assise seule sur une chaise, devant une table. On entendait une voix masculine poser des questions, mais personne d'autre n'apparaissait sur l'image. Dans le coin, en bas, étaient inscrites la date et l'heure. La femme était recroquevillée sur elle-même, le regard vide. Son visage paraissait flasque. L'une de ses mains reposait, tremblante, sur le bureau.

— Allons-y, disait la voix masculine. Je suis l'inspecteur Roland Heinz, accompagné de l'inspecteur Jim Curry. Nous procédons à l'interrogatoire de Mme Claire Bolton. Bien… nous allons évoquer les événements de la soirée qui se sont soldés par la mort de votre bébé, Drew, et de votre mari Guy. Avant de commencer, avez-vous été informée de vos droits ?

— Oui, acquiesça Claire.

— Et vous faites cette déposition de votre plein gré ?

Claire hocha la tête.

— Veuillez répondre, madame Bolton. Il faut que votre réponse soit audible.

— Oui.

— Bien… Vous nous avez déclaré précédemment que, samedi soir, vous vous êtes rendue chez vos beaux-parents pour dîner en famille.

— Quelle était la raison de ce dîner ? enchaîna l'autre homme. Une simple réunion familiale ?

— La… fille de mon mari était là. Eden.

— Donc, ce repas était organisé en son honneur. Pour Eden.

— En quelque sorte, grimaça Claire.

— Vous avez accepté d'y aller, même si vous étiez furieuse à propos de cette Eden que votre époux n'avait pas vue depuis longtemps.

— Oui. Je ne voulais pas y aller. On n'avait pas vraiment parlé.

— Qui donc ?

— Mon mari et moi. Mais ce n'était pas la faute d'Eden.

— C'était sa faute à lui, qui ne vous avait pas révélé l'existence de sa fille. Exact ?

— Sans doute, répondit tout bas Claire.

— Et comment s'est déroulée la soirée ?

— Abominable.

— D'après les témoins, votre bébé pleurait, il était insupportable. Exact ?

— Oui…

— Il a pleuré pendant le dîner ?

— Oui, admit Claire dans un soupir.

— Vous n'avez pas réussi à le calmer.

— Non… J'ai tout essayé, mais rien ne marchait.

— Vous aviez… honte ?

— Honte ?

— Vous faisiez figure de mère incompétente devant votre belle-famille.

Claire plissa le front, comme si elle essayait de se souvenir.

— Sans doute, balbutia-t-elle.

— Après le dîner, vous êtes rentrée chez vous avec votre mari. Comment vous sentiez-vous quand vous vous êtes couchée ?

— Très, très mal. Et fatiguée… très fatiguée.

Claire renifla, s'essuya le nez sur sa manche.

— Votre mari et vous ne dormiez pas ensemble.

— Non. Il était dans la chambre d'amis.

Aucune émotion sur le visage de Claire, dans ses yeux.

— À cause de la querelle, de ce problème qui vous opposait.

Claire opina, puis se reprit :

— Oui.

— Le bébé vous a de nouveau réveillée vers… quatre heures du matin.

Elle hésita – elle semblait regimber devant cette question.

— Je crois.

— Oui ou non ?

— Je n'en suis pas sûre.

— Vous avez entendu le bébé et vous vous êtes levée, asséna la voix masculine.

Claire soupira, se tassa davantage.

— Oui, probablement.

— Vous avez emmené Drew, qui était tout petit – il n'avait que sept semaines – dans la salle de bains attenante à votre chambre, et vous avez ouvert le robinet de la baignoire.

De nouveau, Claire sourcilla, des larmes roulèrent sur ses joues. Elle les essuya d'un revers de main.

— Je ne…

— C'est bien ce que vous nous avez déclaré, n'est-ce pas ?

— Oui. Je crois… oui.

— Vous aviez l'intention de noyer le bébé, pour qu'il se taise.

Claire secoua la tête avec désespoir, avant d'appuyer son front sur ses bras.

— Madame Bolton ? Ce n'est pas exact ?

— J'étais tellement fatiguée…

— Vous avez plongé le bébé dans la baignoire, vous l'y avez couché à plat ventre.

Claire leva un regard suppliant vers l'homme qui l'interrogeait.

— Je ne me rappelle pas avoir fait ça. Je devais simplement vouloir le baigner.

— Nous avons déjà discuté de tout ça, dit le policier, impatienté.

— Oui, souffla Claire. Pour une raison que j'ignore, je suppose que j'ai…

— Pour une raison que vous ignorez ? railla-t-il. Vous ne saviez pas qu'un nouveau-né se noierait si vous l'étendiez sur le ventre dans la baignoire ?

— Si, bien sûr, répondit-elle d'une voix étranglée par les pleurs. Bien sûr.

— Là-dessus, M. Bolton, qui avait entendu les cris de son fils, est descendu et vous a trouvée en train de noyer votre bébé.

242

Claire, muette, fixait le vide.

— Madame Bolton ?

Elle ne regarda pas le policier.

— Il s'est mis à hurler. Il voulait prendre le bébé…
Il… m'a poussée…

Elle semblait suivre une scène confuse, dont les
détails lui échappaient.

— Cela vous a révoltée, n'est-ce pas ? Après tout,
il était responsable de toute cette situation. Vous étiez
tellement furieuse que vous avez voulu le tuer.

Claire ébaucha un geste de dénégation. Puis elle se
figea.

— N'est-ce pas, madame Bolton ? Nous en avons
déjà discuté, vous vous souvenez ?

— Je ne voulais pas lui faire du mal, murmura-
t-elle, fondant en larmes. Mais il est tombé, il s'est
cogné la tête contre le rebord de la baignoire. Il y avait
du sang partout…

Sanglotant, elle cacha de nouveau sa figure entre
ses bras.

— Vous avez appelé le 911, enchaîna le policier.

— Oui.

— Vous vous souvenez de vos paroles ?

— Non…

— Vous avez dit à l'opérateur du 911 qu'ils étaient
morts tous les deux. Vous avez laissé entendre que
vous les aviez découverts morts, n'est-ce pas ?

— Ah bon ?

— Pourtant ce n'était pas vrai, poursuivit le policier
de façon pour le moins ambiguë.

Claire pleurait sans bruit, sans cesser de s'essuyer
les joues.

— Ce n'était pas vrai, n'est-ce pas ? Vous vous souvenez de notre discussion ?

— Ce n'était pas vrai, souffla Claire.

— Mais ils sont bien morts tous les deux. Et vous en êtes responsable.

Claire ferma les paupières. Il y eut un long silence.

— Madame Bolton ?

— Oui, murmura-t-elle. J'en suis responsable.

— Merci, madame Bolton. Fin de l'interrogatoire.

La vidéo s'achevait là.

Morgan, assise dans la classe déserte d'Oliver Douglas, pressa ses paumes sur ses yeux. Elle avait pisté le professeur Douglas, attendu qu'il termine son cours de onze heures, puis l'avait persuadé de sauter le déjeuner pour visionner l'enregistrement. Elle n'avait pas eu de mal à le convaincre. Fitz et elle avaient titillé sa curiosité et, sitôt ses étudiants sortis de la salle, il s'était empressé de glisser le DVD dans le lecteur.

Même si Morgan savait ce qu'elle allait voir, regarder ces images avait été un supplice. Elle prit une grande inspiration et se tourna vers le professeur qui avait suivi le film de l'interrogatoire en griffonnant des notes, de temps à autre. Les sourcils en accordéon, il fixait le téléviseur.

— Qu'en pensez-vous ? demanda-t-elle.

— Ce ne sont pas des aveux.

Le cœur de Morgan fit un bond, comme si on venait de lui apprendre qu'elle avait gagné au loto.

— Vraiment ? Pour quelle raison dites-vous cela ?

Le professeur secouait la tête.

— Incroyable, marmonna-t-il.

— Pourquoi ? insista-t-elle, impatiente.

— C'est un grand classique. Ils ne filment que votre amie, on n'a pas une seule image d'eux. Or il a été prouvé que cette technique – isoler le suspect devant la caméra – suggère l'idée de culpabilité aux jurés. En outre, elle ne fait pas le récit des événements. En réalité, elle ne dit rien, hormis oui ou peut-être. C'est le policier qui raconte le drame. Il explique même ce qu'elle a ressenti. Elle, elle se borne à acquiescer.

— Elle aurait pu protester, hasarda Morgan, s'efforçant de jouer les avocats du diable.

— Vous n'avez pas entendu cet homme dire qu'ils avaient déjà discuté de tout ça en détail ? C'est de la coercition telle que la définit le code pénal. Ils lui remémorent les accusations de son époux mourant – accusations qu'il n'a jamais portées contre elle. Des témoins peuvent le confirmer. N'est-ce pas ?

— Absolument.

Le professeur Douglas retira le DVD du lecteur et le remit dans son boîtier qu'il tendit à Morgan.

— Je ne comprends pas que son avocate ne se soit pas vigoureusement élevée contre de pareilles pratiques.

— C'est grave à ce point ? questionna Morgan d'un ton plein d'espoir.

Douglas, en pantalon de velours côtelé, veston et cravate, était très différent de l'homme qu'elle avait rencontré dans son atelier, au milieu de ses collages bariolés. Il affichait une dignité toute professorale, lorsqu'il se percha sur le bord du bureau, un pied chaussé d'un mocassin Hush Puppies posé par terre.

— Pire que grave, Morgan. Cette malheureuse femme a été poussée à bout. Ce qui n'avait rien de compliqué, vu son état.

— Vous ne pensez donc pas qu'elle soit coupable.

Il leva une main, un geste de mise en garde.

— Il m'est impossible de me prononcer. En revanche, elle n'a pas avoué le crime. C'est une évidence. N'importe quel juge compétent devrait rejeter cette prétendue preuve.

— Vous ne semblez pas certain qu'il le fera.

— Eh bien… l'accusation risque de la produire, si le défenseur de Mme Bolton est malhabile, ou trop occupé…

— Je compte en engager un autre, répondit Morgan, saisissant l'allusion. Mark Silverman.

— Oh, bien. Très bien. Je connais Mark Silverman. Un excellent avocat criminaliste. Il fera retirer cette pièce à conviction. Et même si le juge décidait de l'accepter parmi les preuves, j'aiderai Mark à la réduire en bouillie.

— Merci, murmura Morgan, les larmes aux yeux.

— Entendons-nous, cela ne signifie pas que Claire échappera à la condamnation. Les faits ne plaident pas pour elle. Et puis il y aura les conclusions du légiste…

— Mais cela pourrait aussi la disculper.

— Hmm…, marmonna Douglas, désignant le DVD.

— Quoi donc ?

— Il y a du vrai là-dedans. J'en suis quasiment sûr.

— Que voulez-vous dire ? bredouilla Morgan, l'estomac noué par une subite crampe.

— Une impression… Analyser ce genre d'interrogatoire représente l'essentiel de mon travail.

Morgan eut envie de rafler le DVD et de s'enfuir avant qu'il n'ajoute un mot. Cependant elle était pétrifiée sur son siège. La tentation de le questionner était trop forte.

— Expliquez-vous…

— Par exemple, l'histoire de la soirée chez les beaux-parents est manifestement exacte.

— Oui, ils ont effectivement dîné chez Dick et Astrid.

— Le bébé était agité, et Claire honteuse parce qu'elle avait l'air d'une mère incapable. Elle était également très, très lasse.

— Ce qui a été prouvé sans difficulté. Mais cela ne constitue pas un aveu. Je veux dire, le fait qu'elle ait participé à ce dîner de famille.

Le professeur Douglas, comme s'il ne l'avait pas écoutée, poursuivit :

— Je pense également qu'elle ne mentait pas en disant que son mari est descendu et l'a trouvée avec le bébé noyé dans la baignoire. Je crois que les choses se sont passées exactement de cette façon. Il lui a crié après. Ils se sont bagarrés. Il a glissé sur le sol mouillé de la salle de bains et s'est violemment cogné la tête. Sur ces points, elle ne tergiverse pas.

Morgan s'assit lourdement sur un bureau.

— Cela ne nous aide pas. Vous êtes en train de dire qu'elle l'a tué.

— Non, c'était manifestement un accident. Compte tenu de la taille de votre amie, de sa faiblesse physique et du fait qu'elle n'avait pas d'arme, il aurait facilement pu avoir le dessus.

— Voilà un argument qui nous est favorable. Il ne s'agit pas d'un crime.

— Exactement.

Morgan se releva, serrant le boîtier du DVD contre sa poitrine.

— Bon, alors elle est tirée de...

— Elle ment à propos du bébé.

Morgan aurait voulu se boucher les yeux et les oreilles.

— Vous n'en savez rien, protesta-t-elle d'un ton implorant.

Mais le professeur Douglas ne l'entendait pas, il réfléchissait à voix haute.

— Pour ce qui concerne le bébé, ils lui ont mis les mots dans la bouche. La vidéo le démontre indiscutablement. Elle ne se souvenait de rien.

— Comment serait-il possible qu'elle ait oublié ? s'énerva Morgan.

— Le traumatisme. Et la culpabilité. À ne surtout pas négliger.

— La culpabilité ? Je ne comprends pas. D'abord vous affirmez qu'elle n'a rien fait. Et puis vous dites le contraire. Où est la vérité ?

— Oh, mais je ne dis pas qu'elle se sentait coupable d'avoir *tué* son bébé, répondit-il, les sourcils en accent circonflexe. Non, pas du tout. Elle se culpabilisait d'avoir, après la naissance du bébé, sombré dans la dépression, et parce que, parfois, elle était terriblement frustrée, dépassée par cette naissance. Elle semblait inapte à s'occuper de son enfant. Ce qui lui inspirait des remords démesurés.

— Vous pensez donc qu'elle se sent... coupable de ce qui est arrivé au bébé.

— Naturellement. Elle est sa mère. Et je crois qu'elle essaie, à tout prix, de faire coïncider sa perception des choses avec les événements réels. Seulement voilà, ils ne concordent pas.

— Excusez-moi, je suis complètement perdue...

— Claire a déclaré avoir noyé le bébé. Elle a dit aussi que son mari a entendu les cris du petit, qu'il est descendu en courant. Mais cela n'a aucun sens. On se précipite quand on entend quelque chose d'anormal. Or Guy était habitué aux pleurs de son fils. Il est probable que cela ne le réveillait même plus. N'est-ce pas précisément cela qui a aggravé la dépression de Claire ? Les pleurs constants de ce nourrisson ? Guy en était assourdi, nuit et jour, depuis deux mois. Pourquoi se serait-il brusquement alarmé ?

— Je l'ignore, reconnut pitoyablement Morgan.

Le professeur tapota ses lèvres de son index. Il secouait la tête.

— Non, non. Il n'aurait pas bougé.

— Nous savons pourtant qu'il est accouru. Peu importe pourquoi, soupira Morgan d'un ton las.

— Oh, mais si, c'est important, objecta Oliver Douglas avec un sourire. Guy est descendu parce qu'il a entendu quelque chose d'inhabituel. Ce n'était pas le bébé qui hurlait. Non, Guy a entendu hurler sa femme.

Morgan écarquilla les yeux.

— Pour quelle raison elle aurait hurlé ?

— Elle a hurlé, articula-t-il lentement, comme s'il visualisait mentalement la scène, à cause de ce qu'elle a découvert dans la salle de bains. Lorsque Guy s'est rué dans la pièce et y a trouvé sa femme et le bébé à plat ventre dans la baignoire, il en a tiré la conclusion la plus logique. Claire avait craqué et noyé le bébé. Alors, bien sûr, ils se sont bagarrés. Il était paniqué.

Fou de rage, horrifié. Il s'efforçait d'atteindre son fils. De le sauver. Claire, elle, était désespérée, elle essayait de lui faire comprendre…

— Mais quoi donc ? Je ne vous suis vraiment pas.

Oliver Douglas, très calme, la dévisagea.

— Eh bien, mais la vérité. Qu'elle avait trouvé le bébé comme ça. Drew était déjà noyé quand Claire a pénétré dans la salle de bains. Le bébé était déjà mort.

23

À cet instant, Morgan la vit également, la scène. Son petit filleul mort fut soudain pour elle d'une réalité brutale, comme jamais encore il ne l'avait été. La bile lui remonta dans la gorge, elle crut vomir. Elle s'obligea à respirer, à réfléchir. Et tout à coup, elle se sentit presque exulter. Un acte aussi diabolique était effarant, pervers. Pourtant si ce n'était pas Claire qui l'avait commis…

— Professeur Douglas, si vous ne vous trompez pas…

Il opina.

— Si je ne me trompe pas, quelqu'un d'autre a tué le bébé.

— Oh, mon Dieu…

Elle se tut un moment puis lui jeta un regard interrogatif.

— Mais alors… qui ?

— Navré, j'ignore tout de ces gens. Sur ce plan, je ne peux pas vous aider.

Morgan passa en revue les diverses possibilités. Elle repensa à Eden – la fille rejetée qui avait débarqué le jour du baptême d'un bébé chéri de tous. Eden. Qui voulait sans doute faire souffrir son père autant qu'elle avait souffert. Aurait-elle pu opter pour une aussi cruelle vengeance ?

— La police scientifique a probablement relevé des traces permettant de déterminer qui était dans cette salle de bains, dit Oliver Douglas.

— Oui, mais… les enquêteurs en sont informés à l'heure qu'il est, non ?

— Vous oubliez un détail. Ils ne cherchent pas d'autres suspects. Ils ont des aveux.

— Mais si vous leur exposiez vos déductions…

— Morgan, vous êtes une universitaire. Vous connaissez la différence entre une hypothèse et des faits basés sur une preuve tangible. Je vous soumets une hypothèse. Les aveux de votre amie, pour la police, constituent une preuve.

— On ne peut pas rester les bras croisés, s'insurgea-t-elle. Ils doivent impérativement chercher cette personne qui… qui s'est introduite dans la salle de bains et qui a tué Drew.

Le professeur Douglas lui sourit.

— Je suis flatté que ma théorie vous plaise à ce point. Comme je vous l'ai dit, lorsque Claire sera jugée, sa confession a des chances d'être contestée. C'est très probable. Ce sera peut-être même réfuté avant le procès.

— Mais ça ne suffit pas. Il faut que la police suive d'autres pistes. On ne peut pas les obliger à réunir davantage d'éléments ? À pratiquer des analyses ?

Douglas se redressa et boutonna son veston.

— Je n'en sais rien, je ne suis pas avocat. Il est possible que le défenseur de Claire soit en droit d'exiger des analyses supplémentaires. Bon… j'ai un autre

252

cours, Morgan, je dois me dépêcher. Vous n'aurez qu'à interroger Mark Silverman quand vous le rencontrerez.

L'esprit en ébullition, Morgan lui serra la main.

— Oui, vous avez raison. Je ne sais comment vous remercier, professeur Douglas. Merci du fond du cœur. Vous m'avez redonné espoir.

Dans la voiture qui la ramenait du campus au centre-ville, Morgan était écartelée entre l'excitation et une terrible anxiété. Disculper Claire n'était plus inconcevable. Le scénario du professeur Douglas était plausible, bien plus que n'importe quelle autre version des faits. Mais étayer solidement son hypothèse ne serait pas une mince affaire. Pour ne pas succomber à l'angoisse, il fallait se focaliser sur l'espoir.

Elle s'engagea dans la rue de Claire et avisa une camionnette jaune garée devant le cottage. Sur le côté du véhicule, on lisait en lettres rouges : Servicemaster. Elle crut d'abord qu'il s'agissait d'un service de livraison à domicile. Puis elle vit trois employés en combinaison de travail en train de décharger des aspirateurs, ainsi que des seaux et des balais à franges devant la porte. Le chef d'équipe, un quadragénaire tout en muscles, introduisait la clé dans la serrure.

Morgan se gara derrière la camionnette et se précipita.

— Non ! s'écria-t-elle. Arrêtez, n'entrez pas !

Le chef d'équipe lui lança un regard ahuri.

— Pardon ?

Le cœur de Morgan battait follement, tandis qu'elle traversait la pelouse comme un boulet de canon pour rejoindre les hommes immobiles, armés de leur matériel.

— Non ! Vous ne pouvez pas nettoyer la maison, c'est absolument impossible.

Son interlocuteur extirpa de sa poche la copie d'un bon de commande.

— On nous l'a pourtant demandé, vous n'avez qu'à vérifier.

— Je sais, je sais, répondit Morgan avec un grand geste. Mme Bolton m'a avertie de votre venue.

L'autre la considéra d'un air suspicieux.

— Ben alors, où est le problème ?

— La situation a… elle a changé. Il y a des… des indices à préserver dans cette pièce. Il faut de nouveau placer la maison sous scellés.

Le chef d'équipe fronça le sourcil.

— Vous êtes de la police ?

— Non, mais… j'ai raison, je le sais.

— Ah non, madame, ça va pas. On a été engagés pour nettoyer cet endroit aujourd'hui. À moins que Mme Bolton nous dise le contraire…

— D'accord, coupa Morgan. Attendez. Une minute, s'il vous plaît. Je vais l'appeler. D'accord ? Si elle vous demande de ne pas…

L'homme consulta sa montre, scruta Morgan avec méfiance.

— Moi, je vais lui téléphoner.

Il prit son mobile, composa le numéro indiqué sur le bon de commande. Il évitait soigneusement le regard de Morgan.

— Madame Bolton ? Oui, ici Steve. De Service-master. Oui. On est chez votre fils, et il y a là une dame qui ne veut pas qu'on fasse notre boulot. Ben ouais. Ah, je sais pas. Une seconde.

Il pivota vers Morgan.

— C'est quoi, votre nom ?

— Morgan Adair.

Il répéta le nom, se tut, écouta. Puis il tendit le mobile à Morgan.

— Elle veut vous parler.

Soulagée, Morgan s'empara du téléphone.

— Astrid ?

— Mais que se passe-t-il, Morgan ?

— Eh bien, c'est une longue histoire, mais… en gros, voilà : j'ai discuté avec un… expert qui a analysé la confession de Claire. Il pense que c'est peut-être une autre personne qui a tué le bébé.

— Quoi ? Qu'est-ce que vous racontez ?

— Je sais, ça paraît… bizarre. Mais si c'est vrai, s'il y a ne fût-ce qu'une once de vérité là-dedans, il faut que la police ratisse de nouveau la scène de crime et cherche des indices. Une fois que les lieux seront net-toyés, il n'y aura plus la moindre trace de la présence de cette autre personne.

Astrid garda un instant le silence.

— Vous avez parlé à la police de votre idée – cher-cher des indices ?

— Non, pas encore, reconnut Morgan.

— Ce ne sont donc que vos élucubrations person-nelles, rétorqua Astrid, sarcastique.

— J'admets que ça semble absurde. Mais j'ai besoin d'un peu de temps pour creuser la question.

Vous pouvez sans doute comprendre. Si Claire est...
si elle n'a pas fait ce dont on l'accuse, j'ai le devoir
de l'aider.

— Elle a avoué, déclara Astrid sans ambages. Elle
a confessé ses crimes.

Morgan se mordit les lèvres. Pas question, bien sûr,
de parler de « faux aveux » à la famille des victimes.

— Astrid, elle est ma meilleure amie. Je ne réclame
qu'un peu de temps.

— Que vous puissiez me demander encore une
faveur pour Claire me paraît inouï. Faut-il vous rappeler qu'elle a fait des obsèques un spectacle grand-
guignolesque ? Franchement, Morgan...

— À votre place, je réagirais sans doute de la même
manière. Mais je n'exige pas que vous laissiez éternellement le cottage dans l'état où il est. Accordez-moi
seulement vingt-quatre ou quarante-huit heures. Un
jour ou deux, quelle importance dans la grande marche
de l'univers ?

— Il y a une odeur infecte dans cette maison, s'entêta
Astrid. Ça commence à être plein de mouches...

— Je sais, c'est écœurant. Et, d'ailleurs, je compte
bien me trouver un autre point de chute. Mais je tiens
à ce que l'équipe de nettoyage n'intervienne pas
aujourd'hui. S'il vous plaît, Astrid, je vous en supplie.
Un jour ou deux. Cela n'est certainement pas crucial
pour vous.

Nouveau silence à l'autre bout du fil.

— Bon, soupira Astrid. Passez-moi Steve.

Morgan tendit le mobile au grand costaud.

— Elle voudrait vous parler.

— Ouais, fit-il, collant l'appareil à son oreille. Ah bon, ajouta-t-il après avoir écouté les consignes d'Astrid. D'accord, je vous recontacte dès que je rentre au bureau pour qu'on fixe une autre date.

Morgan ferma brièvement les yeux et, in petto, remercia le ciel.

— Allez, on s'en va, déclara Steve qui rempocha son téléphone et se dirigea vers la camionnette, suivi de ses acolytes.

Morgan se laissa tomber sur une marche du perron, soulagée et vidée à la fois. Maintenant que l'équipe de nettoyage était partie, elle ne savait plus par où commencer. Soudain, Dusty surgit sans bruit d'un parterre fleuri et vint s'asseoir à côté de Morgan. Il lui permit de le caresser, l'air de se sacrifier afin de lui remonter le moral. Distraitement, elle laissa courir ses doigts sur la fourrure soyeuse que le soleil de midi avait réchauffée.

Elle songeait que, si elle était arrivée quelques minutes plus tard, le grand lessivage aurait commencé. Les éventuelles traces de l'assassin de Drew auraient disparu. Morgan adhérait à la théorie d'Oliver Douglas sans s'interroger davantage. À présent il lui semblait que c'était en effet la seule explication plausible. Elle tenta de se représenter le film de cette nuit-là. Claire s'était disputée avec Guy qui avait décidé de coucher dans la chambre d'amis à l'étage. Quelqu'un s'était faufilé dans la maison, dans la chambre où Claire, exténuée, dormait sans doute profondément. Il fallait un sacré sang-froid pour concevoir puis perpétrer ce crime atroce – noyer un nourrisson – sans réveiller la mère de l'enfant. Le tueur évoluait en silence dans la pièce, prenait le petit Drew et… À partir de là, l'imagination de Morgan se paralysait. Prendre ce petit bébé innocent et lui enfoncer la tête sous l'eau. Quelle dose de haine exigeait un acte aussi infâme ? Eden était-elle capable d'un tel crime simplement pour punir Guy ?

Brusquement, Morgan se rendit compte qu'elle partait du principe que le meurtrier de Drew cherchait à se venger de Guy. Mais il existait une autre possibilité. Bien sûr. Toute cette haine visait peut-être Claire. La mère de Drew. Malgré sa dépression, Claire aimait son fils de tout son cœur meurtri. Si on voulait l'anéantir, quel meilleur moyen… ?

À cet instant, un SUV gris métallisé stoppa devant le cottage. Le conducteur en sortit et, à travers la pelouse roussie, se dirigea vers le perron où Morgan était assise. Sandy portait, sous un sweat à capuche, un T-shirt distendu, il était mal coiffé, il marchait les mains dans les poches. Quand il s'aperçut qu'elle l'observait, il marmonna :

— Salut.

Le cœur battant, Morgan hocha la tête et fixa son regard sur le chat. Elle avait l'impression que Sandy Raymond était la matérialisation de ses réflexions. Cet homme, elle l'avait vu dissimulé dans l'ombre, à l'église, le jour du baptême, puis au milieu des habitants de la ville lors des obsèques, au chevet de Claire enfin, à l'hôpital, désireux que la jeune femme survive. Morgan en avait été touchée. Maintenant toutefois, tandis qu'il s'approchait, elle s'interrogeait. Quels étaient ses véritables sentiments, lorsqu'il veillait Claire ?

De l'inquiétude ? Ou de la jubilation, devant le résultat de sa vengeance ?

— Je vous cherchais. Vous n'êtes pas revenue à l'hôpital.

— Non, j'ai été occupée, répondit-elle, évasive.

— J'ai contacté Mark... Silverman, l'avocat.

Morgan doutait de lui, soudain, au point que ses moindres paroles lui paraissaient suspectes. Il lui annonçait pourtant une bonne nouvelle.

— Vraiment ? Et qu'a-t-il dit ?

— Sa secrétaire m'a expliqué que, dans l'immédiat, il était accaparé par un grand procès. Je lui ai dit que j'avais besoin de parler à Mark. Dès que possible.

Morgan opina. Elle pensait au cottage, à la scène de crime, tout près, derrière elle. Un lieu où l'on entrait comme dans un moulin. La preuve capitale susceptible de disculper Claire s'y trouvait peut-être, à la portée de quiconque voulait la détruire. Et puis Sandy, qui avait promis un avocat et, apparemment, était dans l'incapacité de tenir cette promesse.

— Bon, OK, dit-elle.

— Pourquoi OK ?

— Eh bien, s'il n'est pas disponible, je m'adresserai à un autre, répondit-elle d'un ton calme.

— Hé, vous emballez pas, s'énerva-t-il. Je vous le répète, ce gars, c'est le meilleur. Il me rappellera. Je vous le certifie.

Morgan opina encore, évitant le regard de Sandy.

— Qu'est-ce que vous avez ? Vous vous comportez bizarrement.

— Je n'ai rien, la journée a été un peu dingue, voilà tout, se justifia-t-elle.

— Hmm, vous ne m'étonnez pas.

Il se pencha, avec l'intention évidente de caresser Dusty. Le matou gris cracha et laboura de ses griffes la main de Sandy.

— Merde ! rouspéta celui-ci qui recula d'un bond en frictionnant sa main ensanglantée.

Effrayé par la voix tonnante de Sandy, le chat quitta le perron comme une flèche.

— Petit salopard. J'ai jamais aimé ce chat. Je peux entrer et me laver les mains ?

Morgan se releva, la gorge nouée. Refuser serait ridicule. Pourtant il le fallait, elle ne voulait pas de Sandy dans la maison. Après tout, il avait un mobile.

— Je suis navrée, mais on a changé les serrures.

— Qui ça ?

Elle haussa les épaules.

— Les parents de Guy. Pour qu'on ne puisse pas pénétrer dans le cottage. Justement, je m'apprêtais à partir, ajouta-t-elle, désignant leurs deux véhicules.

Sandy examina d'un œil noir sa main griffée.

— Cette bête galeuse se traîne sans arrêt dans la terre. C'est pas comme ça qu'on chope le tétanos ? À cause de la terre ?

Il emboîta le pas à Morgan.

— Je n'en ai aucune idée.

Elle ignorait également où elle irait une fois qu'elle serait au volant de sa voiture. Son seul objectif, dans l'immédiat, était d'éloigner Sandy de la maison.

Il monta dans son SUV.

— Désolé pour ce contretemps. Je vous rappellerai dès que j'aurai eu Mark. Oh merde, je vais foutre du sang sur mes sièges en cuir.

Morgan se glissa dans sa voiture et tripota les boutons de la radio, jusqu'à ce que Sandy démarre. Elle l'imita, de crainte qu'il ne regarde dans son rétroviseur et ne la voie toujours à la même place ou, pire, ressortant sur le trottoir. Elle roulait au hasard. Pour l'instant, le cottage et ce qu'il renfermait ne risquaient rien.

Un souci chassait l'autre. Elle devait trouver un avocat et faire en sorte que des analyses plus complètes soient effectuées. Ou, au minimum, que les éléments réunis par la police soient de nouveau analysés. Elle pouvait se débrouiller sans l'aide de Sandy. Mais l'obsédante question l'empêchait d'élaborer un plan intelligent – Sandy avait-il pu tuer le bébé ?

Arrête, se dit-elle tout en continuant à rouler sans but. Voilà que tu soupçonnes un homme qui a été gentil, prévenant. Tu n'as aucune raison valable de croire qu'il ait joué un rôle quelconque dans cette histoire. De même pour Eden, qui n'est qu'une adolescente paumée. Pourtant quelqu'un a tué Drew. Quelqu'un qui voulait détruire Claire ou Guy, ou les deux.

Au feu rouge, Morgan mit son clignotant, prête à bifurquer dans une rue adjacente. Distraitement, elle observa, sur le trottoir d'en face, une ravissante maison coloniale décorée pour Halloween de citrouilles, de bottes de foin et de lutins pendus à des crochets sous le porche. Attachés à la boîte aux lettres, dansaient trois ballons à l'effigie de fantômes et de sorcières.

Et tout à coup, alors que le feu passait au vert, une idée la frappa. Elle se remémora les jolis ballons accrochés à la boîte aux lettres de Claire, lors du baptême de Drew. Quelqu'un les avait peut-être vus, et le bonheur des habitants du cottage avait empli cette personne de jalousie, de haine. Récemment un fait divers de ce genre avait fait grand bruit. Une femme s'était introduite dans une maison où des ballons signalaient la présence d'un nouveau-né. Bon, d'accord, cette femme avait kidnappé le bébé. Mais, dans le cas de Claire, l'intrus pouvait aussi être un inconnu.

Les possibilités ne manquaient pas, au point qu'elle en avait le tournis. Hélas, Claire avait avoué, par conséquent les policiers considéraient l'enquête bouclée. Morgan semblait être la seule à ne pas se satisfaire de leur version des faits, la seule résolue à démontrer que leur scénario ne tenait pas. Mais par où commencer ? Pour se redonner du courage, elle se répéta qu'il y avait malgré tout un élément essentiel auquel se raccrocher. Si la théorie du professeur Douglas était juste, alors le meurtrier du petit Drew, inconnu ou intime de la famille, était en liberté. Et Claire, malgré son sentiment de culpabilité, les peurs qui la hantaient, n'était pas l'auteur du crime.

24

Une voiture, bourrée de bagages, était garée devant le portail du garage du Captain's House. Une pancarte annonçait « Fermé pour la morte-saison », mais les propriétaires, visiblement, n'avaient pas encore quitté les lieux. Morgan monta les marches du perron et sonna à la porte. Le carillon résonna dans l'auberge déserte. Personne ne vint ouvrir.

Morgan jeta un coup d'œil par les vitres dormantes qui flanquaient la porte, mais ne distingua rien, il faisait trop sombre à l'intérieur. Elle appuya de nouveau sur la sonnette. Cachée quelque part, la propriétaire, Mme Spaulding, devait prier le ciel de chasser l'importun. Morgan, cependant, n'était pas décidée à s'en aller.

Après une dizaine de minutes, à patienter et sonner, elle perçut un bruit de pas derrière la porte qui s'ouvrit enfin. Paula Spaulding apparut, la contrariété peinte sur son visage d'ordinaire affable.

— C'est fermé.

Puis elle reconnut sa cliente et s'arracha un sourire.

— Oh, bonjour, mademoiselle…

— Adair. Morgan Adair.

— Oui, bien sûr. Je suis désolée, Morgan. Je croyais vous avoir prévenue : le dernier week-end était pour nous la fin de la saison. Nous partons aujourd'hui pour Sarasota.

— Vous me l'avez dit, en effet. Et je ne suis pas là pour vous demander une chambre. Enfin, j'aurais besoin d'une chambre, mais peu importe, la question n'est pas là. En réalité, je cherche Eden.

— Vous la connaissez ? s'étonna Paula Spaulding.

Morgan lui expliqua brièvement ses liens avec Claire.

— Mon Dieu... Alors, ce baptême où vous étiez invitée, la semaine dernière, c'était celui de...

— Du demi-frère d'Eden. Drew. Mon filleul.

— Oh, ma pauvre, entrez donc. Venez vous asseoir. Je ne voulais pas vous rudoyer, franchement. Seulement, je suis en retard et il faut que je me dépêche de tout ranger. Mon mari sera là d'une minute à l'autre, prêt à lever l'ancre. Seigneur... je suis tellement navrée pour votre filleul.

— Merci.

Paula désigna l'une des bergères à oreilles du petit salon. Morgan s'y installa, et son hôtesse prit place vis-à-vis d'elle.

— Je vous offrirais bien quelque chose à boire, mais j'ai nettoyé le réfrigérateur...

— Ne vous dérangez pas. Je me demandais... Eden est encore ici ?

— Non, elle est partie. Je pensais qu'elle retournerait directement en Virginie-Occidentale après les obsèques de son père. Or ses grands-parents m'ont téléphoné et, apparemment, elle n'est pas encore arrivée chez eux. Je suppose qu'elle a fait un détour.

— Sans doute. Est-ce que… Eden vous a-t-elle dit qui lui avait envoyé l'article de journal annonçant la naissance du bébé de Claire et Guy ?

— Eh bien, mais… c'est moi qui le lui ai envoyé.

— Vraiment ?

— Oui, et je crains à présent d'avoir commis une erreur.

— À cause du drame ?

— Vous comprenez, je me sentais responsable, d'une certaine manière, parce que sa mère travaillait pour moi quand elle est tombée enceinte d'Eden. Ensuite, après le décès de Kimba, le grand-père d'Eden a interdit au père de voir la petite. Moi, j'étais persuadée que Kimba aurait souhaité qu'Eden connaisse son père. Après tout, un enfant a le droit de savoir qui sont ses parents. Ce n'est pas votre avis ?

— Si, je partage votre opinion.

— Eden était contente quand elle a reçu l'article, enchaîna Paula, rassurée. Elle m'a appelée et je l'ai invitée ici. Vous pensez sans doute que je me mêle de ce qui ne me regarde pas, que j'aurais dû rester en dehors de cette histoire, mais… j'avais beaucoup d'affection pour Kimba. À la fin de sa première année aux Beaux-Arts, je l'ai engagée comme femme de chambre pour l'été. Avec son amie Jaslene. Ce qu'on a pu s'amuser. Oh, elles me faisaient mourir de rire, ces deux-là.

Paula eut un sourire attendri à ce souvenir.

— Elles désiraient simplement habiter une ville balnéaire, travailler dur et profiter de leur jeunesse…

265

Paula se rembrunit, soupira.

— Évidemment, une fois que Kimba a été enceinte… Bref, vous comprenez…

— Oui, murmura Morgan qui ne voulait surtout pas l'interrompre.

— Ce qui fait que j'étais contente de recevoir Eden, avec moto et bagages. Jamais je n'aurais imaginé que cela s'achèverait de cette façon…

— Personne n'aurait pu le prévoir.

— Les journalistes racontent tous que votre amie… les a tués parce qu'elle était furieuse à cause d'Eden. Vous pensez que c'est vrai ?

Morgan ouvrit la bouche pour dire que non, Claire n'était pas coupable, et exposer sa nouvelle théorie. Elle se mordit la langue.

— Non, je ne le pense pas.

— Pour être honnête avec vous, je dois avouer que malgré tout, j'ai eu de la peine pour votre amie. Figurez-vous que, après la naissance de mon deuxième enfant, j'ai eu le baby blues. Eh bien, ce n'est pas drôle. Et puis, je ne comprends pas pourquoi son mari ne lui avait pas parlé d'Eden. Ni de son mariage avec Kimba.

— Je l'ignore. En tout cas, Eden paraissait très en colère le jour des obsèques.

— Naturellement. Elle venait juste de rencontrer son père, et voilà qu'il meurt. N'importe qui en serait chamboulé.

— Elle était plus que chamboulée, insista Morgan. Elle était furibonde. Contre Guy.

— Parfois les gens – surtout lorsqu'on a beaucoup rêvé d'eux – se révèlent décevants.

— C'est vrai, concéda Morgan.

— Eden a été bombardée d'informations. Elle voulait aussi apprendre le maximum de choses sur sa mère. Elle m'a tiré les vers du nez. Mais Jaslene aurait pu lui en dire plus que moi. Kimba et elle étaient si proches. Maintenant, Jaslene est une célèbre créatrice de chaussures à New York, précisa Paula, aussi fière que si elle parlait de sa propre fille. Vous connaissez la marque Jaslene Shoes ?

— Non, mais je ne suis pas à la pointe de la mode.

— En tout cas, contrairement à ce qui passe avec certaines personnes, le succès n'a pas tourné la tête à Jaslene. J'ai conseillé à Eden de la contacter. Malheureusement, à ce moment-là, Jaslene était à Milan. Eden lui a laissé un message. Et ensuite elle est allée s'installer chez sa tante pour quelques nuits.

— Sa tante Lucy me l'a effectivement dit.

— Oui... Et hier, après l'enterrement, Eden a dû revenir ici, prendre ses affaires et s'en aller. J'ai trouvé un petit mot où elle me remerciait et promettait de me donner des nouvelles. Mais, depuis, aucun signe de vie. Et ces motos sont tellement dangereuses...

— Elle m'a l'air tout à fait capable de piloter pareil engin, rétorqua Morgan pour la rassurer.

Paula se releva en soupirant. Elle avait la mine soucieuse.

— Sans doute... Bon, j'aimerais beaucoup rester à papoter avec vous, mais j'ai encore du travail avant d'être prête à partir.

— Merci de m'avoir consacré un peu de votre temps, dit Morgan qui se leva à son tour. Moi aussi, je dois y aller. Il faut que je me trouve un endroit où loger. Je regrette que votre auberge ne reste pas ouverte jusqu'à Noël.

— Seigneur ! Si je travaillais jusqu'à la fin de l'année, je serais sur les rotules !

— Je comprends ça, répondit Morgan en souriant. Eh bien, merci encore.

Elle serra la main de Paula Spaulding et se dirigea vers la porte. La voix de Paula l'arrêta.

— Vous savez…

Elle se retourna.

— J'ai une house-sitter qui arrivera la semaine prochaine. Mais en attendant, j'aimerais que quelqu'un me garde la maison. Bien sûr, en échange, vous serez obligée de contrôler le chauffage, prendre le courrier dans la boîte aux lettres et arroser les plantes.

— Vous me proposez de m'installer ici ?

— Je ne vous rémunérerai pas, mais vous serez logée gratis. Vous devrez en outre laver vos draps et laisser la cuisine nickel.

— Comptez sur moi. C'est formidable.

— Alors, ça marche, décréta Paula, ravie. Suivez-moi, je vais vous faire faire le tour du propriétaire.

Quand le tour du propriétaire fut bouclé, Morgan, après avoir abondamment remercié Paula, quitta l'auberge pour regagner le cottage de Claire, récupérer ses affaires et nourrir le chat. Elle ne s'attarda pas, écœurée par l'odeur nauséabonde dont Astrid s'était plainte au téléphone. Elle eut soin de verrouiller toutes les portes. De combien de temps disposait-elle avant qu'Astrid, passant outre à ses objections, n'envoie l'équipe de nettoyage envahir les lieux ?

Il fallait engager un autre avocat, mais Morgan n'ayant pas d'annuaire, elle ne savait pas trop comment le trouver. Elle songea à contacter Oliver Douglas, mais il lui conseillerait certainement d'attendre que Mark Silverman soit disponible. Et puis elle ne voulait pas abuser de sa bienveillance. Elle devait élaborer un autre plan, mais elle était à court d'idées. Elle avait l'impression d'être désespérément seule dans cette quête – secourir son amie. Seule et désarmée. Pourtant elle était contrainte d'agir, une perspective qui lui donnait la migraine. Unique point positif dans ce marasme, elle avait au moins, momentanément, un endroit où dormir.

Elle s'arrêta à l'hôpital pour voir Claire. Le visage de la jeune femme semblait moins jaunâtre, son teint moins cireux. Son état était stationnaire. Morgan s'assit à son chevet, prit la main de son amie et murmura :

— C'est quelqu'un d'autre qui a tué Drew. Pas toi, Claire. Quelqu'un d'autre a commis ce crime, et nous allons découvrir qui. Je logerai au Captain's House. La propriétaire m'en a donné la permission. Alors, ne t'inquiète pas. Je suis très bien là-bas. Et je ne t'abandonnerai pas.

Claire entendit-elle le serment de Morgan ? Elle ne bougea pas un cil.

Lorsque Morgan revint au Captain's House, Paula et son époux étaient partis. Un mot aimable sur la porte l'invitait à faire comme chez elle et à profiter de son séjour.

Elle pénétra dans la magnifique vieille demeure et alluma quelques lampes afin de chasser les ombres du crépuscule. L'auberge, si accueillante lorsque Paula trônait à la réception, paraissait à présent solitaire et lugubre. Morgan posa ses bagages dans la chambre de bonne, derrière la cuisine, que Paula lui avait octroyée. Très différente des spacieuses chambres de l'étage, réservées aux clients, la pièce n'était meublée que d'un lit étroit, d'un fauteuil au dossier à barreaux et d'une petite commode. Heureusement, les murs étaient tapissés d'une splendide toile indienne jaune et bleu, et une fenêtre circulaire à meneaux conférait à l'ensemble charme et élégance. Morgan prit un pull dans sa valise – elle n'avait pas chaud. Elle l'enfila par la tête et tira sa luxuriante chevelure châtaine en queue-de-cheval. Paula tenait à ce que la température ambiante reste basse, puisqu'il n'y avait plus de clients, car chauffer le Captain's House coûtait une fortune. Et Morgan comptait bien être une parfaite house-sitter.

Elle se débarrassa de ses bottes qu'elle rangea près du lit. Puis, à pieds de bas, elle alla dans la cuisine et ouvrit le réfrigérateur. Il était vide, ainsi que Paula l'avait annoncé. Elle passa donc dans le long et étroit cellier où, parmi les réserves de provisions, elle trouva du chili en conserve. Elle versa le contenu de la boîte dans un bol qu'elle mit au micro-ondes. Elle tourna les yeux vers la fenêtre. Un croissant de lune platiné brillait très haut dans l'immense ciel bleu nuit, à l'horizon ondulait le ruban métallique de l'océan, d'une beauté glacée.

Morgan frissonna. Le chili était prêt. Elle s'attablait devant son dîner lorsque son mobile sonna dans sa poche.

— Morgan ? C'est moi, Fitz.

— Bonsoir, répondit-elle, surprise et, pour être honnête, contente d'entendre sa voix. Comment vas-tu ?

— Bien. Je regrette de t'avoir volé dans les plumes à propos de Guy.

— Ce n'est pas grave. Je n'aurais pas dû parler de cette façon de ton ami, s'empressa-t-elle de rétorquer, désireuse de dissiper le malentendu. Je suis vraiment heureuse que tu m'appelles. Comment se portent tes jeunes lutteurs ?

— Une bande d'andouilles, dit-il d'un ton affectueux. Deux blessures en tout, jusqu'ici.

— Hmm… c'est embêtant.

— Non, c'est normal. Alors, quoi de neuf ? Comment va Claire ?

— Toujours pareil. Mais je te suis très reconnaissante.

— Ah bon, dit-il, manifestement enchanté. Pourquoi ?

— Tu m'as présenté Oliver Douglas. Et, du coup, j'ai un petit espoir.

Elle lui relata brièvement les conclusions d'Oliver quant à la confession de Claire, évoqua la nécessité où elle était d'engager un avocat criminaliste. Fitz restant silencieux, elle craignit d'avoir trop parlé. Elle s'attendait presque à ce qu'il l'envoie sur les roses et lui raccroche au nez. Mais non.

— Tu n'as pas de temps à perdre à chercher un autre défenseur, dit-il enfin. Explique la situation à l'avocate chargée de l'affaire de Claire. Tu n'as qu'à lui répéter ce que tu viens de me raconter.

— Noreen ? Elle ne m'écoutera même pas.

— Tu es très persuasive.

— Elle sera simplement furieuse contre moi, elle me reprochera de fourrer mon nez dans cette histoire, moi qui n'ai aucune compétence juridique.

— Ou bien… elle sera convaincue car elle admire ce que tu tentes de faire pour ton amie.

— Tu crois vraiment qu'elle m'écouterait ?

— Je ne sais pas. Mais tu n'as pas d'autre avocat. Ni de temps à gaspiller. Moi, je pense que ça vaut la peine d'essayer. Évidemment, ce n'est que mon avis.

— Eh bien, figure-toi que j'avais besoin de ton avis.

25

— Nous allions regarder *Le Monde de Nemo*, déclara Gert.

— Ce n'est pas une heure convenable pour vous rendre visite, je vous prie de m'excuser, dit Morgan. Mais c'est très important.

— Je sais, c'est toujours important.

Gert fit un détour par la cuisine et, du doigt, indiqua à Morgan de la suivre. Morgan hésita puis la rejoignit.

Un lecteur de CD était posé sur le plan de travail. Gert appuya sur la touche « Eject », saisit le disque et le glissa dans son boîtier en plastique qu'elle referma sèchement. Elle le tendit à Morgan.

— Elle est excellente. J'ai bien aimé ce morceau où elle chante *Let your hair down*. Je me suis dit que ce serait bête de ne pas l'écouter avant de vous le rendre, ironisa Gert. Puisqu'il ne m'appartient pas.

Morgan, pour éviter son regard accusateur, baissa les yeux sur la pochette de l'album de Corinne Bailey Rae.

— En effet…

Gert croisa les bras sur sa poitrine.

— Au moins, vous n'essayez pas de me rouler dans la farine. Qu'est-ce que vous manigancez ?

— Vous en avez parlé à Noreen, grimaça Morgan.

— Pas encore.

— C'est une longue histoire et j'avais une bonne raison, répondit Morgan d'un air implorant. S'il vous plaît, il faut vraiment que je voie Noreen. Je lui expliquerai.

— Maman, viens ! crièrent des voix enfantines. On regarde le film.

Gert, dodelinant de la tête, précéda la visiteuse dans le couloir et ouvrit la porte de la chambre. Les deux enfants que Morgan avait vus la dernière fois étaient blottis de chaque côté d'une Noreen en pyjama de flanelle, un bol en plastique rempli de pop-corn en équilibre précaire devant chacun d'eux, sur les couvertures.

— Descendez du lit une minute, ordonna Gert. Nonny doit discuter avec cette dame.

Noreen fronça le sourcil en voyant Morgan, mais imposa le silence aux enfants qui glapissaient d'indignation.

— Juste un petit moment, dit Gert qui saisit adroitement les bols et fit descendre du lit les gamins mécontents en leur recommandant de ne pas donner de coups de pied à Noreen. Puis elle darda sur l'avocate un regard sévère : ce sera bientôt l'heure de dormir, la prévint-elle.

— Je serai brève, s'empressa de dire Morgan mais, à en juger par l'expression impatiente de Noreen, elle ne réussirait pas à l'être suffisamment et pouvait s'attendre à un accueil glacial.

— Je l'espère, répondit Gert qui poussa les enfants dans le couloir et referma la porte.

Morgan, anxieuse, dévisagea Noreen. Ses cheveux roux s'étalaient autour de sa figure comme une crinière toute raidie et aplatie sur l'arrière du crâne par les oreillers.

— Cela ne pouvait pas attendre ? articula l'avocate.

— Non, sinon je ne serais pas là.

— Bon, d'accord. De quoi s'agit-il ?

— J'ai besoin de votre aide.

Noreen agita une main, pour la pousser, semblait-il, à accélérer le mouvement.

— Claire n'a pas tué le bébé. Elle n'est pas la meurtrière, j'en suis certaine. Or la preuve est peut-être encore dans le cottage. Il faut que… que vous fassiez quelque chose.

Noreen la regarda fixement, en silence.

— Vous pensez que je suis folle, moi aussi, évidemment, mais… j'ai pris l'enregistrement de ses aveux dans votre bureau…

— Quoi ? s'exclama l'avocate.

— Un expert l'a visionné et, quand il l'a analysé pour moi, j'ai compris qu'il avait raison. Claire a fait de faux aveux. Elle n'a pas tué ce bébé, et je me fiche que vous teniez absolument à ce qu'elle souffre d'une dépression post-partum…

— Holà, pas si vite. Revenez en arrière. Vous avez pris le DVD dans mon cabinet ?

Morgan pointa le menton d'un air de défi.

— Oui.

— Où avez-vous pêché l'idée que vous aviez le droit de faire une chose pareille ?

— J'étais désespérée. J'ai tenté ma chance.

— Vraiment ? rétorqua Noreen en la fusillant des yeux. Et à qui avez-vous montré l'enregistrement ?

— À un professeur, Oliver Douglas. Il a publié un ouvrage sur les faux aveux.

Noreen détourna les yeux de Morgan, les poings serrés sur la couverture, les lèvres pincées.

— Je sais que beaucoup ne croient pas à la possibilité de faux aveux et pensent que c'est simplement une stratégie… astucieuse… mais le professeur Douglas a étudié la question de manière approfondie.

— Je connais parfaitement le professeur Douglas, coupa l'avocate.

— Je sais bien que je n'aurais pas dû vous voler cet enregistrement, mais il fallait que j'agisse. La vie de Claire ne tient qu'à un fil. Or elle n'a pas commis ce crime.

— Tous les coupables sont innocents, railla Noreen.

— Si vous regardiez la vidéo en présence du professeur Douglas, vous verriez. Quand elle raconte comment Drew a été tué, elle invente. Elle ne s'en souvient pas du tout. C'est une évidence.

— Et la mort de son mari ?

Morgan soupira.

— Le professeur Douglas estime que cela s'est probablement passé comme elle l'a dit. Guy est entré dans la salle de bains, il a découvert Drew noyé dans la baignoire, et Claire… Épouvanté, il s'est sans doute jeté sur elle, ou bien il a tenté de sauver son fils. À moins qu'il n'ait voulu lui prendre le bébé. Ils se sont battus, et il y a eu un accident. Je ne sais pas. Mais Guy était beaucoup plus fort qu'elle, physiquement.

276

— En effet.

— Il dormait à l'étage, dans la chambre d'amis, au moment du drame. Ça, c'est une certitude. D'après la théorie du professeur Douglas, Claire a trouvé le bébé dans la baignoire et s'est mise à hurler. Guy l'a entendue, il s'est précipité au rez-de-chaussée. Tout cela est cohérent. Regardez l'enregistrement et vous verrez.

— Comment puis-je le regarder ? demanda Noreen d'un ton tranchant. C'est vous qui l'avez.

— Je suis désolée. Je n'aurais pas dû, répéta Morgan.

— Si vous n'aimiez pas la manière dont je gérais cette affaire, pourquoi ne pas avoir engagé un autre défenseur ?

— J'ai essayé, rétorqua crânement Morgan. Mais il est trop tard.

— Merci pour votre confiance.

Morgan eut l'impression d'un combat de boxe, où les mots remplaçaient les poings.

— Écoutez, tant pis si j'ai froissé votre ego. Je ne me soucie que de Claire, je n'ai pas le choix.

On frappa doucement à la porte, ce qui fit sursauter Morgan.

— Nonny, on veut regarder le film, geignit une petite voix.

— Dans un instant, dit posément Noreen, qui tendit la main. D'accord, voyons ça. Je présume que vous l'avez sur vous, cet enregistrement ? Vous n'en aurez plus besoin, à présent.

— Oh oui, bafouilla Morgan qui fouilla son sac à la recherche du boîtier en plastique. Elle désigna le post-it qu'elle y avait collé. Je vous ai noté le numéro de téléphone du professeur Douglas. Il sera ravi de vous parler. Et il est prêt à témoigner.

— Vous vous êtes décarcassée, dites-moi, commenta Noreen.

— La vie de mon amie est en jeu, répondit Morgan sans le moindre remords.

Noreen se mordit l'intérieur de la joue, un long moment, puis leva les yeux vers Morgan.

— J'imagine que vous souhaitez toujours une réponse à votre question. Eh bien, la réponse est oui.

— Oui… à quoi ?

— Oui, la défense peut réclamer l'accès à tout ce qui se trouve dans cette maison, à des fins d'analyse.

Une subite exaltation, mêlée cependant de prudence, s'empara de Morgan.

— C'est vrai ? Et vous le ferez ?

— Je le ferai, quand j'aurai revu ces aveux, en gardant en tête ce que vous m'avez dit.

— Je ne suis pas certaine que la police ait effectué un travail très minutieux dans le cottage. Ils ne cherchaient pas les traces d'un autre meurtrier, vous comprenez. À mon avis, il faut repasser la chambre et la salle de bains au peigne fin.

— Laissez-moi faire. Je sais comment manœuvrer. C'est mon métier.

— Alors, vous me croyez ? rétorqua Morgan, sidérée.

— Non. Pas obligatoirement.

— Mais vous acceptez d'envisager la possibilité que ce ne soit pas une psychose post-partum. Que quelqu'un d'autre que Claire ait tué le bébé.

— Le système de défense que j'avais élaboré était une stratégie. Pas une religion, répondit Noreen avec un sourire en coin. Je suis capable de réfléchir à d'autres hypothèses.

— Merci infiniment, balbutia Morgan, au bord de l'évanouissement tant elle était soulagée.

— Votre manière de procéder n'est pas très orthodoxe, mais je dois admettre que je suis impressionnée par votre... pugnacité. Je demanderai à ce que des analyses soient pratiquées dans le but de rechercher tout indice susceptible d'étayer votre théorie.

— Je suis persuadée qu'elle est exacte.

— Et vous avez aussi une théorie sur l'identité du meurtrier du bébé ?

Morgan sentit le piège dans la question de l'avocate. Elle préférait ne pas exprimer ses innombrables soupçons. De telles spéculations ne serviraient qu'à saper son argumentation.

— Je n'en ai aucune idée. Il nous faut seulement la preuve que, le soir de la mort du bébé, il y avait une autre personne dans la salle de bains. Si nous réussissons à le démontrer et si le professeur Douglas parvient à convaincre un jury que l'on a contraint Claire à avouer...

— C'est une stratégie éminemment risquée.

— Pas si elle permet de découvrir la vérité.

— D'accord, dit Noreen, pointant l'index vers Morgan. Maintenant, écoutez-moi bien. Vous vous démenez pour votre amie, c'est bien, mais vous avez suffisamment fourré votre nez dans cette affaire. Il est grand temps que ça cesse. Si vous avez raison et que quelqu'un d'autre a tué le bébé, vous avez intérêt à

279

garder vos soupçons pour vous. Vous saisissez ? Cela pourrait se révéler dangereux.

— Hmm…

— Je ne plaisante pas.

— Oui, je comprends.

— Parfait. À présent, rentrez chez vous. Et ouvrez cette porte à mes enfants. Ils ont attendu assez long-temps.

Sur le chemin du retour au Captain's House, Mor-gan réfléchissait à son entretien avec l'avocate. Elle l'avait crue, ce qui lui donnait un sentiment de triomphe. Noreen allait prendre les rênes. Même handicapée par l'obligation de rester alitée, elle respirait l'autorité, la compétence. Elle s'occuperait de la recherche de preuves. Elle veillerait à ce que les droits fondamen-taux de Claire soient respectés. Elle discuterait avec le professeur Douglas. Et Claire, peut-être, finirait par sortir libre de ce cauchemar. Ce soir, Morgan considé-rait que le jeu en valait la chandelle – son voyage loupé, le… malentendu avec Simon. Cela n'avait aucune importance, pourvu que Claire se rétablisse et recouvre la liberté.

Et Morgan passa les derniers kilomètres à chanter tous les airs populaires qu'elle se rappelait.

Lorsqu'elle se gara dans l'allée gravillonnée, le Captain's House était plongé dans une obscurité menaçante. Elle regretta de n'avoir pas laissé quelques lampes allumées. La demeure était de celles où l'on souhaite inviter tous ses amis, leurs parents et leurs enfants. Qu'il y ait du monde partout, que certains se reposent dans les fauteuils à bascule de la véranda, que d'autres, aux fenêtres avec vue sur l'océan, iodlent à tue-tête. Bref, ce n'était pas le genre d'endroit où l'on avait envie d'être seul. Morgan prit les clés dans son sac, monta les marches du perron, déverrouilla la porte. Elle se hâta d'entrer et de s'enfermer.

Elle ne se donna pas la peine d'allumer la lumière dans les pièces de devant. Elle alla directement dans la cuisine et franchit le seuil de la petite chambre attenante. Là, elle s'allongea sur le lit, tout habillée. La fatigue de la journée la submergea soudain telle une lame de fond. J'ai pourtant avancé, aujourd'hui, se dit-elle. Pour l'instant, elle se sentait à plat, mais depuis le matin elle avait fait le maximum pour aider Claire. Une pensée qui la réconfortait, même si elle aurait bien sûr préféré être en Angleterre.

Et Simon lui manquait. Pourquoi avait-elle jugé si sévèrement son attitude ? Dans l'incapacité de récupérer les arrhes, il avait décidé de ne pas annuler la réservation. Il avait invité un ami à l'accompagner. Ce qui ne signifiait… rien. Faire seul un voyage de ce genre n'était pas enthousiasmant, naturellement. Elle extirpa son mobile de son sac et chercha le numéro de Simon. Elle le composa, allongée sur le lit. Dès que la sonnerie retentit, elle se souvint, trop tard, du décalage horaire. Un coup d'œil au réveil, sur la table de chevet… horreur ! De l'autre côté de l'Atlantique, il était trois heures du matin.

— Oh, zut…

Tant pis. Lui aussi l'avait appelée au milieu de la nuit. Elle lui rendait la monnaie de sa pièce.

Néanmoins, elle se sentit penaude lorsqu'une voix ensommeillée lui répondit.

— Simon ? dit-elle d'un ton d'excuse.

Son correspondant s'éclaircit la gorge.

— Non, c'est Tim. Qui est à l'appareil ?

— J'essaie de joindre Simon.

— Une minute, grommela-t-il, irrité. Simon… Téléphone.

Morgan entendit une voix pâteuse marmonner des mots inintelligibles.

— J'en sais rien, elle l'a pas dit, rouspéta Tim.

Simon prit la communication – le temps de tendre la main.

— Simon à l'appareil, bredouilla-t-il, un peu anxieux d'être appelé en pleine nuit.

Morgan entendit Tim, tout près, demander qui c'était.

— Je sais pas. Allume la lumière, tu veux ? J'y vois rien. Donne-moi mes lunettes. Elles sont là, à côté du réveil.

Le visage en feu, Morgan raccrocha.

Un instant après, le mobile qu'elle tenait au creux de sa main, sonna.

— Morgan, c'est Simon. Pourquoi m'as-tu appelé ? Et pourquoi tu as raccroché ? Quelque chose ne va pas ?

Rien ne va, voulut-elle répondre. Mais elle resta muette. Fébrilement, elle essayait de trouver des explications rationnelles. Les deux hommes étaient dans une chambre à deux lits, séparés par une table de nuit sur laquelle était placé le téléphone. Tim, qui avait le sommeil plus léger que Simon, avait décroché, il s'était levé de son lit, et…

— Morgan, bon sang, il est trois heures du matin. Qu'est-ce qui se passe ?

— J'ai oublié le décalage horaire.

— Ah...

— Je suis désolée de vous avoir réveillés. Toi... et Tim.

Il poussa un soupir.

— Oh, celui-là, d'ici une minute il ronflera de nouveau. Il dort comme une bûche, plaisanta-t-il, et qu'il connaisse aussi bien les habitudes de sommeil du dénommé Tim la glaça.

— Simon...

Elle ne voulait pas lui poser la question fatidique, mais elle était fatiguée de se mentir. Il fallait qu'elle sache. Maintenant.

— Toi et Tim... vous êtes ensemble ?

Il aurait pu rire, dire que, évidemment, ils étaient ensemble, puisqu'ils voyageaient ensemble. Elle pria pour qu'il ait cette réaction. Mais il n'éclata pas de rire, ne chercha pas d'échappatoire.

— Oui.

— Je vois.

Elle attendit, une fois de plus, qu'il lui donne une explication valable, mais il s'abstint.

— Alors, pour toi je suis juste... une amie.

Silence.

— Bien sûr que tu es une amie, dit-il avec douceur.

Tous ces mois d'espérance, de rêves, s'envolèrent, comme une aigrette de pissenlit sur laquelle aurait soufflé un petit garçon. Elle se sentit honteuse, flétrie.

— Il est tard. Je te rappellerai, murmura-t-elle.

Simon ne protesta pas.

— Ce serait mieux. Bonne nuit, Morgan.

Elle demeura un long moment immobile, sans trouver la force de se lever. Puis elle prit une douche, alla au salon et alluma la télévision, incapable cependant de se concentrer sur les images. Elle ne cessait de se représenter Simon et Tim dans le même lit.

Arrête, se tança-t-elle. Quelle idiote tu es. Claire, depuis le début, avait raison à propos de Simon. Simplement, sa gentillesse l'avait empêchée de dire carrément les choses. Même si Simon avait flirté avec Morgan, même s'il appréciait sa compagnie et avait accepté sans se faire prier de l'accompagner dans la région des lacs, il n'avait jamais eu l'attitude d'un amant. C'était un fait, jamais il n'avait ébauché la moindre caresse. Elle ne pouvait pas lui reprocher de l'avoir menée en bateau.

Pourtant, songea-t-elle, le cœur serré, il paraissait… intéressé. Pourquoi, puisqu'il est gay ? Elle se contraignit à décortiquer son comportement, pour y trouver, coûte que coûte, une logique. Était-il cruel ? Avait-il cherché à la ridiculiser ? Non, cela ne ressemblait pas à Simon. Avait-il agi ainsi par simple curiosité, pour tester son pouvoir de séduction tout en sachant qu'il n'irait pas plus loin ?

Elle aurait beau réfléchir toute la nuit, cela ne changerait rien à la réalité, logique ou non. Elle devait se délester des espoirs fondés sur Simon, et de tous ses fantasmes qui ne s'accompliraient jamais.

Quand elle ne supporta plus de penser à tout cela, elle éteignit le téléviseur, les lampes du salon, et alla s'étendre sur son lit étroit, craignant l'insomnie. Très vite, pourtant, elle sombra dans un sommeil profond.

Elle se débattait dans un rêve compliqué qui mettait en scène Claire et Fitz, ainsi que ses parents depuis longtemps décédés, lorsqu'un bruit soudain l'en arracha. Elle fut aussitôt sur le qui-vive.

La demeure ne lui étant pas familière, elle mit un moment à retrouver ses repères. Le bruit qui l'avait tirée du sommeil était une sorte de claquement provenant de l'extérieur. Elle ne bougea pas, la peur la tétanisait. Après plusieurs minutes, écœurée par sa lâcheté, elle s'obligea à allumer la lampe de chevet, enfila prestement un peignoir par-dessus le T-shirt qui lui servait de chemise de nuit et, d'un geste automatique, fourra son mobile dans sa poche. Avec circonspection, elle passa de la petite chambre douillette à la cuisine, appuya sur l'interrupteur qui commandait le plafonnier. Elle longea le couloir, jeta un coup d'œil dans le salon, et se dirigea vers le séjour en passant devant l'escalier à la rampe incurvée.

Elle vit aussitôt d'où venait le bruit.

La porte d'entrée du Captain's House était ouverte. Le vent de la nuit la secouait et le battant heurtait le chambranle.

J'avais fermé à clé, se dit Morgan qui sentit les battements de son cœur s'accélérer. Le séjour était plongé dans l'obscurité, la lune brillante dessinait des ombres étranges, transformait les meubles anciens en mastodontes.

Clouée au sol, frissonnante, Morgan fouillait sa mémoire. Il n'y avait malheureusement pas le moindre doute. Elle avait verrouillé la porte avant de se coucher. Or, à présent, cette porte était ouverte.

26

Effarée, du pas du condamné montant à l'échafaud, Morgan s'approcha de la porte et la referma. Le sifflement du vent se tut. Elle tournait la clé dans la serrure quand elle perçut un autre son. Une exclamation étouffée, derrière elle, dans la cage d'escalier.

Elle aurait voulu hurler, mais sa voix était bloquée dans sa gorge. Lorsqu'elle pivota, son cœur battait si fort qu'il semblait sur le point de bondir hors de sa poitrine. Elle discerna une silhouette face à elle, une main agrippée à la rampe.

— Qui est là ? balbutia-t-elle.

— Qui vous êtes ?

Prudemment, l'intruse descendit quelques marches. Morgan reconnut alors les vêtements poussiéreux, les bottes de chantier, l'éclat du clou de narine.

— Eden…

La jeune fille l'avait également reconnue.

— Hé, mais qu'est-ce que vous foutez là ? demanda-t-elle, furieuse.

— Je garde le Captain's House pour Mme Spaulding. Elle est partie pour Sarasota cet après-midi. Je croyais que vous aviez quitté la ville.

— Je l'ai fait. Mais je suis revenue.

— Comment êtes-vous entrée ?

— Avec ça, dit Eden, agitant une clé suspendue à une chaînette.

— Et pourquoi êtes-vous revenue ?

— Vous d'abord. Pourquoi vous êtes encore là ?

— À cause de Claire. Elle est toujours à l'hôpital.

Silencieuse, Eden prit le temps de digérer cette information, tandis que Morgan l'étudiait et l'imaginait pénétrant en catimini dans le cottage de Claire, à la recherche du bébé qu'elle emportait dans la salle de bains. Cependant, malgré sa suspicion, elle ne voyait pas cette adolescente franchir l'étape suivante – noyer un petit enfant.

Eden réfléchissait toujours, elle semblait soupeser les possibilités qui s'offraient à elle. Soudain, elle se décida.

— J'ai oublié un truc ici. Ma bague. Elle a dû tomber pendant que je dormais.

— Vous êtes revenue pour ça ?

— Ouais.

— Vous l'avez retrouvée ?

— Non. J'ai regardé partout dans ma chambre, mais elle y est pas.

— Ah bon…

Morgan s'appuya à la rampe d'escalier.

— Vous m'avez flanqué une trouille bleue, dit Eden.

— Pareil pour moi. Je ne m'attendais pas à avoir de la visite en pleine nuit.

— Je suis désolée. Vous pouvez retourner vous coucher. Je m'en vais.

— Et si je vous aidais à la chercher, cette bague ? Peut-être que vous ne l'avez pas vue.

— Pourquoi vous m'aideriez ?

— Bof, à présent que je suis réveillée... Je serais étonnée que mon rythme cardiaque redevienne normal avant une heure ou deux.

— Bon, d'accord. Suivez-moi. Je dormais en haut, dans la chambre aux lilas.

Morgan connaissait cette pièce, Paula Spaulding la lui avait montrée en lui faisant faire le tour du propriétaire. Les murs étaient bleu pervenche, les boiseries blanches, les tentures et la courtepointe imprimées de lilas.

— À quoi ressemble votre bague ?

— Elle est en or, avec une pierre noire. De l'onyx.

Morgan se souvenait effectivement de ce bijou à l'index de la jeune fille.

— Je parie qu'à nous deux, nous la retrouverons.

Eden la regarda fixement tandis qu'elle montait les premières marches de l'escalier. Son air méfiant rappela à Morgan le chat de Claire, Dusty.

— Passez devant, je vous suis.

Eden eut une hésitation, puis s'éloigna dans le couloir et franchit une porte sur la droite. Elle appuya sur l'interrupteur, une lampe au pied en osier blanc s'alluma sur la table de chevet.

— Il nous faudra plus de lumière, commenta Morgan.

Elle contourna Eden et alluma une lampe de lecture penchée sur un voltaire, ainsi qu'une autre posée sur le secrétaire.

— Voilà, c'est mieux.

— Elle a tout nettoyé, fit Eden, découragée.

— Votre bague en a peut-être réchappé. Regardons sous le lit.

— Je l'ai déjà fait.

Morgan s'agenouilla près du lit et passa la main sous le volant du cache-sommier.

— Mettez-vous à l'autre bout.

Renfrognée, la jeune fille s'exécuta et l'imita.

— Rien ! annonça-t-elle.

— Nous avons besoin d'une torche, décréta Morgan. Je crois que Paula m'a indiqué où il y en avait une.

Elle se redressa et sortit dans le couloir pour se diriger vers une armoire à linge qu'elle ouvrit. La torche était bien là, sur une étagère chargée de serviettes de toilette. Elle s'en saisit et la rapporta dans la chambre aux lilas. Eden tâtonnait sous le lit.

— J'y vois rien, dit-elle.

Morgan braqua le pinceau lumineux sur le sol qu'elle inspecta minutieusement. Eden s'assit sur ses talons.

— Je l'ai perdue, un point c'est tout.

— Allons, nous commençons à peine à chercher. Vous étiez sans doute presque arrivée chez vous, vous avez fait demi-tour et parcouru tout ce chemin pour retrouver votre bague. Vous ne pouvez pas capituler si vite.

— Je rentrais pas chez moi, objecta Eden. J'étais à New York.

Morgan s'assit elle aussi sur ses talons.

— Vraiment ? Toute seule ? Vous êtes intrépide.

— Je suis allée chez une amie de ma mère.

Morgan se remémora la créatrice de chaussures mentionnée par Paula, l'amie de Kimba depuis les Beaux-Arts.

— Comment ça s'est passé ?

Eden se releva.

— J'abandonne, dit-elle, sans répondre à la question. Elle est pas ici.

— Attendez, regardons derrière le dosseret. Il est possible qu'elle y soit coincée.

À la lueur de la torche, Morgan regarda derrière le dosseret en chêne sculpté.

— Ah, il me semble que je vois quelque chose.

— Où ? demanda Eden d'un ton suspicieux.

Elle examina l'endroit qu'éclairait Morgan.

— Ouais, c'est peut-être ça.

— Nous n'avons qu'à tirer le lit. Mettez-vous de l'autre côté, et on le soulève pour ne pas rayer le parquet.

Docilement, Eden fit le tour et agrippa le bord du sommier.

— Maintenant, on le soulève. On ne le traîne pas. Je donne le signal.

— OK.

— On y va.

Toutes deux unirent leurs efforts, et entendirent le bruit léger d'un objet tombant sur le sol. Elles reposèrent le lit, Eden s'accroupit, chercha à l'aveuglette et trouva enfin sa bague. Elle poussa un cri de ravissement.

Morgan s'assit sur la courtepointe, observant la jeune fille qui glissait le bijou à son index et l'exhibait fièrement.

— Quelle jolie bague, dit Morgan. Je comprends que vous soyez revenue jusqu'ici.

Eden s'assit près d'elle, admirant sa main.

— Elle était à ma mère, ma grand-mère me l'a donnée. C'est la seule chose que j'ai d'elle.

— Je suppose que vous ne vous souvenez pas de votre mère, rétorqua Morgan, choisissant ses mots avec soin.

Eden frottait la bague sur son jean crasseux.

— Non. Je me rappelle seulement ce que mes grands-parents m'ont raconté. C'était une artiste.

— Je présume que Paula Spaulding et l'amie de votre mère à New York vous ont beaucoup parlé d'elle.

Eden haussa les épaules, le visage fermé, l'air distant.

— Moi non plus, enchaîna Morgan, je ne sais pas grand-chose de mes parents. J'avais douze ans quand ils sont morts.

Eden lui lança un regard circonspect.

— À mon avis, c'est bien que vous soyez venue ici. Malgré les événements, au moins vous avez fait la connaissance de votre père.

— Non, j'aurais dû écouter mon grand-père et me tenir loin, répondit Eden d'un ton amer. J'ai découvert certains trucs sur lui. Mon père. Des trucs que j'aurais préféré ne pas savoir.

— Vous pensez à cette histoire à propos du décès de votre mère ? Votre grand-père considère que Guy en était responsable, mais, franchement, ce n'était qu'un accident.

— Non, je parle pas de ça, marmonna Eden avec une grimace de dégoût.

Morgan s'efforça de dissimuler son étonnement.

— D'accord, Guy ne vous a pas accueillie très chaleureusement. Ce n'était pas gentil de sa part. Mais Fitz m'a dit qu'ensuite, tous les deux, vous vous étiez plutôt bien entendus. Que vous aviez déjeuné ensemble, regardé des photos...

— Vous savez rien du tout, s'énerva Eden.

— Je connaissais mal votre père, c'est vrai, admit Morgan, s'obligeant au calme. Mais il a épousé ma meilleure amie et, d'après ce que j'ai pu observer, il paraissait être un homme bien.

— C'était un violeur.

Morgan en eut le souffle coupé, comme si la jeune fille lui avait asséné un direct au foie.

— Un... violeur ?

— Ça vous surprend, hein ? Vous pensez que j'invente, dit Eden – manifestement, elle ne s'attendait pas à être crue.

— Non, Eden, protesta Morgan en lui étreignant le bras. Je vous crois, bien sûr. Eden, est-ce que votre père vous a fait du mal ? Vous êtes sûre que ça va ?

Un instant, Eden eut l'air dérouté. Puis elle comprit.

— C'est pas de moi qu'il s'agit, cracha-t-elle, méprisante.

— Oh, Dieu merci.

Morgan était sincèrement soulagée, mais avait de la peine à assimiler la terrible accusation que l'adolescente portait contre l'homme qu'elle avait connu. Ou imaginé connaître. Le mari de Claire.

— Où avez-vous entendu ça ? C'est ce que l'amie de votre mère vous a révélé quand vous lui avez rendu visite ? Quel est son nom, déjà ? Jasmine ?

— Jaslene.

— Oui… Que vous a dit Jaslene ?

— Ça vous regarde pas. Il est mort, maintenant. Il peut plus faire de mal à personne. Bon, faut que je m'en aille. Merci de m'avoir aidée à retrouver la bague, conclut Eden en se levant d'un bond.

— S'il vous plaît, écoutez-moi… Cet élément pourrait être crucial lors du procès de Claire. Eden, j'ai besoin de vous. Qui était la victime ?

— J'ai promis de pas le répéter. J'espère que ça ira pour Claire. C'était pas sa faute. Il méritait de mourir.

Elle saisit son sac à dos et, à grands pas, se dirigea vers la porte.

— Eden, attendez !

Mais la jeune fille avait disparu, telle une volute de fumée. On n'entendait plus que le bruit de ses bottes dans l'escalier. Lorsque Morgan atteignit le rez-de-chaussée, la porte d'entrée se refermait. Elle se précipita, regarda dehors. Elle vit s'éloigner le phare de la moto, en direction de la route. Elle cria, appela Eden, mais le vrombissement du moteur étouffait sa voix.

27

Morgan suivit des yeux la moto qui fonçait vers la route, puis elle rentra dans la demeure et verrouilla la porte. Malgré l'heure tardive, elle doutait fort de pouvoir dormir.

Guy Bolton, un violeur ? Elle essaya, mentalement, de superposer cette notion infâme à l'impression qu'elle s'était faite de Guy, mari travailleur et compagnon séduisant de Claire. Avant la naissance de Drew, elle avait passé quelques soirées, joyeuses et décontractées, avec le couple. Guy semblait aimer discuter, rire, et boire un verre de vin tout en s'affairant aux fourneaux. À présent… Était-ce vrai ? Et qui avait-il violé ? Et sa victime aurait-elle résolu de se venger ?

Morgan s'installa dans un fauteuil à bascule, dans le grand salon, et, prenant le plaid tricoté blanc, plié sur l'accoudoir du canapé, s'en enveloppa. Elle frissonnait, à cause du froid qui régnait dans la maison et du choc provoqué par les paroles d'Eden. Réfléchis, s'exhorta-t-elle. Qui connaît la vérité ? L'amie de Kimba, Jaslene la créatrice de chaussures, détenait la clé de l'énigme, elle en était persuadée. Mais comment lui mettre la main dessus ? Morgan ignorait même son nom de famille. Je pourrais téléphoner à Paula Spaulding, songea-t-elle. Elle avait son numéro de portable, et Paula l'avait priée de la contacter en cas d'urgence.

Morgan sortit son mobile de la poche du peignoir, le tourna et retourna entre ses doigts. À part elle, personne ne considérerait cette affaire comme une urgence. Les gens jugeaient puéril son espoir d'innocenter Claire.

Pour lui rappeler qu'il était bien trop tard pour aborder un tel sujet, la pendule du hall sonna douze coups. D'accord, on oublie. Mieux valait renoncer à déranger Paula, du moins cette nuit.

Elle s'obligea à quitter son fauteuil et s'approcha de l'ordinateur qui trônait sur le comptoir de la réception. Elle l'alluma, afficha sur l'écran les fichiers de Paula Spaulding et sélectionna le carnet d'adresses. Il était copieusement garni. Apparemment, Paula avait conservé les coordonnées de tous ses clients. Pour beaucoup, elle avait noté leur prénom et patronyme, mais pour certains elle s'était bornée à inscrire une initiale. Morgan passa une heure pénible à tenter, sans succès, d'associer des numéros de téléphone new-yorkais à des adresses de gens figurant dans le répertoire sous l'initiale « J ».

De guerre lasse, elle revint à la page d'accueil et resta immobile sur le tabouret derrière le comptoir, songeuse. La société de Jaslene s'appelait Jaslene Shoes. Jaslene faisait-elle suivre ses communications de sa ligne professionnelle vers sa ligne personnelle ? Cela paraissait improbable – dans l'univers du design de la chaussure, les urgences ne devaient pas être si nombreuses – néanmoins cela valait la peine de tenter sa chance. Morgan lança un regard à la pendule, hésita. Puis elle se secoua. Réveiller Paula Spaulding en pleine nuit ne serait pas convenable. Mais sans doute n'était-il pas trop tard pour appeler une personnalité de la mode, dans la ville qui ne dort jamais. Elle composa le numéro, croisa les doigts pour que la mystérieuse Jaslene décroche. Mais, au bout de dix sonneries, elle atterrit sur une boîte vocale. Elle laissa un message disant qu'elle téléphonait au sujet d'Eden, et qu'elle demandait instamment à Jaslene de la contacter.

La température dans la maison baissait de minute en minute, Morgan avait hâte de retrouver la chaleur d'un lit. Pour le moment, elle ne pouvait rien faire de plus. Une dernière fois, elle contrôla que la porte était bien verrouillée, regagna sa chambre de bonne et se glissa sous les couvertures. Des frissons la parcouraient encore qu'elle s'assoupissait déjà. Elle repensa vaguement à Eden, se remémora Fitz disant que la jeune fille avait craché sur le corps de son père, lors des obsèques. Maintenant, Morgan savait pourquoi.

Ses yeux se fermaient, malgré son cerveau en ébullition. Lorsque la fatigue eut raison d'elle, ses pensées s'égaillèrent. Pourtant, brusquement, une évidence émergea. Morgan se réveilla en sursaut. Eden était folle de rage le jour de l'enterrement de son père. Or c'était avant sa rencontre avec Jaslene, l'amie de sa mère. Par conséquent, Eden avait dû apprendre *avant* les obsèques que Guy avait commis un viol. Jaslene n'était sans doute pas celle qui le lui avait révélé.

Morgan eut la sensation de dégringoler la pente qu'elle s'efforçait de monter. Elle serait contrainte de repartir à zéro, de chercher comment Eden avait découvert le crime de son père. Elle tenta d'imaginer divers scénarios possibles, mais de nouveau son esprit s'embrumait. Elle n'était plus capable de penser de façon cohérente, en dépit de sa volonté. Elle sombra brutalement dans un profond sommeil.

On cognait à la porte. Quand Morgan ouvrit les paupières, une grise lumière automnale se faufilait dans la chambre. Elle détesta férocement la personne qui osait la réveiller ainsi, comprit soudain pourquoi Paula Spaulding et son époux s'en allaient si tôt se réfugier à Sarasota.

Elle quitta son lit douillet à contrecœur, enfila son peignoir en marmottant : « Ça va, y a pas le feu. » Traînant les pieds, elle gagna le hall et déverrouilla la porte. Sandy Raymond se tenait sur le perron, en jean et T-shirt délavé orné de l'emblème d'un quelconque département de l'université de Californie.

— Sandy…, bredouilla-t-elle, ahurie.

— Vous êtes debout, tant mieux.

— Non, pas vraiment. Vous m'avez réveillée.

Il la bouscula pour passer et entrer.

— Je vous conseille de vous habiller.

— Une petite minute, protesta Morgan, repoussant en arrière sa tignasse châtain-roux. Comment m'avez-vous trouvée ? Je ne vous avais pas signalé que je logeais ici.

— Exact.

— Je ne l'ai dit à personne.

— Oh si, vous l'avez dit à quelqu'un, rétorqua-t-il d'un air fanfaron.

298

Morgan ne bougea pas, resserra son peignoir autour d'elle. Elle n'avait pas refermé la porte, elle n'avait pas très envie que Sandy fasse comme chez lui.

— Non, personne ne le savait, j'en suis certaine.

Sandy ne put réprimer un sourire.

— Vous l'avez dit à Claire.

— Claire ?

— Elle a repris conscience, répondit-il, contenant à grand-peine son excitation.

Morgan poussa un cri de joie.

— Oh, merci, Seigneur ! Quand ?

— Quand je suis arrivé à l'hôpital ce matin, elle était réveillée. Elle m'a demandé de vos nouvelles. Et elle a dit que vous étiez au Captain's House.

Bouche bée, Morgan le dévisagea.

— Mais… c'est impossible.

— Vous avez dû lui en parler. Sinon, comment le saurait-elle ?

— Je… oui, je crois que j'ai mentionné le Captain's House. Entre autres. Elle était dans le coma.

Sandy se tapota le front du bout de l'index.

— L'esprit humain. Quel mystère !

— Elle est vraiment consciente ?

— Oui. Allez, dépêchez-vous. Je vous emmène là-bas, si vous voulez.

— Non, ça ira. Merci quand même. Bon, je vais m'habiller.

Elle se dirigea vers sa chambre. Jetant un regard par-dessus son épaule, elle constata que Sandy restait planté dans le hall.

— Ne m'attendez pas, je vous assure. J'ai ma voiture.

— D'accord, rétorqua-t-il en haussant les épaules. Alors on se retrouve là-bas.

Morgan scrutait toujours son visage.

— Vous savez, Sandy, je ne comprends pas.

— Quoi donc ?

— Vous. Vous êtes constamment à l'hôpital. Cela ne dérange pas Farah ?

— Farah m'a quitté, annonça-t-il, impassible.

— Je suis désolée.

Il secoua la tête.

— Il a fallu que je lui graisse la patte pour qu'elle s'en aille. Je lui ai donné ma Mercedes.

— Vraiment ?

— Je sais ce que vous pensez. Vous trouvez ça bizarre. Que je sois sans cesse au côté d'une femme qui m'a plaqué pour un autre.

— Effectivement, ça me paraît étrange.

— Maintenant il n'est plus là, n'est-ce pas ? dit-il, le regard ferme, indéchiffrable. Alors maintenant, elle a besoin de moi.

Morgan s'habilla en quatrième vitesse, roula à toute allure et, parvenue à l'hôpital, courut – ou quasiment – jusqu'à la chambre de Claire. Elle avisa Sandy, déjà assis sur une chaise dans le couloir, près du gardien de prison affecté à la surveillance de la blessée. Il lisait le journal, son pied droit, en basket, posé sur son genou gauche. À l'approche de Morgan, il replia son journal et leva le pouce. Morgan se présenta au gardien, un Hispanique trapu et moustachu. Tandis qu'il consultait sa liste, elle se balançait sur ses talons, malade d'impatience. Enfin, le cerbère hocha la tête.

— Hé, mec, lui dit Sandy en se levant et balançant le journal sur la chaise, tu me gardes ce canard, OK ? Je vais jeter un œil.

De nouveau, le gardien opina.

— Vous y restez pas des plombes, grommela-t-il.

Sandy suivit Morgan dans la chambre. Claire était étendue immobile, les yeux clos. Telle qu'elle était depuis des jours.

Morgan eut la sensation que son cœur tombait comme une pierre dans sa poitrine. Elle pivota vers Sandy.

— C'était une blague ? Elle est de mauvais goût.

Il s'approcha de Claire, la contempla.

— Pas de panique, elle se repose, tout simplement. Claire, dit-il d'une voix un peu plus forte. On se réveille.

Les cils de la jeune femme battirent, elle regarda Sandy. Un sourire – Morgan n'avait pas vu son amie sourire depuis une éternité – éclaira ses yeux noirs, son visage au teint jaunâtre.

— Salut, murmura-t-elle.

— Bonjour, toi, répondit Sandy, radieux. Je t'ai amené quelqu'un.

Claire tourna la tête et découvrit Morgan qui s'avançait. Elle leva une main molle que Morgan saisit. Sous son regard anxieux, Claire esquissa un faible sourire, puis referma les yeux et soupira.

Sandy, avec une galanterie surprenante chez lui, approcha le fauteuil réservé aux visiteurs afin que Morgan y prenne place. Lorsqu'elle voulut lâcher la main de Claire pour arranger les plis de son manteau sous ses fesses, son amie se cramponna à elle.

— Ne t'inquiète pas, lui dit Morgan. Je suis là.

— Je regrette tellement… Le jour de l'enterrement…

— N'y pense pas. L'essentiel, c'est ta santé.

Les larmes coulaient le long des joues de Claire.

— Il n'y avait plus d'espoir. Quand je les ai vus là, tous les deux… ils étaient ma raison d'être…

— Je sais, coupa Morgan d'une voix apaisante, en lui caressant la main. Je sais.

Pendant un moment, on n'entendit plus dans la chambre que les sanglots déchirants de Claire. Puis, au prix d'un effort surhumain, elle prit une grande inspiration.

— Les docteurs disent que je m'en sortirai.

— C'est formidable.

— Que je serai en état de retourner en prison.

Morgan se pencha, serrant plus fort les doigts de son amie.

— Claire, écoute-moi. J'ai beaucoup de choses à te dire et pas beaucoup de temps.

— Oui…

— Le révérend Lawrence m'a dit que tu avais refusé de te confier à lui parce que tu ne croyais plus à ta culpabilité.

— C'est vrai, soupira Claire. Mais quelle importance, à présent ? J'ai fait des aveux à la police.

— Mais tu étais sincère avec le pasteur, tu te penses innocente. N'est-ce pas ?

Claire grimaça.

— C'est compliqué…

— Non, non, arrête. Écoute, ma chérie. J'ai visionné avec un expert la vidéo de tes aveux. Il l'a analysée devant moi, poursuivit Morgan d'un ton pressant. Il est convaincu que tu as été poussée à avouer.

— Tout est tellement embrouillé…

— Est-ce que les policiers t'ont déclaré que Guy t'avait accusée avant de mourir ?

Une vive rougeur colora les joues de Claire.

— Oui, souffla-t-elle.

— Eh bien, c'est faux.

Claire secoua la tête – elle ne comprenait pas ce que lui racontait Morgan.

— Guy était mort avant l'arrivée de la police. Il n'a pas prononcé un seul mot.

— Mais pourquoi on me dirait ça, si ce n'est pas vrai ?

Morgan lança un coup d'œil vers la porte, craignant que le gardien soit sur le seuil de la pièce, qu'il entende.

— Ils t'ont manipulée.

— Mais je… j'ai tué Guy. Je n'en avais pas l'intention, mais…

— Explique-moi ce dont tu te souviens.

— Il est entré dans la salle de bains. Drew était dans la baignoire. J'essayais de l'en sortir. Et Guy… il hurlait, il a voulu m'écarter de mon bébé, balbutia Claire dans un sanglot.

— Vous vous êtes battus. Il est tombé et s'est fracassé le crâne.

Claire acquiesça. Elle fondit en larmes.

— Le sol était mouillé. Il a glissé. Le sang… il y en avait partout. Morgan, je l'aimais. Toi, tu le sais.

— Oui, je le sais. Et tu n'es pas une meurtrière, ma douce. C'était un accident.

Morgan prit une poignée de mouchoirs en papier, que lui réclamait Claire d'un doigt tremblant. Maladroitement, Claire s'essuya les yeux.

— Quant à Drew…, poursuivit Morgan.

Elle hésita. Il ne fallait pas mettre ses propres mots dans la bouche de son amie. Elle devait écouter le récit de Claire, ses souvenirs.

Celle-ci sanglota de plus belle.

— Cette nuit-là, j'ai pris un somnifère. Quelque chose m'a réveillée, je ne sais pas quoi. Je me suis levée, mais Drew n'était pas dans son berceau. J'étais affolée. Je me suis précipitée dans la salle de bains et je l'ai trouvé… comme ça. J'ignore comment c'est arrivé ! Quel genre de mère je suis, de toute façon ? Comment ai-je pu ne pas me rendre compte que… Oh, tout le monde refusera de me croire. Pourtant, je n'ai pas tué mon enfant. Jamais je ne lui aurais fait du mal, hoqueta-t-elle. Je n'aurais pas pu…

Morgan la berça dans ses bras.

— Je sais que tu n'aurais pas pu, lui murmura-t-elle.

Claire s'accrochait à elle de toutes ses pauvres forces, résolue, semblait-il, à ne plus la lâcher. Peu à peu, Morgan se dégagea et se rassit dans le fauteuil, attendant que les sanglots de son amie s'apaisent. Au bout d'un moment, Claire la regarda droit dans les yeux.

— Qu'est-ce qui est arrivé à Drew ? Qui aurait voulu la mort de mon bébé ?

Morgan préférait ne pas lui révéler ce qu'elle avait appris sur Guy. Elle aborda la question de manière détournée.

— Est-ce que Guy avait des… ennemis ? Y avait-il quelqu'un qui, selon toi, lui gardait rancune ?

— Non, répondit Claire d'un ton accablé. Tout le monde l'aimait. Enfin… presque tout le monde.

Le cœur de Morgan battit plus vite.

— À qui penses-tu ?

— Morgan… non. Je n'ai pas envie que quelqu'un soit injustement accusé.

— Mais je n'accuse personne, protesta Morgan. Je pose simplement une question.

— Sa sœur et lui ne s'entendaient pas bien, déclara Claire après un long silence. Mais ça n'a sans doute rien d'anormal. Elle était un peu… jalouse de Guy. Tu vois, c'est compréhensible. Et Guy répétait qu'Astrid avait trop gâté Lucy. À cause de sa maladie. Qu'elle la couvait trop.

Morgan fut sidérée, effarée d'avoir été si aveugle. Mais bien sûr…, se dit-elle. Après la mort de Guy et Drew, au lieu de rester avec sa famille, Lucy s'en était allée ramasser des coquillages. Eden était avec elle avant l'enterrement, peut-être avaient-elles discuté de Guy. Lucy désirait un enfant, elle méprisait Claire et sa dépression. Morgan se souvenait de l'expression de son visage, lorsqu'elles s'étaient rencontrées sur la plage et que Lucy lui avait déclaré : « Mon frère se fiche de faire du mal aux gens. »

Morgan s'était imaginé qu'elle reprochait à son frère de l'avoir taquinée, bousculée.

— À quoi tu penses ? demanda Claire d'une voix faible.

— À Lucy.

Soudain, le gardien s'encadra dans la porte de la chambre.

— Allez, mademoiselle. Il faut vous en aller.

Morgan se leva et étreignit encore une fois la main de son amie.

— Je te laisse. Ne t'inquiète pas, je reviendrai.

28

La maison de Lucy était préservée des regards indiscrets par d'immenses arbres, au coin d'une rue d'un paisible quartier résidentiel. Morgan passa devant à plusieurs reprises avant d'avoir la certitude de ne pas se tromper d'adresse. La première fois qu'elle passa, elle aperçut un homme courtaud, au teint basané, qui travaillait dans un jardin. Il coupait des soucis qu'il rangeait dans un panier. Il ressemblait aux ouvriers mexicains de Dick Bolton, il en était peut-être un, envoyé là pour entretenir le terrain de Lucy. Morgan faillit s'arrêter pour lui demander le numéro de la résidence où il s'affairait, mais elle supposa qu'il ne parlait pas anglais. Continuant à rouler, elle se rendit compte qu'il n'y avait pas un chat dans les parages, personne à qui poser la question. Elle décida donc de refaire le tour et d'interroger cet homme, pour vérifier s'il était bien au numéro 237. Elle connaissait quelques mots d'espagnol – souvenir de ses études – qui, a priori, seraient suffisants.

Mais, lorsqu'elle repassa, le jardinier s'était évaporé. Elle hésita. Elle était quasi sûre que cette modeste demeure blottie au milieu des arbres était bien celle de Lucy. Elle coupa le moteur et, presque aussitôt, entendit des chiens aboyer furieusement. C'est forcément là, se dit-elle en descendant de la voiture. Elle distingua, dans le garage, le toit d'un véhicule blanc. Il n'y avait pas de boîte aux lettres, seulement une fente pour le courrier sur la porte au-dessus de laquelle figurait, comme le constata Morgan en approchant, le numéro. Des chiffres en laiton terni, noyés dans l'ombre du porche. 237, c'était bien là. Elle monta les marches du perron et frappa à la porte. À l'intérieur, les chiens jappèrent de plus belle. Morgan, en patientant, ne put s'empêcher de remarquer que les vitres des fenêtres n'étaient pas très propres et que la lampe du porche était cassée. Malgré la présence, tout à l'heure, du jardinier, la maison avait un petit air négligé.

En faisant le tour du quartier, elle avait remarqué que quelques-unes des résidences mieux entretenues étaient décorées pour Halloween. Fantômes, toiles d'araignées et sorcières contribuaient, bizarrement, à rendre ces demeures plus chaleureuses et accueillantes. Chez Lucy, pas de citrouilles ni de lutins pour attirer les enfants. La plupart des gamins ne traîneraient pas par ici, effarouchés par la façade sinistre et les chiens qui s'époumonaient. Près de la porte se trouvait un fauteuil à bascule abîmé flanqué d'une corbeille pour toutou garnie d'une peau de mouton crasseuse. À hauteur d'yeux, des laisses et des colliers étrangleurs pendaient à des crochets.

Morgan entendit Lucy gronder les chiens et leur ordonner de s'écarter. Elle recula d'un pas. Lucy ouvrit le battant en bois et, immobile derrière la porte-moustiquaire, regarda sa visiteuse importune. Lucy était affublée d'un tablier rouge taché, orné d'appliques représentant des feuilles d'automne, sur un pantalon ouatiné informe et chemise assortie. Les chiens bondissaient autour d'elle et salissaient à qui mieux mieux la porte-moustiquaire déjà bien crottée.

— Morgan ? s'étonna-t-elle. Non, ne faites pas ça, ajouta-t-elle, comme Morgan ébauchait le geste d'ouvrir la porte. Les chiens vont sortir.

— Vous ne pouvez pas les retenir ? Il faut vraiment que je vous parle.

Lucy secoua la tête.

— Ça tombe mal.

Morgan y alla au culot.

— Écoutez, je me fiche que ça tombe mal ou pas. J'ai vu Eden. Elle m'a dit, pour Guy. Je veux quelques explications.

Lucy cligna les paupières – elle avait l'air d'une chouette.

— Qu'est-ce qu'elle vous a dit ?

— Je crois que vous le savez. C'est le genre de chose qu'on n'oublie pas.

Stupéfaite, elle vit les épaules de Lucy se voûter. La jeune femme soupira et, avec une expression résignée, tourna les yeux vers les profondeurs de sa maison. Elle ne bougeait pas, comme si elle pesait le pour et le contre. Un instant, Morgan pensa qu'elle avait peut-être été la victime de Guy, et elle regretta de lui forcer ainsi la main. Mais, lui semblait-il, elle n'avait pas le choix.

— Laissez-moi entrer, Lucy. Il faut vraiment que nous discutions.

Elle sentait entre ses doigts, dans sa poche, le poids rassurant de son couteau suisse, emporté par précaution. Elle avait du mal à imaginer Lucy en meurtrière de nourrisson, mais rien n'était impossible, et elle devait parer à toute éventualité.

— Une minute, bougonna Lucy.

Elle se pencha, saisit chacun des chiens par le collier et éloigna les animaux qui protestaient avec véhémence. Morgan secoua la poignée de la porte-moustiquaire, en vain. Une fraction de seconde, elle craignit que Lucy s'esquive et la plante là. Mais non. Elle reparut, tourna la clé dans la serrure et ouvrit. Elle eut soin de ne pas croiser le regard de Morgan.

Celle-ci la suivit à l'intérieur. Ça sentait mauvais – une odeur de renfermé, de chien, à quoi s'ajoutait un parfum douceâtre que Morgan ne reconnut pas immédiatement. De l'encens. Le mélange était suffocant, et Morgan dut déglutir pour combattre une brusque nausée.

Lucy avait tout juste franchi le cap de la trentaine, pourtant la maison paraissait meublée par sa grand-mère. Le tissu qui recouvrait les fauteuils était moche, semé de fleurs anémiques. Les accoudoirs du canapé perdaient leur rembourrage. Le tapis en peluche bleu pâle était hérissé de fils tirés par les griffes des chiens, qui avaient aussi éraflé tables et guéridons. Et partout on voyait des objets en coquillages. Une boîte sur la table basse, un cadre sur le téléviseur, pour mettre en valeur une photo de famille, un vase vide sur la cheminée. Cette façon qu'avait Lucy d'exhiber ses créations était étrangement touchante. À l'évidence, elle était fière de son travail.

Quelque part dans la maison, de l'eau coulait. Les chiens étaient barricadés derrière une porte close qui donnait probablement sur la salle à manger. Ils exprimaient haut et fort leur mécontentement. Tout à coup, le bruit d'eau cessa. Lucy ne sembla pas y prêter attention.

— Bon, dit-elle, sans même inviter Morgan à s'asseoir. Allez-y, parlez.

Morgan considéra cette petite bonne femme ordinaire. Ses cheveux blonds cachaient à peine son crâne. Lucy paraissait si solitaire. Était-ce la cruauté de son frère qui l'avait poussée à se couper du monde ? Perdre sa mère trop tôt n'était pas simple, Morgan le savait par expérience. Mais être victime d'un prédateur sexuel – de surcroît un membre de sa famille – était une tout autre affaire. Qu'était-il exactement arrivé à Lucy ?

— Alors ? Quand est-ce que vous avez vu Eden ? grommela Lucy.

— Actuellement, je fais du house-sitting au Captain's House. Eden est passée hier soir.

— Je croyais que vous deviez partir après l'enterrement.

Morgan ne releva pas.

— Claire est toujours à l'hôpital. Écoutez, il y a du nouveau, des preuves qui... Ce n'est pas Claire qui a tué Guy et le bébé.

— Ridicule ! s'énerva Lucy. Elle a avoué.

— Il se trouve que Claire a été manipulée, contrainte à faire cette confession.

— Contrainte ? ironisa Lucy. À avouer un meurtre ? Et puis quoi encore ?

— C'est une autre personne qui a noyé Drew dans la baignoire. J'ignore pourquoi. Mais quand Eden m'a révélé ce que Guy avait fait, il m'a semblé que c'était un mobile valable.

Lucy la dévisagea d'un air sinistre, puis détourna les yeux.

— Ce sujet est peut-être atrocement douloureux pour vous, et si tel est le cas, je vous prie de m'ex…

— Il ne m'a pas violée, l'interrompit brutalement Lucy, si c'est ça qui vous intéresse.

— Je suis heureuse de l'apprendre. J'avais peur que ce soit vous.

— Vous pensiez que j'avais tué le petit ?

— Non… Je pensais que vous aviez été la victime de Guy.

— Non. Vous voulez bien partir, maintenant ?

— Mais vous êtes certaine que votre frère a violé quelqu'un, insista Morgan.

Lucy fixa sur elle un regard papillotant. Visiblement, elle hésitait.

— J'étais là, dit-elle enfin.

— Mon Dieu, bredouilla Morgan, choquée.

Soudain, il y eut un grand bruit derrière la porte close, puis l'un des chiens poussa un couinement d'effroi.

— Oh non, geignit Lucy.

— Lucia ! lança une voix masculine teintée d'un fort accent. Les chiens, Lucia. Vite. Ils le foutent par terre. L'autel.

Sans répondre, Lucy s'empressa d'aller ouvrir la porte de la salle à manger. Morgan lui emboîta le pas. L'un des chiens sortit comme un boulet de canon et se mit à tourniquer dans le salon sans cesser de japper hystériquement. Lucy l'appela, tenta de l'attraper. Morgan, elle, franchit le seuil de la pièce voisine. Ses yeux s'écarquillèrent.

Un homme petit, dont le teint sombre et les traits évoquaient les anciens Mayas, ses cheveux de jais humides, coiffés en arrière – il venait manifestement de prendre sa douche – s'évertuait à arranger une construction compliquée érigée sur le plancher. Pieds nus, en T-shirt sans manches et pantalon noir peu seyant, il darda un regard irrité sur Morgan qui observait la scène. Puis il se concentra de nouveau sur sa tâche. Le sol était jonché de brassées de soucis, de bougies à la mèche fumante et de fruits qui avaient roulé dans tous les coins. L'homme reconstituait une arche faite d'épis de maïs appuyée contre la tour de boîtes en bois vides qu'il avait relevée.

Lucy réussit enfin à convaincre le chien le plus surexcité de se coucher ; agenouillée près de lui, elle le caressait à rebrousse-poil.

— Julio, c'est la cire ! dit-elle. Quand l'autel est tombé, de la cire de bougie l'a brûlé, ce pauvre petit chou.

— Il a tout foutu en l'air, rouspéta Julio.

Il disposa sur l'autel de fortune une petite photo encadrée d'une matrone brune. Puis il essuya un portrait de Drew dans un cadre orné de coquillages. Les deux clichés furent installés côte à côte.

— Tu es guéri, polisson, décréta d'un ton indulgent Lucy tout en ôtant les bouts de cire de la fourrure du chien.

Morgan observait toujours le Mexicain qui, minutieusement, replaçait offrandes, fleurs, bougies et encens sur son fragile édifice.

— Puis-je vous demander la signification de ce que vous faites ? interrogea Morgan.

— C'est la… *Dios de los muertos*, répondit-il. Cette semaine.

— C'est un autel pour la Toussaint, expliqua Lucy qui se redressa et lâcha les chiens. Julio, je te conseille de les emmener en haut. Dans notre chambre. Il ne faudrait pas qu'ils renversent tout une fois de plus. Ils n'ont pas cassé les crânes en sucre, j'espère ?

— Je les vois pas, rétorqua l'homme, jetant un regard circulaire.

— Ils sont sur la table.

Julio tourna la tête et poussa une exclamation triomphale. Sur la table, il prit une étroite boîte plate. Quatre crânes blancs y étaient nichés sur du velours noir.

— *Mira…* Tout va bien.

— Tant mieux, ça m'aurait embêtée de tout recommencer.

Lucy avait dit « notre chambre », ce qui n'avait pas échappé à Morgan. Elle feignit cependant de n'avoir pas entendu et examina les crânes dans leur boîte.

— Ils sont en sucre ?

— Oui, on les fait avec un moule.

Lucy la dévisagea d'un air de défi.

— Julio les voulait. Sans ça, la fête est moins réussie. J'ai trouvé la recette sur Internet.

— Ah…

— Ben oui, c'est comme ça.

Morgan la regarda droit dans les yeux.

— Écoutez, Lucy, je ne cherche pas à m'immiscer dans vos affaires. Je veux juste une réponse à propos de Guy.

Lucy soupira et, tandis que Julio cornaquait les chiens dans l'escalier, s'assit lourdement. Elle désigna l'autre siège.

— Puisque vous êtes là, asseyez-vous.

Morgan se posa au bord du fauteuil. Lucy baissa les yeux.

— Julio fait la plonge au Lobster Shack. Si mon père apprend quelque chose…

— Il ne le saura pas par moi.

— Il le saura tôt ou tard, marmonna Lucy dans un nouveau soupir.

— Vous êtes adulte. Vous avez le droit de fréquenter qui vous voulez.

Lucy la considéra d'un air las.

— On en est un peu plus loin. On s'est mariés il y a quelques semaines.

— Vraiment ? rétorqua Morgan, s'efforçant de masquer sa stupéfaction. Et votre famille n'est pas au courant ?

— J'ai averti Astrid, naturellement.

— Astrid ne le répétera pas à votre père ?

— Il se démènerait pour que le mariage soit annulé. Qu'on retire son visa à Julio.

— Ce n'est pas certain. Peut-être que votre père serait heureux pour vous.

— Mon père ? Ha, ha, ricana lugubrement Lucy. Astrid pense que Julio et moi, on devrait s'installer à Mexico. Je n'ai pas très envie de partir, mais il faut bien que je fasse quelque chose avant que mon père découvre le pot aux roses. Astrid ne lui dira rien. Elle sait garder un secret.

— Avec son mari ?

— Quelquefois on y est obligé, rétorqua Lucy après un silence. Encore que je ne comprendrai jamais comment Astrid y est arrivée pendant toutes ces années. Comment elle a réussi à cacher ça à mon père.

— Caché quoi à votre père ? questionna Morgan, déroutée.

— Ce que Guy a fait…

Morgan resta un instant bouche bée.

— Une minute…, bredouilla-t-elle. Ce serait Astrid que Guy a…

— Oui.

— Mais… quand ?

— Il y a très longtemps. Un an, environ, après le mariage de mon père et d'Astrid. Bien sûr, qu'ils se marient si vite… j'ai halluciné. Mais Astrid était tellement gentille. Elle s'est occupée de moi comme ma propre mère. Je me suis mise à l'aimer. Guy, non. Guy les détestait tous les deux. Un jour, j'ai séché mon cours de natation. J'étais dans ma chambre lorsque j'ai entendu des sanglots. Alors, j'ai ouvert ma porte. Guy était dans le couloir, il reboutonnait sa chemise. Il ne m'a pas remarquée. Je voulais lui demander qui pleurait comme ça, mais je savais qu'il se moquerait de moi. Je n'ai pas bougé, j'ai attendu qu'il soit parti. Seulement, la personne qui pleurait ne se calmait pas. Je suis allée jusqu'à leur chambre. Celle de mon père et d'Astrid. Astrid était assise par terre, elle sanglotait. On aurait cru que quelqu'un était mort. Elle était à moitié nue, dans un état lamentable. Quand elle m'a vue dans l'encadrement de la porte, elle s'est couverte avec le peignoir de mon père.

Morgan frémit à ce récit. Guy Bolton aurait commis un tel acte ? Elle eut la sensation que, brusquement, il devenait pour elle un étranger.

— Elle vous a confié que Guy l'avait violée ?

— Pas tout de suite, mais elle a fini par l'admettre. Elle avait peur que ça me bouleverse. Je n'étais pas bouleversée. J'étais folle de rage contre Guy. Vous comprenez, après ma mère et Julio, j'aime Astrid plus que tout. Je voulais téléphoner à mon père pour lui raconter ce que Guy avait fait. D'abord, elle a accepté. Puis, quand j'ai eu mon père au bout du fil, elle m'a ordonné de raccrocher. J'ai rien pigé, mais j'ai raccroché. Elle m'a dit qu'on ne pouvait pas en parler, à personne. Il a fallu que je promette. Elle disait que, s'il était au courant, mon père tuerait Guy. Je m'en fichais, j'estimais que Guy devait être puni, mais Astrid n'était pas de cet avis. Elle trouvait que mon père en avait assez bavé. Avec la mort de ma mère, et tout le reste. On était forcé de le protéger. Et c'est ce qu'on a fait.

Morgan frissonnait, malgré l'atmosphère étouffante de la maison.

— Seigneur… Vivre avec un pareil secret, c'est horrible.

— C'était bien pire pour Astrid. Pourtant, elle lui a pardonné. Je me demande comment elle a pu. Bref, par conséquent, pour le bébé de Claire, n'allez pas vous imaginer qu'Astrid cherchait à se venger de Guy. Ça ne lui ressemble pas du tout. Moi, j'ai souvent vu Guy la traiter mal ou lui parler méchamment. J'étais furax, je l'aurais étranglé. Mais pas Astrid. Elle, elle tendait l'autre joue. Astrid est unique.

— Donc, vous n'avez jamais rien dit.

— Non. Je n'ai jamais pardonné, mais je me suis tue. Jusqu'à Eden. À vous non plus, je n'aurais rien dit, mais comme vous le saviez déjà…

— Pourquoi l'avoir révélé à Eden ? Et pourquoi maintenant ?

Lucy fixa sur Morgan un regard empli d'amertume.

— Elle était si triste d'avoir été privée de Guy pendant toutes ces années. Je tenais à ce qu'elle sache qui était réellement mon frère. Et qu'il valait mieux pour elle avoir grandi sans lui.

— Et vous n'avez pas eu peur qu'ensuite, cela revienne aux oreilles de votre père ?

— Personne n'osera dire ça à mon père, répondit Lucy, sarcastique. Qui s'aviserait de lui révéler une vérité pareille sur son fils décédé ? Non… Il est trop tard pour ça.

29

Pour se vider la tête, Morgan prit la route sinueuse qui longeait la côte. L'océan miroitant, qu'elle apercevait par intermittence, l'apaisait. Mais l'effarante histoire racontée par Lucy l'avait plongée dans un profond trouble.

Tout à coup, elle réalisa qu'elle n'était plus loin du Lobster Shack. Elle présumait que ce serait fermé, à cause du drame et du deuil de la famille ; en outre, la saison touristique était achevée. Mais non, plusieurs véhicules étaient garés sur le petit parking. Elle constata, et son cœur fit un bond surprenant, que l'une des voitures appartenait à Fitz. Il était donc de retour, plus tôt que prévu. Elle reconnaissait la voiture, avec laquelle il l'avait emmenée chez Oliver Douglas, à son autocollant « Seahawks Wrestling ». Elle n'avait pas non plus oublié la banquette arrière où, la nuit du mariage de Claire et Guy, ils s'étaient mutuellement arraché leurs élégants vêtements pour faire l'amour.

Impulsivement, elle s'engagea sur le parking et se gara à côté de Fitz. Le Lobster Shack était un ancien cottage d'artisan qui, longtemps auparavant, avait été sommairement rénové pour aménager une cuisine de restaurant et la salle à manger. Maintenant qu'elle était devant cette vieille et étrange bicoque, en bord de mer, elle prit conscience qu'elle avait faim. En réalité, elle était affamée.

Elle entra, feignant de ne pas chercher Fitz des yeux. Elle espérait qu'il la remarquerait. Qu'il la hélerait. Mais personne ne prononçant son nom, elle fut obligée de lever les yeux et de se trouver une place par ses propres moyens. Les tables n'étaient pas nombreuses, et il n'y avait que deux clients dans la minuscule salle. Elle ne vit pas Fitz. Où pouvait-il être ? C'était pourtant bien sa voiture, elle en avait la certitude.

Une jeune serveuse en jean et T-shirt se précipita. Morgan consulta brièvement le menu, elle se sentait idiote.

— Je prendrai du pain de maïs et la bisque de homard.

— On n'en a pas. La bisque, on la sert seulement le week-end.

— Oh… Alors, ce sandwich. À emporter.

— Tout de suite, dit la serveuse qui disparut dans la cuisine.

Morgan pivota sur sa chaise pour regarder l'océan, au-delà de la terrasse. Il y avait là quelques tables, sous le cadre métallique qui, en été, permettait d'installer un auvent en toile. Deux hommes étaient assis à une table, mais Morgan ne les reconnut pas immédiatement. Fitz et Dick Bolton. En blouson, les mains dans les poches, tournant le dos à la salle, ils contemplaient les vagues. Fitz jetait de temps à autre un coup d'œil à son compagnon, lui disait quelques mots, puis se replongeait dans la contemplation de la plage et de l'océan. La brise marine jouait dans ses boucles et Morgan observa, avec une bouffée de désir, l'élégant modelé de sa pommette, lorsqu'il parlait à Dick. Celui-ci lui répondait-il ? Elle n'en était pas sûre. Il était tassé sur son siège, comme pour se protéger contre le froid. Peut-être rentreraient-ils bientôt dans la salle et la verraient-ils.

— Bonjour Morgan, dit une voix douce.

Morgan sursauta et découvrit Astrid qui s'approchait. À l'instar de la serveuse, elle portait un T-shirt et un jean qui flattait sa mince silhouette ; ses tresses platine s'enroulaient souplement autour de sa tête. Elle aurait pu passer pour une jeune femme, sans les rides qui creusaient ses traits et ses yeux cernés. Morgan ne put s'empêcher de penser à ce que lui avait révélé Lucy. Astrid, cachant le crime de son beau-fils pour sauvegarder la famille. Pardonnant l'impardonnable.

— Astrid… Je suis étonnée de vous voir ici.

Astrid haussa les épaules et prit place vis-à-vis de Morgan. Elle coula un regard en direction de son mari assis sur la terrasse.

— Dick et moi, nous éprouvions le besoin de retrouver le lieu où nous avons démarré. Ici…, murmura-t-elle, désignant les murs jaunis, la toile cirée à carreaux rouges qui recouvrait les tables. C'est ici que nous avons travaillé après notre mariage. Quand les enfants étaient tout jeunes. Avant que le Lobster Shack Seafood ne décolle. Nous avions besoin de…

Astrid s'interrompit, haussa de nouveau les épaules.

— Je comprends. Un retour aux sources. Un pèlerinage sentimental.

— En quelque sorte. Désolée pour la bisque, je viens juste de la congeler.

— Ce n'est pas grave. Je suis sûre que tout est excellent.

Le silence s'installa entre elles.

— J'ai vu que Fitz était là, avec Dick, reprit Morgan.

— Oui. Fitz est un gentil garçon. Le meilleur ami de Guy…, ajouta Astrid d'une voix brisée, les larmes aux yeux.

Morgan la dévisagea. Son chagrin l'intriguait. Après ce que Guy lui avait fait subir, c'était difficile à concevoir. Un instant, elle se demanda si cette tristesse n'était pas une façade. Mais non… Nul ne pouvait feindre un tel désespoir. Peut-être s'agissait-il du fameux amour inconditionnel d'une mère pour ses enfants.

— Vous me regardez d'une drôle de façon, dit soudain Astrid.

— Oh, excusez-moi. Je pensais simplement que Lucy et Guy… étaient chanceux d'avoir une belle-mère qui les aime autant.

Astrid pointa son menton délicat, des larmes brillèrent dans ses yeux lavande.

— Je n'ai pas pu mettre d'enfants au monde. Je n'ai pas eu ce bonheur. Mais j'ai aimé ceux que la vie m'a donnés.

Morgan opina, mal à l'aise. Guy avait-il, à un moment ou un autre, imploré son pardon ? Avait-il réparé ses torts ?

Elle surveillait la terrasse du coin de l'œil et vit, avec soulagement, que les deux hommes s'étaient levés. Dick ouvrit la porte et pénétra dans la salle.

— On gèle, dehors, dit-il en frissonnant.

Astrid se redressa et s'essuya les mains sur son jean.

— Viens dans la cuisine. Il y fait chaud.

Dick remarqua Morgan assise à sa table, il fronça les sourcils. Sans lui laisser le temps d'énoncer le moindre commentaire, Fitz s'exclama :

— Morgan… Bonjour !

Il paraissait ravi, ce qui fit naître un sourire sur les lèvres de la jeune femme.

— Tu es de retour, bredouilla-t-elle.

Astrid entraîna Dick vers la cuisine. À contrecœur, il la suivit. Fitz, lui, s'avança vers Morgan à l'instant même où la serveuse reparaissait avec un sac en papier renfermant le sandwich de Morgan.

— Qu'est-ce que c'est ? demanda Fitz.

— Mon repas.

— Très bien ! Je suggère que tu le dégustes sur la terrasse. Il fait bon, je t'assure. Dick est frigorifié parce qu'il ne va pas bien, après tout ce qui s'est passé…

Morgan fit semblant d'hésiter, puis acquiesça. En réalité, elle était enchantée de cette invitation impromptue.

— D'accord. Pourquoi pas ?

Fitz pria la serveuse de lui apporter également de quoi manger, puis Morgan et lui sortirent sur la terrasse. C'était effectivement une belle journée ensoleillée, même si le fond de l'air restait frais. Du patio, on avait un panorama des dunes et de l'océan. Le ciel semblait mystérieux – un boutis transparent, où s'entortillaient des mèches de brume, étendu vers l'horizon. Les nuages tamisaient la lumière, dorée et semblable à de la dentelle. Au-delà des hautes herbes brunes émaillées des plumeaux jaunes des verges d'or, on voyait les vagues gris-bleu se briser sur le sable argenté. Les oiseaux de mer tournoyaient et plongeaient dans l'eau, les embruns salés voletaient sur les rochers d'un noir luisant qui formaient une digue. Morgan et Fitz s'assirent côte à côte. Elle trempa les lèvres dans son verre. Elle sentait sur elle le regard de Fitz et luttait pour ne pas rougir.

— Alors, qu'as-tu fait pendant mon absence ? lui dit-il. Mange, ne m'attends pas.

Elle coupa son sandwich en morceaux et en goûta un.

— Je n'ai pas manqué d'occupations. J'ai suivi ton conseil et demandé à Noreen Quick d'intervenir.

— Vraiment ? rétorqua-t-il, visiblement content. Comment ça a marché ?

— Bien. Franchement, très bien. Elle m'a écoutée et elle a accepté de réclamer de nouvelles analyses.

— Parfait.

— Grâce à toi et au professeur Douglas, je crois que tout espoir n'est pas perdu pour Claire.

— Hmm... je n'imagine toujours pas qui pourrait vouloir noyer un bébé.

— Ça, c'est la question à un million de dollars. L'autre jour, j'ai remarqué qu'on n'avait pas enlevé les ballons du baptême accrochés à la boîte aux lettres. Et il m'est venu une idée. Ces ballons... autant claironner sur tous les toits qu'il y avait un bébé dans la maison. Le meurtrier pourrait être... un dingue quelconque. Un inconnu.

— Cela me paraît peu plausible.

— Il ne faut rien exclure.

— Tu penses toujours qu'Eden pourrait être coupable ?

— J'aimerais surtout comprendre pourquoi elle était si furieuse contre Guy.

À cet instant, la serveuse leur apporta le déjeuner de Fitz qu'elle posa sur la table. Elle n'avait pas mis de veste et frissonnait ostensiblement. Ses bouts de seins durcis par le froid pointaient sous son mince T-shirt.

— Vous désirez autre chose ? questionna-t-elle.

Fitz la gratifia de son sourire conquérant et lui glissa un billet dans la main.

— Non, tout va bien. Je paie pour nous deux. Gardez la monnaie, et dépêchez-vous de rentrer, vous allez attraper froid.

Morgan en ressentit une absurde jalousie. La fille le remercia et ne se fit pas prier pour regagner la salle. Ils mangèrent un moment en silence. Morgan aurait voulu lui confier ce qu'elle avait appris sur Guy. Mais comment aborder ce sujet ?

— Tu aurais dû me téléphoner quand j'étais au camp, dit-il soudain d'un ton faussement grondeur. Tu savais combien toute cette histoire m'intéresse.

Elle reposa son sandwich, s'essuya les doigts.

— Je… je n'avais pas ton numéro.

— Où est ton mobile ?

— Dans ma poche, répondit-elle, amusée.

— Donne…

— Pourquoi ?

Mais elle prit l'appareil dans sa poche et le lui tendit.

— Parce que je vais réparer ça, dit-il en bidouillant les touches du clavier. Et voilà. Maintenant, je suis le premier sur ta liste de raccourcis.

— Pardon ?

Elle était flattée, même si elle refusait de l'admettre.

— J'ai beaucoup pensé à toi pendant mon absence.

— Ah bon ? bredouilla-t-elle, car elle ne s'attendait pas à une déclaration aussi directe.

Fitz engloutit son sandwich, se frotta les mains pour en ôter les miettes.

— Eh oui.

— Et à quoi tu as pensé ?

Brusquement, elle n'avait plus faim. Elle rangea le reste de son déjeuner dans le sac en papier.

— Tu as fini ? lui demanda Fitz.

Elle hocha la tête. Il lui prit le sac en papier qu'il jeta à la poubelle.

— Allons marcher un peu, suggéra-t-il.

— D'accord.

Il sauta sur le sable, en contrebas de la terrasse et tendit une main à Morgan pour l'aider à descendre. Quand elle fut près de lui, il ne la lâcha pas. Elle songea à se dégager, mais n'en fit rien. Ils se dirigèrent vers la digue, main dans la main. Morgan avait une conscience aiguë des doigts de Fitz, chauds, légèrement rugueux, qui étreignaient les siens. Elle se demandait ce qu'il avait voulu dire, en prétendant avoir songé à elle.

Il lui apporta aussitôt la réponse.

— J'ai pensé à toi et moi, et au fait que… on repartait à zéro, en quelque sorte.

Les joues de Morgan s'enflammèrent. Il évoquait, bien sûr, leur intermède sexuel dans sa voiture, le jour du mariage.

— Sans doute, oui.

— J'ai aussi pensé qu'à présent, j'aimerais mieux te connaître.

Il la dévisagea. Elle soutint son regard une fraction de seconde avant de détourner les yeux. Elle n'était pas aussi téméraire que lui.

— C'est une idée, balbutia-t-elle.

— Allons, ne fais pas l'étonnée. Tu es belle, tu es intelligente. Et sexy. Et j'ai de l'admiration pour toi. J'admire ton sens de l'amitié.

Il fallait en profiter pour lui parler de ses réflexions, de ses théories. Mais, tout à coup, elle souhaitait seulement qu'il en dise plus sur elle, sur eux deux.

— Merci.

Elle avait la tête vide, se sentait incapable de prononcer un traître mot.

— Vraiment, je... c'est agréable à entendre.

— Maintenant que Guy est mort, je n'ai plus d'ami sur qui compter, dit-il en lui étreignant plus fort la main.

— À propos de Guy...

— Oui ?

— Eh bien, j'ai découvert pourquoi Eden était tellement en colère contre lui.

— Ah ? Et pourquoi ?

Morgan se mordit les lèvres. Il s'immobilisa.

— Alors ? insista-t-il.

— Il se trouve que Guy...

Une subite bouffée de culpabilité lui coupa la parole. Il la regardait d'un air si innocent. Comment se taire ou changer de sujet ? C'était trop tard. Elle devait se jeter à l'eau.

— Quelqu'un m'a révélé – ne me demande pas qui, s'il te plaît – que Guy… avait commis un viol. Quand il était jeune.

Elle présumait qu'il la bombarderait de questions. À moins qu'il ne sache déjà. Il lui lâcha la main.

— C'est complètement… fou.

— Je crains que ce ne soit vrai.

Fitz secoua la tête. Il paraissait en pleine confusion, le dégoût et l'incrédulité se lisaient dans ses yeux.

— Tu plaisantes, j'espère.

— Non. Crois-moi, je tiens ça d'une source fiable.

Il tourna les talons et reprit la direction de la terrasse du Lobster Shack. Morgan se hâta de le rattraper.

— Attends ! s'exclama-t-elle. S'il te plaît, attends-moi.

Fitz s'apprêtait à ouvrir la porte de la salle, lorsque Morgan réussit à se hisser sur la terrasse.

— Fitz, je n'invente rien. Je te répète simplement ce qu'on m'a dit.

Il pivota, dardant sur elle un regard noir.

— Tu ne saisis pas, n'est-ce pas ? Tu parles de mon ami le plus proche. Je connaissais Guy. Jamais il n'aurait fait une chose pareille. Jamais. Ce que tu avances est un mensonge éhonté. Suis-je assez clair ? cria-t-il.

Morgan vit Astrid et la serveuse, derrière les vitres, qui les observaient, alertées par leur dispute. Elles semblaient inquiètes.

— Baisse un peu le ton, murmura Morgan.

— Non, je ne baisserai pas le ton ! vociféra-t-il, la menaçant de l'index. D'abord tu as essayé de coller ces meurtres sur le dos d'Eden. Ensuite, tu as clamé que Guy passait son temps à tourmenter sa pauvre petite sœur. Et maintenant, tu craches sur un homme qui n'est plus en mesure de se défendre. Tu cherches un bouc émissaire, coûte que coûte. N'importe qui fera l'affaire. Mais pourquoi tu ne choisis pas quelqu'un qui puisse riposter ? Pourquoi pas moi, par exemple ? J'ai peut-être tué le bébé. Hein, qu'est-ce que tu en dis ? ironisa-t-il. C'est moi le coupable. Je ne voulais pas que Guy loupe sa soirée poker à cause du bébé qui pleurait. Voilà. C'est moi. Pourquoi pas ? Un type en vaut un autre. Allez, creuse-toi les méninges, trouve une raison valable de m'accuser.

Morgan était clouée au sol, sidérée par cette crise de rage. Elle aurait voulu lui dire d'aller en discuter avec Lucy, mais elle n'osa pas. Il n'était pas d'humeur à écouter ses suggestions.

Il ouvrit la porte à la volée et s'engouffra dans la salle sans un regard en arrière.

Pas question pour elle de le suivre. Elle hésita, contemplant la terrasse, et avisa un petit escalier sur le côté le plus proche du parking. Elle resserra sa veste autour d'elle et courut se réfugier dans sa voiture.

30

Morgan n'avait qu'une envie – regagner au plus vite le Captain's House et s'y claquemurer – cependant elle s'obligea à s'arrêter à l'hôpital pour voir Claire. Ce fut impossible, ce qui la démoralisa davantage encore. On avait ramené Claire à l'infirmerie de la prison, les visites ne seraient autorisées que le lendemain. Morgan retourna à West Briar avec la sensation de se faire continuellement taper sur les doigts alors qu'elle s'évertuait à agir pour le mieux.

Le crépuscule tombait lorsqu'elle arriva au Captain's House. Elle alluma une lampe au salon, s'enveloppa du plaid blanc. Elle tremblait comme une feuille. Elle aurait bien voulu monter le chauffage, mais elle avait promis à Paula Spaulding d'être économe. Elle resta donc blottie sous sa couverture, physiquement et psychiquement à plat.

Le brutalité de Fitz l'avait meurtrie, d'autant plus profondément qu'elle s'était laissée aller à songer à lui pendant son absence. Quelle cruche ! Sans doute n'était-ce qu'une simple réaction de défense après avoir découvert les préférences sexuelles de Simon. C'est humain, se dit-elle, dans la mesure où Fitz l'avait naguère désirée. Et aujourd'hui aussi, au Lobster

Shack, elle avait senti entre eux cette petite étincelle, alors qu'il la taquinait à propos de son téléphone portable, qu'il lui tenait la main. Mais, désormais, c'était de l'histoire ancienne.

Une part d'elle, celle qui avait besoin d'affection, voulait le rappeler, l'autre était furieuse. Un peu de fierté, s'exhorta-t-elle. Pourquoi te préoccuperais-tu de l'opinion de ce type ? Elle se remémora comment il s'était méchamment moqué de ses efforts pour découvrir la vérité. Comment il l'avait accusée de chercher un bouc émissaire. Qu'il la mette plus bas que terre si ça lui chantait, tant pis. De toute manière, Fitz n'avait aucune place dans sa vie. Ils étaient comme chien et chat, ils ne pouvaient rester en tête à tête plus de cinq minutes.

Elle avait le cœur gros, pourtant, elle était déçue. Peut-être était-il temps de retourner à Brooklyn, tenter de se bâtir un avenir et laisser la justice suivre son cours. Elle en avait marre de déterrer les secrets d'autrui, pour ce que ça lui rapportait... Son appartement, qui dominait Prospect Park, lui manquait. Elle appellerait des amis, doctorants comme elle, et ils iraient manger thaï. Elle pourrait reprogrammer son voyage. Il n'était pas trop tard pour reprendre sa vie en main. Malheureusement, même si elle rêvait de retrouver son quotidien, l'image de Claire, alitée à l'infirmerie de la prison, la hantait. Si elle renonçait à lutter pour disculper son amie, qui la remplacerait au côté de Claire ?

Un coup frappé à la porte l'arracha soudain à sa méditation. À contrecœur, elle alla ouvrir. Elle découvrit Astrid, emmitouflée dans un trois-quarts et qui tenait entre ses mains protégées par des gants en laine un sac en papier d'où s'échappait un appétissant fumet.

— Astrid… Mais qu'est-ce que vous m'apportez là ?

— La soupe de homard que nous vous avons refusée. Je me suis mise en cuisine et j'ai pris de l'avance pour demain.

Morgan saisit le sac encore chaud.

— Oh, merci. Comme c'est gentil.

— Vous savez, travailler me fait du bien.

Morgan hésita. Elle n'avait pas vraiment envie de compagnie, mais ne pas se montrer hospitalière envers Astrid, qui s'était donné du mal, serait grossier.

— Voulez-vous entrer ?

Astrid haussa les épaules.

— Une minute…

Morgan la guida vers la cuisine.

— Une tasse de thé ?

Astrid opina. Morgan brancha la bouilloire et prit un mug dans un placard.

— Moi, dit-elle, je vais déguster cette soupe. Je vous en sers un bol ?

— Non, répondit Astrid en souriant. Je l'ai goûtée en la préparant.

Quand la bouilloire siffla, Morgan versa l'eau bouillante sur le sachet de thé, et posa le mug ainsi que son bol sur le comptoir. Elle retira le couvercle du récipient en plastique.

— Hmm, ce que ça sent bon. Cela ne vous dérange pas que je mange ? J'avoue que mon déjeuner a été plus que léger.

— Je vous en prie. C'est justement pour cette raison que je suis passée vous apporter notre spécialité.

Morgan se percha sur un tabouret, face à Astrid, et remplit son bol. La vapeur lui réchauffa le visage. Elle souffla sur sa cuillère avant d'en avaler le contenu.

— J'ai l'impression que votre déjeuner avec Fitz s'est mal fini, dit Astrid.

— Effectivement, soupira Morgan. Il était furieux contre moi.

— C'est ce que j'ai cru comprendre. Mais pourquoi s'est-il fâché ?

Morgan baissa les yeux. Pas question de révéler à Astrid ce qu'elle avait appris.

— Oh... des bêtises.

— Il me semblait pourtant qu'il avait le béguin pour vous.

— Nous avons de sérieux désaccords.

— Ah... alors, comment est la soupe ?

— Délicieuse, répondit Morgan avec un enthousiasme qui sonnait faux.

Car elle lui trouvait un drôle de goût, à cette soupe. Pourvu que le homard soit bien frais. Une intoxication alimentaire, il ne lui manquerait plus que ça.

Astrid sirotait son thé.

— J'ai discuté avec Lucy. Elle m'a dit que vous lui aviez rendu visite.

De nouveau, Morgan baissa les yeux et continua à vider son bol.

— Oui, je me suis arrêtée chez elle.

— Vous êtes donc au courant de son mariage. Avec Julio.

— En effet, elle m'en a parlé.

334

— Elle s'est confiée à vous, vous pouvez considérer cela comme un honneur.

— J'avoue avoir été surprise par ses propos. Qu'elle doive garder son mariage secret, c'est dur.

— Il faut pourtant qu'elle le cache à son père, rétorqua placidement Astrid. Julio n'a qu'un visa de travail, comme tous les autres employés de Dick. Mon mari le mettra dans le premier avion en partance pour Mexico, s'il a vent de cette union.

— Ce serait injuste…

— Oh, Dick ne veut que protéger Lucy. Elle a toujours été… fragile, chaque étape de son parcours n'a pas été une mince affaire. Mais il ne comprend pas que, s'ils sont amoureux, il ne peut rien y faire. Ils trouveront un moyen d'être ensemble. Dick n'a pas cette vision des choses. Quand il s'agit d'amour, il est pragmatique.

— Vous m'étonnez. Tous les deux, vous vous êtes bien mariés une quinzaine de jours après votre rencontre ?

— En effet.

— Quelle fougue, non ? Moi, ça me paraît d'un romantisme échevelé.

Astrid détourna le regard, but une gorgée de thé.

— Oui, vous n'avez pas tort. Mais si je n'avais pas été là, il aurait épousé une autre femme. Pour certains hommes, le mariage est une nécessité. De plus, il avait deux enfants et il était seul pour les élever.

Malgré le ton dégagé d'Astrid, ses paroles pesaient leur poids de désenchantement.

— Votre mariage, lorsque Claire me l'a raconté, m'est apparu comme un conte de fées.

— D'une certaine manière, ça l'était, répondit pensivement Astrid.

Elle secoua la tête, comme pour chasser ses souvenirs.

— Mais ça remonte au déluge.

Le message était clair : Astrid souhaitait changer de sujet.

— Vous êtes malgré tout optimiste pour Lucy et Julio ?

— J'espère qu'entre eux, c'est le grand amour.

En dépit de tout, se dit Morgan, elle reste une sentimentale.

— Vous ne croyez pas que Dick veut lui aussi voir sa fille heureuse ?

— Dès qu'il est question de sa petite fille, comme n'importe quel père, Dick tourne au dictateur.

— Il vaudrait peut-être mieux tout lui avouer. Il finira bien par accepter.

— Vous ne connaissez pas mon époux, dit Astrid avec un sourire mélancolique.

Morgan la dévisageait, lorsque, brusquement, elle ressentit un étrange vertige. Elle se cramponna un instant au comptoir pour ne pas chanceler. Puis son malaise se dissipa.

— Vous ne vous sentez pas bien ? demanda Astrid.

— Si, ça va. Je suis simplement exténuée.

— Je n'en doute pas.

Le mobile de Morgan sonna. Elle le pêcha dans sa poche et prit la communication.

— Morgan… Il faut que je te parle.

Elle fut contente d'entendre la voix de Fitz. Il s'était pourtant montré cruel, blessant, se rappela-t-elle. Ce serait stupide de le laisser s'en tirer sans faire son mea culpa.

— Ah oui ? répondit-elle posément.

— Il y a un problème ? interrogea-t-il après un silence.

— Pas du tout.

— Tu vas bien ?

Non, elle avait mal au ventre, à la tête.

— Très bien.

— Je peux venir te voir ?

Elle fronça les sourcils, ferma les paupières. Il lui était difficile de se concentrer sur les questions de Fitz. Une violente crampe d'estomac faillit lui arracher un cri.

— Ce n'est pas une bonne idée. Je suis fatiguée, j'ai besoin de repos.

Et elle ne mentait pas.

— Demain, alors ?

— Je ne sais pas. Rappelle-moi, s'il te plaît.

Elle raccrocha avant qu'il ne proteste.

— Qui c'était ? demanda Astrid. Fitz ?

Morgan fit oui de la tête.

— Il m'a touché un mot de votre dispute, mais j'avais l'intuition qu'il ne bouderait pas longtemps.

Morgan prit une grande inspiration ; la douleur la tarauda de nouveau. Elle croisa les bras sur son ventre.

— Qu'est-ce que vous avez, Morgan ? Vous êtes toute pâle.

Morgan avait scrupule à le dire, mais elle commençait à penser que sa suspicion à l'égard du homard était justifiée. Il lui semblait que son cerveau se liquéfiait, elle avait l'estomac en capilotade. Néanmoins, elle ne voulait pas vexer Astrid.

— Je suis épuisée, balbutia-t-elle. Excusez mon impolitesse, mais il faut que je m'allonge.

Astrid descendit de son tabouret, montra du doigt le reste de soupe.

— Je vous le mets au réfrigérateur ?

Morgan en eut un haut-le-cœur.

— Mais qu'est-ce que vous avez ?

— Je suis désolée… je… j'ai un problème.

Astrid examina le contenu de la boîte en plastique.

— Vous croyez que c'est la soupe ? dit-elle, les yeux écarquillés.

— Je… sais pas…

Se tenant le ventre, elle appuya son front sur la surface fraîche du comptoir.

— Oh, Seigneur, gémit Astrid.

Elle vida la boîte dans l'évier ainsi que le bol de Morgan, brancha le broyeur d'ordures ménagères, puis lava le bol, la cuillère, la boîte ainsi que son mug qu'elle essuya et rangea dans le placard.

— Je suis terriblement navrée, Morgan. Les fruits de mer et les crustacés sont traîtres, parfois.

Morgan, trop malade pour prononcer un mot, opina.

— Je vais me…, bredouilla-t-elle avec un geste vague en direction de sa chambrette.

— Vous devriez peut-être consulter un médecin.

— Ça ira. Je… ça m'a prise d'un coup.

Au prix d'un effort considérable, elle se leva. Mais sitôt qu'elle lâcha le comptoir, ses genoux se dérobèrent sous elle, et elle s'effondra sur le plancher ciré.

— Oh mon Dieu ! s'écria Astrid qui se précipita. Bon, c'est décidé. Vous allez aux urgences.

— Non, Astrid, je vous assure, murmura Morgan en s'accrochant aux barreaux du tabouret pour se redresser. Il me semble que... si je pouvais vomir...

— Non, non, j'ai lu quelque part que c'était parfois pire que le mal. Je ne sais plus pourquoi. Venez, je vous emmène à l'hôpital. Ne protestez pas. Je me sens affreusement coupable. Et si c'était la soupe ?

— Ne... pas votre faute, marmotta Morgan qui ne parvenait pas à reprendre sa respiration.

— Je ne peux pas vous laisser comme ça. Allez.

Elle glissa son bras gracile autour de la taille de Morgan.

— Hop, debout, ma grande.

Morgan titubait comme un boxeur qui a encaissé un coup de trop. Astrid, quoique menue, était robuste et l'obligea à s'appuyer sur elle.

— J'ai la voiture dehors. On y va. Où est votre manteau ?

— Là...

Astrid courut lui chercher le vêtement, accroché à la patère dans le hall. Morgan prit son mobile sur le comptoir et le fourra dans sa poche de poitrine.

— Je... il me faut mon sac.

— Mais non. De toute façon, à l'hôpital, on vous le confisquera.

— Ma carte de... de mutuelle...

— Je m'occuperai de tout ça. Ne vous inquiétez pas. En route.

Cramponnée à Astrid, Morgan eut l'impression de marcher dans du Jell-O. Elle avait la bouche en carton, les coups de poignard qui lui transperçaient l'estomac devenaient de plus en plus rapprochés et douloureux. Dehors, il faisait froid, Morgan se mit à trembler de tous ses membres. Lentement, elles descendirent les marches du perron et gagnèrent la voiture d'Astrid. Morgan s'effondra sur le siège et appuya sa tête contre la vitre glacée.

— Bouclez votre ceinture.

Morgan dut rassembler toutes ses forces pour exécuter ce simple geste. De la bave coulait sur son menton, et elle n'y pouvait rien.

— Bon, dit Astrid, détendez-vous. Nous serons à l'hôpital dans un instant.

— Merci, bredouilla Morgan d'une voix pâteuse.

— Ne me remerciez pas. Je crains que ma soupe de homard vous ait détraquée.

La voiture démarra, Morgan ferma les yeux. Elle était groggy, de violents élancements lui contractaient le ventre. Envie de dormir. Le sommeil serait le meilleur remède.

Soudain, elle entendit un air familier, lointain.

— Qu'est-ce que c'est ? demanda Astrid, contrariée.

Ah oui, la sonnerie de son portable, dans sa poche.

— Mon téléphone…

De ses doigts qu'elle ne sentait plus, elle ouvrit le clapet du mobile, l'approcha de son oreille.

— Allô…

— C'est Morgan Adair ?

— Oui…

— Je vous réveille ? interrogea une voix harmonieuse, étonnée.

340

— Je... non... suis malade, bafouilla Morgan.

— Oh, je suis navrée. Jaslene Walker à l'appareil. Vous avez laissé un message sur mon répondeur professionnel. Vous disiez que vous étiez une amie d'Eden, que c'était important. Je n'ai pas eu une minute de répit. Eden vous l'a peut-être expliqué, je suis créatrice de chaussures, je présente bientôt ma nouvelle collection et je ne vous raconte pas les problèmes.

Ces propos enjoués évoquèrent à Morgan une femme noire vibrante, aux traits affirmés, coiffée à l'afro, et qui avait la décontraction d'une personne accoutumée à amadouer les gens au téléphone. Il lui sembla que, si elle ouvrait les yeux, elle la découvrirait assise auprès d'elle.

— Oui, Eden m'a dit, répondit-elle, de façon aussi cohérente que possible.

— Voulez-vous que je vous rappelle quand vous irez mieux ?

— Non, ça va...

— Alors, que désiriez-vous savoir ?

Morgan se souvint qu'elle avait contacté Jaslene à propos de l'histoire de viol, pensant que c'était elle qui en avait informé Eden. Mais c'était Lucy.

— Rien, en fait. Navrée de vous avoir dérangée.

Elle avait hâte de raccrocher, ses lèvres étaient si sèches qu'elle avait de la peine à articuler.

— Comment va Eden ? Elle est bien rentrée ?

— Oui, oui.

— En tout cas, je suis rudement contente d'avoir enfin eu l'occasion de la rencontrer. Elle a adoré Manhattan. Je voulais la convaincre de rester pour tenter sa chance, mais elle était déterminée à retourner dans cet endroit abominable.

— West Briar ? dit Morgan qui ne comprenait plus grand-chose.

Jaslene éclata de rire.

— Non… Vous êtes là-bas, à West Briar ? Moi, je parlais de la Virginie-Occidentale. Oh, je ne devrais sans doute pas être si sévère, je n'ai mis les pieds dans ce bled qu'une seule fois. Mais ça m'a suffi. C'était pour les obsèques de Kimba. Vous avez connu Kimba ? La mère d'Eden.

— Non, je… non.

— Eh bien entre nous, pour l'hospitalité du sud, vous repasserez. Je suis allée à l'église, et le grand-père d'Eden m'a déclaré qu'il ne voulait pas de gens de mon espèce à l'enterrement. « De mon espèce »… vous voyez ce que je veux dire. Insultant comme c'est pas permis.

Malgré sa souffrance et son hébétude, Morgan pensa que ça ressemblait tout à fait à Wayne Summers.

— Un homme redoutable…

— Et comment ! J'ai dû retourner à mon hôtel illico. Je n'ai pas raconté ça à Eden. C'est une gamine adorable. Elle n'y peut rien, si son grand-père est un ours mal léché. D'ailleurs, dans le même ordre d'idées, je ne lui ai pas dit non plus pour son père.

Morgan eut la sensation d'une éclaircie dans son cerveau. Cela ne durerait pas, il fallait lutter contre la brume qui menaçait d'engloutir de nouveau ses petites cellules grises.

— Guy ? Mais… vous n'avez pas dit quoi ?

— Il était à l'enterrement de Kimba, répondit Jaslene sur le ton de la confidence. Solitaire, triste, l'air d'un chien battu. Mais, à l'hôtel, il n'était pas seul. Dans ce trou paumé, évidemment, il n'y avait qu'un hôtel. On m'y avait casée dans un placard à balais. Enfin bref, toujours est-il que dans cet hôtel, Guy s'est envoyé en l'air avec une nana, le jour des obsèques de sa femme.

— Il a fait ça ? Le jour des obsèques de Kimba ?

— Eh oui. Du coup, je me suis demandé si le père n'avait pas raison de clamer que la mort de Kimba n'était pas un accident. Mais j'étais tellement furieuse contre ce vieux fou que je n'ai pas voulu lui faire ce plaisir. J'ai récupéré ma valise et fichu le camp. Après tout, les autorités avaient conclu au décès accidentel. Et donc, je n'en ai pas parlé non plus à Eden. Salir la mémoire des morts, à quoi bon ? N'empêche que ce jour-là, de mon vasistas, j'ai vu Guy embrasser cette femme. Je ne les épiais pas, entendons-nous bien. Mais ils avaient leurs rideaux ouverts. Elle était enroulée dans un drap. Une petite blonde très mince, avec une couronne de nattes. Un vrai fantasme de nazi.

— Qui est-ce, Morgan ? demanda Astrid. Vous rappellerez cette personne plus tard, vous n'êtes pas en état de discuter. Donnez-moi ce téléphone…

Morgan la regarda. Elle fixait la route, tendait la main pour saisir le mobile. À la lueur des réverbères, sa couronne de nattes platine nimbait sa tête d'un halo.

31

— C'était qui ? répéta Astrid.

Morgan ne répondit pas.

— Je vous laisse. Merci, dit-elle à Jaslene, avant de raccrocher et ranger le téléphone dans sa poche.

— Alors, c'était qui ? Vous avez parlé de Guy.

— C'était juste… quelqu'un.

— Qui vous a dit quoi sur l'enterrement de Kimba ?

Morgan ne réussit pas à élaborer un mensonge convaincant, le bouillard lui emplissait de nouveau la tête. Mais surtout, elle était obnubilée par la vision de Guy en compagnie de sa belle-mère dans une chambre d'hôtel minable, en Virginie-Occidentale. Astrid, enroulée dans un drap.

— Aucune importance. Je me sens beaucoup mieux, maintenant, je voudrais rentrer.

— Qu'est-ce qu'on vous a raconté ? J'ai le droit de savoir.

Morgan observa le décor qui défilait. Les réverbères se faisaient de plus en plus rares.

— Où sommes-nous ?

— Sur le chemin de l'hôpital. Eh bien, que vous a dit ce « quelqu'un » au téléphone ? Sur les obsèques de Kimba ? Et d'abord, c'était qui ?

Morgan ravala un gémissement de douleur.

— Une amie de Kimba. C'est tout. S'il vous plaît, ramenez-moi.

— Qu'est-ce qu'on vous a raconté sur Guy ? s'obstina Astrid.

— Rien. Qu'il y était.

— Évidemment. Mais encore ?

— Une femme. Dans sa chambre.

Une brutale nausée secoua Morgan, il lui sembla qu'un étau lui broyait le crâne.

— Oh… suis malade comme un chien…

— Pourquoi vous intéressez-vous aux obsèques de Kimba ? D'abord vous dites à Fitz que Guy était un violeur, et maintenant, ça.

— Fitz ?

— Après votre départ du Lobster Shack, il m'a expliqué. Il était fou de rage. Il sait bien que c'est un horrible mensonge. Vous inventez n'importe quoi, et si ça fait du mal à X ou Y, vous vous en fichez.

— C'est Lucy qui m'a dit…

— Lucy est une enfant, elle ne comprend pas grand-chose. Vous vous répandez en calomnies sur Guy qui ne peut plus se défendre.

Dans un subit et étourdissant accès de lucidité, Morgan saisit qu'Astrid avait raison. Cette histoire de viol était une fable. Guy n'avait jamais violé Astrid. Elle était consentante. Elle avait menti à Lucy pour dissimuler son aventure avec son beau-fils. Et ensuite, la loyale Lucy avait gardé le secret, tout en haïssant son frère.

— Ramenez-moi, souffla Morgan. Astrid ?

Muette, celle-ci continuait à rouler.

Dignement, ce qui n'était pas facile quand la douleur vous fouaillait et qu'on était près de tomber dans les pommes, Morgan commanda :

— Arrêtez-vous, je veux descendre.

— Vous descendrez quand je vous le dirai.

Astrid appuya sur l'accélérateur.

— Stop, arrêtez.

— Certainement pas. Je vois tourner les rouages de votre sale petite cervelle. Après tout ce que nous avons enduré. Je vous ne laisserai pas me faire ça. À moi. À ma famille.

Brusquement, Morgan réalisa qu'Astrid ne la conduisait pas à l'hôpital. Elle était prisonnière dans cette voiture, à la merci de cette femme.

— Je vous en prie, murmura-t-elle. Je suis navrée, je sais combien vous avez souffert.

— Vous ne savez rien du tout !

L'heure n'était plus aux faux-semblants. Morgan, consciente d'être en danger, essaya de réfléchir. Que faire ? Ouvrir la portière et se jeter dans le vide ? À cette vitesse, elle risquait de se rompre le cou. Le téléphone dans sa poche… Si elle composait le numéro de police-secours, Astrid lui arracherait l'appareil des mains. Or elle n'était pas en état de se bagarrer.

La conversation qu'elle avait eue avec Fitz lui revint en mémoire. « Maintenant, je suis le premier sur ta liste de raccourcis ». Elle n'avait pas vérifié.

Glissant la main dans sa poche, elle ouvrit le clapet du mobile. Zut, Astrid allait entendre le bip des touches.

Il fallait faire diversion. Elle avait l'estomac chaviré à la fois par la peur et le poison qu'elle avait ingéré.

Car, à présent, elle avait la certitude qu'une drogue quelconque corsait la soupe de homard.

Ne vomissez surtout pas, lui avait recommandé Astrid de son air de mère poule. Morgan tâta le clavier du portable. Elle n'avait plus qu'à espérer appuyer sur la bonne touche, sans regarder. Dans le même temps, elle s'enfonça un doigt dans la gorge. Elle toussa, rejeta sur le levier de vitesses une mixture visqueuse.

— Oh non ! s'écria Astrid avec dégoût.

La voiture avait fait une embardée. Astrid tourna le volant pour la ramener au milieu de la chaussée.

Morgan, bruyamment, mima un autre haut-le-cœur pour étouffer la voix enregistrée qui, au fond de sa poche, énonçait à son désespoir : « Vous voulez parler à Fitz, laissez un message… »

— Bon, ça suffit ! décréta Astrid qui se rangea sur le bas-côté.

Morgan entendit les vagues se briser sur la plage, tout près des dunes. La marée était haute.

— Sortez.

— Non… je suis trop malade.

— Donnez-moi votre téléphone.

Morgan referma l'appareil. Elle eut l'atroce impression de sceller son propre destin.

— Donnez-le-moi. Tout de suite !

Prête à obéir, Morgan se trompa de poche et sentit un objet sous ses doigts. Le couteau suisse qu'elle avait pris pour aller chez Lucy. Il était toujours là.

Ce contact lui rendit un semblant de calme. Elle n'était pas totalement impuissante, il faudrait juste attendre le bon moment pour agir. Elle tendit le téléphone à Astrid qui l'empocha, retira la clé de contact

et sortit de la voiture. Morgan s'empressa de verrouiller sa portière. Astrid secoua la poignée avant
d'ouvrir à l'aide de la clé. Morgan tenta bien de résister, mais elle avait les bras en chewing-gum.

— S'il vous plaît, implora-t-elle. Emmenez-moi à
l'hôpital.

Astrid l'attrapa par les cheveux.

— Allez, venez.

— Aïe, lâchez-moi !

— On se dépêche.

Morgan pensa qu'il était préférable de céder, mais
ses jambes ne la soutenaient plus. Astrid la tira par sa
queue-de-cheval pour l'extraire du véhicule. Morgan
tomba sur un sol constitué de sable, de terre et
d'herbe.

— J'en ai plus qu'assez, grogna Astrid d'un ton
indigné, de vos interventions, de vos manigances.
Claire sera châtiée et vous n'y pouvez rien.

— Elle n'est pas coupable…

— Quoi ?

— Elle n'a pas tué son bébé.

Les yeux d'Astrid flamboyaient.

— Le bébé ? Qu'est-ce qu'il vient faire là ? Je vous
parle de Guy.

— Ah oui, excusez-moi. Votre fils.

Astrid la gifla si violemment que Morgan resta son-
née. Elle aurait voulu se coucher là, sur le sable froid
et humide, dormir. Elle s'assit sur ses talons, les mains
pressées sur son ventre pour contenir la douleur qui
l'assaillait.

— Vous ne comprenez rien !

À la stupeur de Morgan, Astrid était au bord des larmes. Elle tourna le regard vers les vagues inlassables sous la lune indifférente.

— Guy n'était pas mon fils. Il était mon... mon destin. Depuis l'instant où nous nous sommes regardés, quand il est entré dans l'hôtel de mes parents... Il avait quinze ans et moi j'étais... plus âgée. Mais, tous les deux, on a su. Et on savait ce que le monde en penserait, soupira-t-elle. Nous devions cacher nos sentiments.

Astrid considéra Morgan d'un air apitoyé.

— Vous ne me croyez pas, je suppose ?

Cette histoire d'amour était comme un songe d'opiomane qui engloutissait Morgan. Elle se sentait sombrer, osciller entre hébétude et lucidité.

— Si... si, je vous crois.

Et, à cette seconde, elle était sincère.

— J'ai fait ce qu'il fallait. J'ai épousé le père de Guy et quitté ma famille. Je me suis démenée pour vivre sous le même toit que Guy. Et on a profité de tous les moments qu'on pouvait voler. Pendant toutes ces années.

— Mon Dieu...

Morgan tremblait – le poison ou le froid, à moins que ce soit la fascination mêlée de répulsion que lui causait le récit de la longue liaison d'Astrid et de son beau-fils. Les digues étaient rompues, semblait-il, et Astrid jouissait de parler enfin de son amour.

— Rien n'a réussi à nous séparer...

— Mais il s'est marié, dit Morgan sans réfléchir.

— Avec Kimba ?

Rire méprisant.

— Il était jeune. Il devait donner l'impression de coucher avec des filles. Kimba l'a piégé avec sa grossesse. Mais je l'ai délivré, ajouta Astrid qui esquissa un petit sourire.

Le cœur de Morgan allait se fendre en deux. Elle refusait d'en écouter davantage, pourtant ce chant de sirène, ce chant passionné la happait. Elle voulait savoir. Et Astrid était résolue à lui conter toute l'histoire.

— J'ai dit à Dick que je partais assister à une conférence sur le syndrome de Prader-Willi. Mon mari ne s'est pas méfié. Il avait l'habitude. Je ne loupais aucune de ces réunions, pour connaître le mieux possible la maladie de Lucy, les nouvelles thérapies, etc. Je me suis décarcassée pour aider ma petite Lucy…

— Et Kimba ?

— Ah, Kimba… Je savais où ils étaient. J'avais vécu dans les Caraïbes. Je me doutais qu'ils feraient de la plongée. Guy adore la plongée. Tous les deux, on adore. Ils étaient sur un autre bateau. Mais ils s'arrêtent tous dans le même secteur, ces bateaux, là où se nourrissent les grosses tortues marines. Quand on a tous été dans l'eau, je me suis faufilée dans le groupe de Guy et Kimba. Ça n'a pas été difficile de m'approcher de Kimba, par-derrière, et de tripoter le robinet de sa bouteille d'oxygène. Sans le fermer complètement, pour qu'elle ait le temps de se rendre compte. De manquer d'air. De paniquer. De remonter trop vite à la surface. J'étais certaine qu'elle réagirait comme ça. C'était une novice.

Malgré sa souffrance, Morgan était envoûtée. Astrid lui avouait avoir tué. Il ne fallait plus écouter un seul mot, c'était trop dangereux.

— Taisez-vous…

— Je n'en ai jamais rien dit à Guy. S'il a deviné, il n'a pas protesté…

Morgan claquait des dents, pourtant son sang était bouillant et véhiculait la drogue dans ses veines. Elle n'avait presque plus mal.

— Et Claire ? souffla-t-elle.

Astrid la regarda tranquillement.

— Ce soir-là, chez nous, je lui ai donné un somnifère. Elle ne voulait que ça : dormir. Tard dans la nuit, je suis entrée dans sa chambre, au cottage. Elle n'a pas bronché. J'ai pris le bébé et je l'ai couché dans la baignoire. Guy ne le lui aurait pas pardonné. Il se serait détourné d'elle en comprenant qu'elle avait tué leur fils.

Une idée confuse trottait dans l'esprit de Morgan.

— Il aimait Claire, balbutia-t-elle.

— Mais non, répondit Astrid avec patience. Il essayait simplement de… de changer les choses. Il disait qu'on était accros, tous les deux, qu'on avait besoin d'une pause. Mais on ne se libère pas d'un amour comme le nôtre. Il était déjà parti, avant. En Europe, pendant des années. Je disais à Dick que j'allais voir ma grand-mère en Hollande et je courais retrouver Guy. Il n'a jamais pu résister. Il me revenait, chaque fois.

— C'est fini, bredouilla Morgan, gentiment, comme si elle parlait à une amie. On découvrira la… vérité.

352

Astrid demeura silencieuse un long moment – elle semblait écouter une voix qu'elle seule pouvait entendre.

— Tant pis, dit-elle, triste et solennelle. Je n'ai plus aucune raison de vivre.

Morgan voyait double. Elle eut du mal à discerner ce qu'Astrid sortait de sa poche, déployait – une chaîne luisante. Elle leva des mains tremblantes, craignant d'être frappée au visage. Mais, comme si elle maniait un lasso cliquetant, Astrid lui passa la chaîne autour du cou. Une décharge d'adrénaline réveilla Morgan, hélas trop tard. Elle ne put que tenter de glisser ses doigts entre sa gorge et les maillons métalliques.

— Je suis passée chez Lucy aujourd'hui. Je lui ai emprunté ce collier étrangleur, il était accroché à côté de la porte. C'est moi qui le lui ai acheté. Pour dresser ses chiens. Naturellement, elle ne s'en sert jamais. Bon, on se relève et on avance. Sinon, je vous étrangle tout de suite, dit Astrid entre ses dents.

Morgan se débattit, luttant pour se dégager. Astrid tira brutalement sur la chaîne.

— Allons, debout. Venez. Une fois que vous serez dans l'eau, ça ira vite.

Dans l'eau ? Oh, Seigneur, non... Elle était entre les griffes d'une meurtrière. Il n'était plus temps de tergiverser.

Maintenant, se dit-elle. Elle se redressa, chancelante, s'empara du couteau suisse dans sa poche et déplia la lame. Avec l'énergie du désespoir, elle taillada la main d'Astrid.

Celle-ci, sans lâcher la chaîne, lui décocha un regard brûlant de rage. Une fraction de seconde, Morgan pensa avoir réussi son coup. Le sang coulait sur les doigts de son bourreau. Mais, sans un tressaillement, Astrid envoya valser le couteau comme elle eût chassé une mouche. Elle tira encore sur le collier, entraînant Morgan qui n'eut d'autre choix que de suivre, trébuchant et s'évertuant à desserrer la mortelle étreinte de la chaîne. Peine perdue.

Toujours en proie à la nausée, exténuée, à l'agonie, Morgan était dans l'incapacité de se déplacer sur le sable suffisamment vite pour sauver sa peau. Les vagues glacées couraient à sa rencontre, lui léchaient les mains et reculaient. Astrid resserra violemment la chaîne. Suffoquant, Morgan eut soudain des taches noires devant les yeux, plus sombres que les ténèbres mêmes. Et puis elle ne vit plus rien...

32

Douché, une serviette nouée autour des hanches, Fitz patrouilla dans la chambre, à la recherche de son caleçon long. Kathy, sa nièce de treize ans, le lui avait offert pour Noël en gloussant tant et plus. Il était, comme il se doit, en flanelle légère, mais orné de cartes à jouer, d'enseignes au néon de Las Vegas, et de jetons de poker. Tout le monde s'était bien moqué de lui. N'empêche qu'il le portait à longueur de temps. Il le repéra sur le dossier d'un fauteuil, l'enfila et mit un T-shirt. Puis il passa au salon, histoire de voir s'il n'y aurait pas un match à la télé. Machinalement, il décrocha son téléphone. Il avait un message. De Morgan.

Il faillit l'effacer sans l'écouter. Elle ne l'aurait pas volé. Il avait fait le maximum pour elle, pourtant elle s'obstinait à débiner les êtres qu'il aimait, à se comporter comme si elle était seule capable d'analyser la situation. Elle se trouvait très intelligente sous prétexte qu'elle terminait un doctorat. En réalité, c'était lui, grâce à ses relations, qui lui avait permis d'envisager la possibilité qu'on ait extorqué de faux aveux à Claire. Pourquoi j'ai tant voulu l'aider ? Et qu'est-ce que j'ai reçu en échange ? Des déceptions.

Ce soir, lorsqu'il avait appelée, elle lui avait servi une excuse à la noix. « Je suis fatiguée »… Qu'elle aille au diable. Il était plutôt du genre à plaire aux femmes. Il n'avait pas besoin de Morgan Adair.

Mais c'était bien son numéro, là, affiché sur l'écran du téléphone. Peut-être avait-elle eu des regrets. Il avait beau tenter de se convaincre du contraire, elle l'attirait beaucoup plus que les autres femmes de sa connaissance. Infiniment plus. Il y avait en elle un petit quelque chose qui l'émouvait. Il adorait ses cheveux, sa silhouette et ses yeux perçants. Par-dessus tout, il avait envie de… de la protéger. Évidemment, si jamais elle se doutait de ça, elle l'étriperait. Après leur brève étreinte lors du mariage, il avait interrogé Claire. Elle lui avait raconté que les parents de Morgan étaient morts sous les bombardements dans quelque pays oublié des dieux. Morgan était toute jeune, elle ne s'en était jamais remise. Elle n'accordait pas facilement sa confiance. « Si tu ne tiens pas à elle, laisse-la tranquille », lui avait dit Claire.

Il avait pris l'avertissement au sérieux. Il n'avait pas l'intention de s'engager, n'est-ce pas ? Et il ne voulait pas mettre en péril sa relation avec Guy et Claire en draguant la meilleure amie de cette dernière, pour finalement la plaquer. Par conséquent, il ne l'avait pas recontactée. Elle non plus, d'ailleurs.

Fitz contemplait toujours le numéro inscrit sur l'écran. Ironie du sort, malgré les événements récents, il savait désormais ce qu'il désirait. Il n'hésiterait pas à avouer ses sentiments à Morgan, maintenant qu'elle le détestait. Aujourd'hui, au Lobster Shack, il avait eu la certitude qu'elle était sur la même longueur d'onde que lui. Elle avait paru heureuse de le voir, lui avait abandonné sa main sans réticence. Il s'était cru au paradis. Jusqu'à ce qu'elle commence à dire des horreurs sur Guy.

Elle avait pourtant rappelé. Il aurait voulu reposer ce téléphone et oublier. Impossible, hélas.

Fitz écouta le message. Stupéfait, il entendit quelqu'un vomir. Puis une cacophonie de cris. Il en eut des sueurs froides. Que se passait-il ?

Rien, peut-être. Elle avait appuyé par inadvertance sur la touche de raccourci correspondant à son numéro. Seulement voilà, l'ambiance sonore était pour le moins bizarre.

Il réécouta, cette fois attentivement. Une femme à la voix dure, stridente, ordonnait à Morgan de lui donner le téléphone. Elle la menaçait. Mogan refusait en bredouillant, comme si elle n'avait plus la force de parler. De nouveau, ce bruit sourd. Fitz, qui avait toujours vécu au bord de l'océan, le reconnut. Le bruit du ressac. Morgan était sur la plage avec... oui, il ne se trompait pas. Astrid.

Que fabriquait-elle avec Morgan ? Pourquoi ce ton menaçant ? Inutile d'alerter Dick Bolton, son épouse ne le tenait pas informé de ses allées et venues. Astrid... elle semblait si charmante, toujours au service de Dick et Lucy. Guy avait été le seul à émettre des réserves. Un jour que Fitz faisait remarquer qu'elle était superbe pour son âge, très attirante, Guy avait répondu, amer : « Elle en est tout à fait consciente, et elle trompe mon père sans arrêt. » Fitz en avait été sidéré. « Tu ne devrais pas le prévenir ? »

Pas question, lui avait répondu Guy. Et si jamais j'apprends que tu as vendu la mèche... Fitz avait promis de se taire, et il avait tenu parole.

Et s'il avertissait la police ? Mais que dire ? Les flics se paieraient sans doute sa tête. Deux bonnes femmes qui se chamaillaient à cause d'un portable. La belle affaire.

Elles étaient sur la côte, quelque part entre... ici et Long Island. Non, Morgan paraissait vraiment malade, elle n'était sans doute pas allée très loin.

Fitz hésitait. Une part de lui-même avait envie de zapper, ça ferait les pieds à Morgan. Cependant, si elle avait réellement besoin de lui, ce n'était pas le moment de la laisser tomber.

Il n'avait qu'une solution, décida-t-il. Rappeler.

Après plusieurs sonneries, on décrocha.

— Morgan ?

— Non, lui répondit une voix haletante. Elle ne se sent pas bien, elle est en train de se coucher.

— Astrid ?

Silence.

— Oui, dit-elle d'un ton méfiant. Qui est à l'appareil ?

— Fitz.

— Oh bonsoir, Fitz. Je crois qu'elle compte te téléphoner demain. Pour l'instant, elle est trop mal. Une migraine épouvantable. Je m'apprêtais à partir.

— Où êtes-vous ?

— Au Captain's House. C'est là que loge Morgan. Je lui ai apporté un peu de soupe, elle a mangé et s'est endormie. Je pensais qu'elle se réveillerait, mais elle est vannée, donc je ne vais pas m'attarder. Je te conseille de ne pas la déranger ce soir.

— D'accord. Dites-lui que j'ai appelé.

— Je n'y manquerai pas. Je lui laisserai un petit mot.

— Je vous remercie. Eh bien, au revoir.

Astrid lui répondit aimablement et interrompit la communication.

Fitz resta immobile, songeur. Morgan se sentait-elle vraiment mal, ou s'agissait-il d'autre chose ? Pendant qu'Astrid parlait, il avait entendu le fracas de l'océan, des vagues toutes proches. Astrid n'était pas au Captain's House. Elle mentait.

Se débarrassant de son caleçon, il se précipita dans sa chambre, enfila un jean, une chemise et une veste chaude. Il fourra son mobile dans sa poche, prit ses clés. Si elles étaient le long de la route côtière, il les trouverait. Sûr et certain.

Maintenant, c'était simple.

Elles avaient de l'eau aux chevilles, quand Astrid avait, avec fureur, tiré une dernière fois sur la laisse étrangleuse. Morgan inconsciente, les vagues feraient le reste. Le reflux s'amorçait déjà, l'océan emporterait cette enquiquineuse au loin, et quand on retrouverait sa dépouille, nul ne pourrait expliquer comment elle était arrivée là.

Astrid poussa doucement le corps inerte. Les paupières de Morgan battirent. Astrid craignit un instant que l'eau glacée ne la ranime. Mais ses yeux se refermèrent et, peu à peu, les premières vagues l'enveloppèrent et l'éloignèrent.

Astrid savait ce qu'elle raconterait si, par hasard, on découvrait le cadavre et, à l'autopsie, la quantité de barbituriques que Morgan avait ingérée. Les barbituriques mélangés à la soupe de homard. Elle évoquerait, avec toute la tristesse adéquate, la possibilité d'un suicide. Car, lorsqu'elle lui avait rendu visite et apporté sa soupe, Morgan avait parlé de dépression, de désespoir.

Elle contempla une dernière fois le corps qui flottait paisiblement. Elle distinguait encore le visage blanc de Morgan. Tout le reste était sombre, ses cheveux, ses vêtements trempés. Cette fille ne fourrerait plus son nez dans les secrets de la famille. Et sa mort serait un tourment supplémentaire pour Claire qui n'aurait plus personne pour la défendre. Astrid frissonna en se remémorant la question de Fitz, cet après-midi : Guy, un violeur ? Durant toutes ces années, Lucy avait gardé le silence et voilà que maintenant, à cause de Morgan, cette histoire circulait. On ne découvrirait pas que c'était un mensonge, jamais.

Une fraction de seconde, alors que l'eau entraînait Morgan, Astrid faillit presque se laisser aller, elle aussi, au gré des flots. Son plan s'était si tragiquement retourné contre elle… Elle avait prévu que Guy trouve son fils assassiné et qu'il accuse Claire. Qu'il la bannisse de son existence. Au lieu de cela, la vue de leur enfant noyé l'avait poussé à affronter physiquement Claire. Contre toute logique, il était tombé et s'était mortellement blessé à la tête. À cette pensée, les yeux d'Astrid se voilèrent de larmes désormais intarissables.

Guy. Disparu pour toujours. Elle n'imaginait pas sa vie sans lui. Elle ne supportait pas cette perspective.

Oh, bien sûr, elle savait qu'ils étaient maudits. À une époque, au début, il l'avait suppliée d'engager quelqu'un pour tuer Dick. Ainsi, ils seraient éternellement ensemble. Astrid, noblement, s'y était opposée. Même quand il l'implorait, elle résistait et s'évertuait à l'apaiser. Que leur amour soit impossible attisait leur désir. Elle en était consciente, plus que lui. Sans frustration, leur liaison deviendrait banale. Elle ne le tolérerait pas. Car, si cela se produisait, elle perdrait Guy.

Et puis voilà qu'il avait rencontré Claire. À l'instar d'un alcoolique adhérent depuis peu aux AA, Guy lui avait annoncé qu'il allait se bâtir une autre vie. Telle qu'il la souhaitait. Que leur histoire était terminée, définitivement. Elle était persuadée qu'il flancherait, lui reviendrait encore. Cependant au bout d'une année, un bébé était né, Guy restait auprès de son épouse, répétant qu'il n'aimait qu'elle. Par chance il y avait eu la dépression postnatale de Claire – un cadeau du ciel pour Astrid qui avait échafaudé son plan et, hélas, commis une erreur fatale. Sa vie n'avait plus de sens. Elle ne voulait plus qu'une chose : entendre prononcer la condamnation de celle qui se vantait d'être la bien-aimée de Guy.

Mieux valait ne pas trop traîner par ici. Son pantalon était mouillé jusqu'aux genoux, elle devait regagner la voiture et enfiler les vêtements de rechange qu'elle avait emportés. Ensuite, en route.

Avant de se détourner du spectacle de la femme qui dérivait vers l'horizon obscur, elle examina le mobile de Morgan. Un individu suicidaire prendrait-il son téléphone au moment de mettre fin à ses jours ? Oui, sans doute. La force de l'habitude. Sans plus hésiter, elle le jeta dans les vagues, le plus loin possible.

Péniblement, elle remonta vers la route. À chaque pas, son pantalon l'entravait davantage, alourdi par l'eau et le sable. La blessure à sa main, cautérisée par le sel, recommençait à saigner. Elle ouvrit le coffre de la voiture, en sortit ses affaires. En relevant la tête, elle croisa un regard implacable qui l'observait fixement.

— Fitz !

— Où est Morgan ?

— Au Captain's House, je suppose. Tu n'y es pas passé ? Moi, je… je viens de faire une balade.

— Seule ?

— Oui, bien sûr.

— Et ça, c'est quoi ? demanda-t-il, désignant la laisse étrangleuse qu'Astrid avait récupérée et enroulée, machinalement, autour de sa main.

— Pardon ? Oh, je l'ai trouvé par là-bas.

— Votre main saigne.

— Vraiment ?

— Descendons sur la plage.

— En ce qui me concerne, je rentre à la maison.

Fitz la saisit par le bras.

— Non, je préfère que vous veniez avec moi.

Ce corps jeune, tout près d'elle… Grisant. Elle était devenue accro à la chair fraîche… Elle chassa cette idée. Non, ce n'était pas Guy. Elle ne connaîtrait plus l'extase.

— Ça ne me tente pas, dit-elle, ironique. Franchement, Fitz, tu m'étonnes.

— On y va, rétorqua-t-il d'un ton menaçant.

Il la poussa en avant, jusqu'en bas des dunes.

— Morgan ! appela-t-il.

Pas de réponse. Il pivota vers Astrid qui l'observait d'un air apitoyé.

— Elle n'est pas pour toi. Tu mérites mieux.

— Où est-elle ?

Le regard d'Astrid balaya l'océan, malgré elle. Le cœur glacé, Fitz aperçut alors le visage, pareil à une lune ronde et pâle, que la marée écartait du rivage.

33

Morgan était étendue sur un iceberg de l'Antarctique, où elle était une princesse régnant sur un peuple d'ours blancs. C'était un monde tout blanc, tout léger, le soleil y était si éclatant qu'on pouvait à peine ouvrir les yeux. Elle dormait, pourtant elle voyait et entendait. Les ours blancs parlaient, ils disaient que, bientôt, elle recevrait des visiteurs très spéciaux. Ils ne précisaient pas qui étaient ces visiteurs, néanmoins, étrangement, elle le savait et en éprouvait une fantastique excitation. Il s'agissait de ses parents, et elle devait se réveiller pour les accueillir. Mais s'arracher à sa torpeur était difficile. Elle se sentait lourde, pesante. Sa royale robe d'apparat était aussi sombre que du varech et semblait la river à son iceberg. Elle devait se lever, se préparer à cette rencontre. Il lui fallait apprêter son logis pour ces visiteurs si merveilleux. Mais que leur offrirait-elle ? Quels rafraîchissements trouverait-elle dans cette contrée glaciale et déserte ? Elle s'épuisait à réfléchir – que pouvait-elle leur proposer ? – quand soudain elle perçut leurs voix.

— Morgan, Morgan…

Le son était lointain, et une sorte d'instinct lui commandait de ne pas y prêter attention. De ne pas écouter. Dans son rêve, elle ouvrit les paupières et distingua le visage de sa mère, celui de son père, leurs regards si tendres, et la lumière qui les auréolait. Cependant ils ne disaient rien. Ils ne prononçaient pas son nom.

Morgan ouvrit les yeux et ne vit que l'obscurité. L'eau l'enveloppait, la broyait de ses mâchoires glacées. Elle ne sentait plus ses pieds, ses membres. Son cœur se pétrifia, tant elle avait peur. Puis il se remit à battre.

— Morgan !

Un cri. Il y avait quelqu'un là-bas. Fitz. Il accourait. L'écume jaillissait autour de lui, il la repoussait, forçait l'eau à lui livrer passage, commandait à Morgan de s'accrocher.

Non... Elle aurait voulu le lui dire, mais ses lèvres étaient paralysées. Elle était déjà très loin, elle rentrait à la maison.

Comme s'il avait deviné que sa volonté faiblissait, il lui hurla :

— Ne lâche pas, Morgan ! Attends-moi.

Elle se demanda ce que cela signifiait, mais elle ne pouvait lui poser la question – sa figure était figée, gelée. Les vagues bondissantes attaquaient Fitz à la poitrine. Une gerbe d'eau retomba sur le visage de Morgan, une décharge de chevrotine. Elle eut l'impression que la course de Fitz durait une éternité. Puis, soudain, il fut près d'elle. Il l'agrippa par une manche de sa veste trempée, la serra contre lui. Elle sentit sa chaleur. La vie.

— Ne me quitte pas, ma chérie.

Il la souleva dans ses bras, rebroussa chemin. Chaque pas était un calvaire. Morgan craignait que ses mains, ses jambes ne se détachent d'elle et s'en aillent à la dérive. Fitz s'essoufflait, elle entendait les battements de son cœur.

— Reste éveillée. Je vais te sauver.

Comment es-tu arrivé là ? le questionna-t-elle en silence. Comment m'as-tu retrouvée ? Elle ne savait pas trop si la vie la quittait ou lui revenait. Elle avait une chose à dire à Fitz. Il lui sembla que ses lèvres se fissuraient.

— Astrid…

— Comment, ma chérie ? Je ne t'entends pas. Astrid ? C'est ce que tu as dit ?

Il pencha la tête pour coller son oreille à la bouche de Morgan.

— Empoisonnée…

— Quelle garce ! lança-t-il aux étoiles.

La fureur redoubla ses forces. Tel un navire fendant les vagues, il avançait. Des sirènes retentirent, il remercia Dieu de lui avoir inspiré l'idée d'appeler l'ambulance dès qu'il avait aperçu Morgan. Astrid n'avait même pas tenté de l'arrêter. Elle s'était enfuie. La plage obscure était déserte, on ne voyait derrière les dunes que la lumière rouge du gyrophare.

— Les secours sont là. Ne te rendors pas, s'il te plaît. Reste avec moi.

Lucy enroula les poignées des deux laisses autour de sa main et se laissa entraîner sur le trottoir. Parfois lui venait l'envie de chausser des rollers et de filer à toute allure, tirée par ses chiens. Mais ils ne manqueraient pas de faire brusquement demi-tour ou de s'emmêler les pinceaux, et ce serait la fin des haricots. Si son père était là et lisait dans ses pensées, elle savait bien ce qu'il dirait. Sois prudente. Tu n'es pas solide. Tu vas te casser la figure.

Elle leva les yeux vers la maison et vit Julio à la fenêtre. Elle esquissa un sourire. Son père n'imaginait pas à quel point elle pouvait être courageuse. Mais il serait bientôt au courant. Lucy agita la main, Julio lui rendit son sourire, mais pas son salut, car il était en train de fixer des tringles à rideaux. Il avait décrété qu'une maison sans rideaux, ça n'allait pas, alors ils étaient partis en acheter. Voilà comment était Julio. Si quelque chose ne convenait pas, il l'arrangeait. Une espèce d'Astrid au masculin.

Elle aurait dû être reconnaissante à son père de lui avoir donné une maison, mais à la vérité cette baraque avait toujours été un boulet pour elle. Toutes ces tâches ménagères qu'elle oubliait ou remettait à plus tard. Mais plus maintenant. Plus depuis Julio.

— Lucy…

Elle sursauta, jeta un regard circulaire.

— Je suis là, dans la voiture.

Lucy se retourna. Elle n'avait pas remarqué le véhicule de sa belle-mère garé dans la rue. Astrid était au volant, sa vitre baissée. Les chiens, fâchés qu'on interrompe leur balade, aboyèrent.

— Astrid, que je suis contente !

Astrid avait une drôle de figure – les yeux exorbités, les joues creuses.

— Il faut que je te parle. J'ai eu une idée.

— Moi aussi ! s'exclama Lucy. Et je voulais t'en causer. Tu viens, on rentre ?

— Non, écoute-moi, s'impatienta Astrid. J'ai bien réfléchi, il n'y a qu'une solution. Tu vas chercher Julio, vous bouclez vos valises, et on part pour Mexico. Ce soir.

— Oh non, grimaça Lucy. On peut pas... Julio accroche des tringles à rideaux.

— Des tringles à rideaux ? glapit Astrid. Vous n'en aurez pas besoin si vous quittez la ville. Allez, dépêche-toi. J'ai apporté de l'argent. Beaucoup d'argent.

— Je ne peux pas.

— Il le faut. Si Dick découvre le pot aux roses, tu sais comment il réagira. Tu comprends comment ça marche, ces visas temporaires. S'il vire Julio, et il n'hésitera pas, il le reconduira directement à l'aéroport et s'assurera qu'il embarque bien à bord du premier avion pour Mexico. Sans toi. Tu ne reverras plus jamais Julio.

— Même si je voulais partir, je n'abandonnerais pas mes chiens. C'est à ça que j'ai pensé tout à l'heure. Si cacher la vérité à mon père, ça m'oblige à laisser mes chiens... ben, je les laisserai pas. J'accepterai pas. Pour rien au monde.

Les yeux bleu lavande d'Astrid paraissaient immenses, un peu fous.

— On les emmènera, tes chiens. On se débrouillera. Mais il faut que tu te dépêches.

— Non, je ne peux pas, répondit Lucy. D'ailleurs, maintenant qu'on est mariés, Julio a le droit de rester ici.

— Ça ne marche pas comme ça, objecta sèchement Astrid. Lucy, tu es idiote.

Lucy se redressa.

— Ne me dis pas ça, s'insurgea-t-elle. C'est pas juste.

Elle commença à s'éloigner. Astrid sortit précipitamment de la voiture, claqua la portière et rattrapa sa belle-fille.

— Excuse-moi, s'il te plaît. Je ne voulais pas dire ça.

Lucy s'immobilisa sur le perron et la regarda tristement.

— J'aurais jamais cru que, toi, tu me parlerais de cette façon.

— Pardon, ma chérie.

— Tu as toujours dit à Guy de ne pas être méchant avec moi. Et maintenant, c'est toi qui t'y mets.

Astrid joignit ses longues mains fines, comme pour une prière.

— Je suis navrée. Écoute, je cherche seulement à vous aider, Julio et toi, pour que vous puissiez être ensemble.

— Oui, tu t'es toujours occupée de moi, répliqua Lucy, radoucie. Mais tu comprends, je n'ai pas envie de partir d'ici. Plus maintenant que j'ai Julio. Cette maison est à moi. Si mon père a honte que je sois mariée avec un Mexicain qui fait la plonge, tant pis. Guy était parfait, il a épousé la femme idéale, et regarde ce qui s'est passé.

— Qu'est-ce que tu racontes ?

— Je dis que je n'ai qu'à avouer la vérité à papa. Toi et moi, on a toujours essayé de le protéger. Il vaudrait peut-être mieux qu'il sache.

— Non, Lucy, ce n'est pas possible, murmura Astrid d'un ton las.

— Mais si, et je vais tout lui expliquer.

Lucy regarda Julio qui descendait de l'escabeau et, du doigt, lui montrait la tringle à rideaux. Lucy leva le pouce pour le féliciter, rayonnante de fierté.

— Pour être honnête, dit-elle, la machine est en marche.

— Tu n'as pas fait ça, balbutia Astrid, en larmes.

— Je lui ai téléphoné pour lui annoncer que j'avais quelque chose d'important à lui dire, s'obstina Lucy. Je lui ai demandé de venir ici. Pourquoi je renoncerais, hein ? Donne-moi un seul motif valable.

Astrid hésita puis s'approcha de sa belle-fille qu'elle dévisagea longuement d'un air songeur avant de l'embrasser.

— Tu as raison, ma chérie. Ne m'écoute pas. J'ai tout fait de travers.

— Toi ? Dieu du ciel. Je ne connais personne qui t'arrive à la cheville.

— Non, répondit Astrid en essuyant ses larmes. Quand tu comprendras... tu me haïras.

— C'est dingue, je ne pourrais jamais...

— Je dois m'en aller.

— Attends, papa sera bientôt là.

— Excuse-moi, il faut que je m'en aille. Immédiatement.

— Tu ne veux pas me soutenir moralement, quand je lui parlerai ? J'en aurais pourtant bien besoin.

Pressant une main sur sa bouche, Astrid secoua la tête.

— Tu lui diras...

— Quoi donc ? tonna une voix dans l'obscurité.

— Papa, tu tombes à pic.

Astrid pivota, le visage lumineux, prête à servir un mensonge à son mari.

— Je suis si contente de te voir, Dick. Je m'apprêtais à rentrer.

Dick émergea de l'ombre, flanqué de deux policiers. Son teint d'ordinaire bronzé était terreux, ses cheveux de surfeur, blond cendré, avaient des reflets gris à la lumière du perron. Il planta un regard dur, qui ne cillait pas, dans celui de son épouse.

— Vraiment ? articula-t-il. J'aurais cru que tu tenterais de t'enfuir.

— Pourquoi ferais-je une chose pareille ? murmura Astrid d'un air effrayé.

Décontenancée, Lucy les observait.

— Comment il a su ? Tu le lui as dit, Astrid ?

— C'est bien votre femme, monsieur ? interrogea l'un des policiers.

— En effet.

— Astrid Bolton, vous êtes en état d'arrestation pour le meurtre de Drew Richard Bolton et la tentative de meurtre contre Morgan Adair.

Il lui passa les menottes et l'informa de ses droits. Lucy était bouche bée.

— Drew ? Une minute ! C'est totalement...

— Vous avez le droit de demander un avocat, conclut le flic.

Astrid ne protestait pas.

— Je suis navrée, ma chérie...

— Ne la crois pas, Lucy, l'interrompit Dick. Elle nous a toujours menti sans vergogne.

34

— Et elle a écrit un jour : « Je suis la célibataire la plus heureuse d'Angleterre », dit Morgan.

— Elle n'a jamais désiré se marier ?

— Son père voulait la contraindre à accepter un mariage arrangé, mais Harriet a refusé mordicus. Elle souhaitait seulement lire, écrire, philosopher.

— Ce qui exigeait beaucoup de courage, à l'époque.

— D'autant que nous parlons d'une femme sourde comme un pot, privée de l'odorat et du goût. De plus, d'après Charles Darwin, elle était d'une laideur surprenante.

— Aïe…

— Eh oui.

— À t'entendre, on croirait que tu la connais.

Morgan s'arrêta pour contempler le lac Windermere, les berges boisées et, au-delà, le flanc dépouillé des montagnes.

— Le fait d'être ici, de voir la maison où elle vivait et ce paysage qu'elle aimait tant me donne l'impression de la connaître, tu as raison. C'est la dernière pièce du puzzle, en quelque sorte. Elle a habité tant de lieux différents, elle a voyagé. Mais c'était cette demeure qu'elle chérissait le plus.

— Après deux semaines dans le comté de Cumbria, j'ai moi aussi le sentiment que Harriet est une vieille amie. Et je comprends pourquoi elle était attachée à cet endroit. C'est si beau. Heureusement que tu as accepté de m'emmener. Tu as pourtant dû attendre un long semestre pour venir ici, à cause de moi. Je te suis très reconnaissante.

— Je regrette seulement que tu sois obligée de repartir, répondit Morgan en souriant. Il m'a semblé retrouver le temps où on voyageait ensemble. Ça valait le coup de patienter.

Les deux amies poursuivirent leur promenade, admirèrent une cascade qui ruisselait sur des rochers et se perdait dans un petit lac paisible. Le spectacle de la nature enchantait Morgan, cependant dans son esprit se bousculaient les terribles souvenirs des six derniers mois. Son rétablissement, après avoir failli mourir d'hypothermie et d'une overdose de barbituriques. La guérison de Claire. Le procès durant lequel Astrid avait avoué ses crimes, dont le meurtre de Kimba Summers, devant son époux, stoïque, et sa belle-fille en pleurs, blottie contre Julio, son mari. On avait condamné Astrid à la prison à vie. Noreen Quick, qui avait retrouvé la ligne après la naissance de son troisième enfant, avait déployé toute son éloquence pour obtenir l'acquittement de Claire.

— Quel magnifique pays, murmura cette dernière. À quoi penses-tu, ma grande ?

— À ces derniers mois, soupira Morgan.

— Hmm… ces souvenirs rôdent en permanence dans ma tête.

— Est-ce que parfois…

Morgan s'interrompit, hésitante.

— Oui ?

— Tu te demandes parfois pourquoi tu as avoué un crime dont tu n'étais pas coupable ? Je ne veux pas te ramener à cette période cauchemardesque, mais... encore aujourd'hui, j'ai tellement de mal à comprendre pourquoi tu as fait ça...

— Tu as du mal ? Et moi donc ! rétorqua Claire avec un rire amer. Je me suis si souvent interrogée là-dessus. Je crois simplement que, après avoir découvert Drew...

Elle serra les dents, lutta pour ne pas fondre en larmes.

— Je crois qu'une part de moi aspirait au châtiment. À la mort. Je ne trouve pas de mots assez forts...

Morgan hocha la tête.

— J'avais affreusement honte, je me rappelle, j'étais épouvantée de n'avoir pas sauvé mon bébé.

— Ajoute à ça le mensonge des policiers qui t'ont affirmé que Guy t'avait incriminée...

— J'ignore pourquoi j'ai avoué et je ne le saurai jamais. En tout cas, si je cherchais à être punie, je l'ai été. Je n'ai plus rien. Il ne me reste rien de ma vie avec Guy.

Elles marchèrent un moment en silence, plongées dans les mêmes sombres pensées. L'air embaumait le printemps.

— Regarde cette chapelle, là-haut, dit Morgan, désignant une église en pierre, modeste et solitaire. Elle date de l'époque victorienne.

— Allons la visiter.

Elles traversèrent la rue étroite pour rejoindre l'église nichée entre les ifs, les rhododendrons et les rosiers qui commençaient à fleurir sous le soleil d'avril. Elle était déserte pour l'instant. À côté se trouvait un cimetière clôturé.

— Harriet Martineau est enterrée ici ? questionna Claire.

— Non, elle est dans le caveau familal, à Birmingham.

Claire ouvrit la grille et pénétra dans le cimetière. Morgan, qui la regardait marcher à pas lents entre les tombes, ressentit une bouffée d'angoisse. Son amie s'était accroupie devant une stèle, l'effleurait de ses doigts.

— Claire…

— Le temps a même effacé les noms…

— Dis, c'est l'heure du déjeuner. On retourne à Ambleside ?

Claire leva vers elle des yeux noyés. Elle opina et se redressa, s'essuya les mains.

Côte à côte, elles regagnèrent le centre d'un village aux rues escarpées, bordées de maisons aux façades de pierre qu'égayaient des fleurs aux fenêtres. Morgan aperçut un homme grand, bouclé qui s'engouffrait dans un bâtiment. Il lui rappela Fitz.

Il lui manquait terriblement, comme prévu. Pourtant, quand il avait proposé de l'accompagner en Angleterre, elle s'était défilée. Elle lui avait dit, avec sincérité, que Claire serait là. Deux semaines sur six. Pourquoi avait-elle découragé Fitz ? Mystère. Une part d'elle semblait vouloir le tenir à distance.

Tout en flânant, les deux amies atteignirent le pub où elles entrèrent. Elles choisirent une table près de la vitrine. Le patron vint prendre leur commande, puis elles observèrent les passants qui faisaient leurs courses en balançant leur panier d'osier, les hommes qui passaient à vélo.

— Rien ne change, soupira Morgan, la vie est immuable. Je sais bien que ce n'est pas vrai, mais on en a l'impression.

— Une impression trompeuse. Tu sais… au cimetière, j'ai senti que, de nouveau, tu te faisais du souci pour moi.

— L'habitude…

— Je t'interdis de t'inquiéter. Je me remets, Morgan. Je t'assure. Je tombe encore souvent, mais je m'en sortirai. Tu y crois, n'est-ce pas ?

— Bien sûr, répondit Morgan, trop vite.

— Ce ne sont pas des paroles en l'air. J'ai découvert que, si on a quelqu'un près de soi, on se rend compte que la vie mérite d'être vécue. Or, pour moi, tu es ce quelqu'un.

Morgan comprenait la gratitude de son amie, mais elle refusait de s'appesantir là-dessus. Elle avait le sentiment de s'être surtout protégée, parce que Claire était à la fois son amie et sa famille.

— N'oublie pas Sandy, dit-elle.

Claire sourit, tourna le regard vers la vitrine.

— Qu'est-ce qui va se passer pour vous deux ? demanda Morgan non sans malice.

— C'est agréable de retrouver mon ancien job, répondit évasivement Claire.

— Ce garçon est d'une loyauté précieuse.

— Très précieuse.

— Et, pour toi, il a mis une fille ravissante à la porte. Ça lui a coûté une Mercedes décapotable.

— Je sais, répondit Claire qui sourit. Quoique j'aie du mal à le comprendre. Il a été dur avec cette jeune femme.

— J'en ai discuté avec lui. Il n'est pas de cet avis.

Morgan et Sandy Raymond, durant les six derniers mois, s'étaient liés d'amitié. Peu à peu, elle avait compris que Sandy, malgré son aspect débraillé et son manque de tact, était un homme doté d'une confiance en soi et d'une ténacité ébouriffantes. Il était persuadé qu'un jour Claire retomberait amoureuse de lui. Et, quelquefois, Morgan pensait qu'il n'avait pas tort.

— Hmm… Il est trop tôt pour décider quoi que ce soit.

— Naturellement.

— Et toi ?

Morgan haussa les épaules, gênée.

— Tu me connais. Je commence par dire oui, ensuite… je ne sais plus. Je m'interroge.

— Il est dingue de toi, Morgan.

— Il m'a semblé qu'une pause nous ferait du bien. Ça nous donnera le temps de réfléchir.

— Réfléchir à quoi ? Vous vous aimez.

— C'est… formidable. Mais l'amour n'est pas une garantie.

— Tu fais allusion à Guy et moi ?

— Admets qu'on peut se poser des questions.

— Je ne me pose pas de questions. Je ne regrette absolument pas de l'avoir épousé.

— Ah bon ? Après tout ce que tu as subi…

— Oui, c'était épouvantable.

— Tu as failli en mourir.

— En effet. Pour mon amour, mon couple, ma famille. N'empêche, j'estime toujours que le jeu en vaut la chandelle. Harriet Martineau n'aurait pas partagé mon opinion, mais tant pis. J'espère seulement avoir le courage – et l'occasion – un jour, de tout recommencer.

— Vraiment ?

— Oui... un jour.

Le patron vint leur apporter leurs bières. Les deux amies trinquèrent.

— Au courage de courir le risque, dit Morgan.

Elles se sourirent, burent une gorgée.

— Mesdames, quand vous aurez fini ce verre, le monsieur, là-bas dans le coin, aimerait vous offrir une deuxième tournée.

Morgan pivota sur son siège, s'attendant à voir un type de la région, penché sur son casse-croûte. Mais elle découvrit Fitz, accoudé au bar, souriant. Il leva gaiement son verre.

— C'est Fitz ! s'exclama Claire.

Morgan darda sur elle un regard accusateur. Son cœur battait la chamade.

— Tu étais au courant.

— Peut-être un peu.

— Comment as-tu osé ?

— Il est têtu, ce garçon. Et j'avais une dette envers lui.

Ça ne va pas du tout, songea Morgan. Je ne l'ai pas invité. J'ai du travail. Une thèse à achever. Non, ce n'est pas une bonne idée.

— Il a parlé d'un mariage à l'anglaise, enchaîna Claire.

Morgan la dévisagea, effarée.

— Un voyage, tu veux dire.

— Non, je suis quasiment certaine qu'il a prononcé ce mot : mariage. J'y réfléchirais, à ta place.

Morgan coula un regard en direction de Fitz, et s'aperçut qu'elle ne pouvait s'empêcher de sourire. Que fais-tu ici ? Elle plongea son regard dans celui de Fitz, et la réponse qu'elle y lut aurait fait rougir Harriet Martineau. Il quitta son tabouret de bar et s'avança vers elle. Un instant, elle pensa que si elle ne mettait pas le holà, si elle ne le renvoyait pas chez lui par le premier avion, elle ne pourrait plus l'arrêter. Il la traînerait à l'église, clamerait qu'elle était son épouse, et plus jamais elle ne serait totalement maîtresse de son existence. Ils se jetteraient ensemble dans l'inconnu.

Son cœur déraisonnable se gonflait de joie. Alors soudain, sa décision fut prise. Elle se leva à son tour et alla à la rencontre de Fitz.

REMERCIEMENTS

Merci à Rick Pass, Sandy Thomson et Carmen Alvarez qui ont répondu à toutes mes questions, ainsi qu'à ma fille Sara qui m'a écoutée jusqu'au bout et a déclaré que j'aurais intérêt à tout recommencer.

Composition réalisée par NORD COMPO

Achevé d'imprimer en septembre 2011, en France sur Presse Offset par
Maury-Imprimeur - 45330 Malesherbes
N° d'imprimeur : 166903
Dépôt légal 1re publication : octobre 2011
LIBRAIRIE GÉNÉRALE FRANÇAISE - 31, rue de Fleurus - 75278 Paris Cedex 06

31/6123/9